KB071000

2015
내가 뽑은 나의 시

2015 내가 뽑은 나의 시

—

초판 1쇄   2015년 2월 17일
지은이   신경림 · 이시영 · 박철 외
엮은이   한국작가회의 시분과
펴낸이   김영재
펴낸곳   책만드는집

—

주소   서울 마포구 양화로3길 99 (121−887)
전화   3142−1585 · 6
팩스   336−8908
전자우편   chaekjip@naver.com
출판등록   1994년 1월 13일 제10−927호

—

* 잘못 만들어진 책은 구입하신 서점에서 교환해드립니다.

—

ISBN 978−89−7944−516−9 (03810)

—

이 도서의 국립중앙도서관 출판사도서목록(CIP)은 e−CIP
홈페이지(http://www.nl.go.kr/cip.php)에서 이용하실 수 있습니다.
(CIP제어번호 : CIP2015001365)

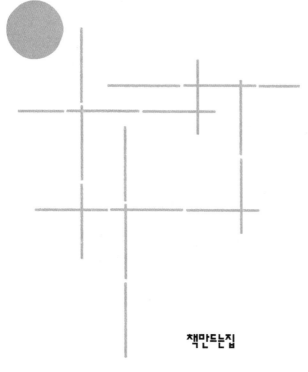

2015
한국작가회의 시분과

내가 뽑은
나의 시

신경림 · 이시영
박철 외 지음

책만드는집

| 차례 |

텅 빈 새장

감태준

창밖에 배추흰나비 날고
앞산 나무들 한창
눈물 나게 푸르고 싱그럽구나.

방금 숲에서 튀어나와 이웃 숲에 날아가 박히는
저 새는 이름이 뭘까?
뭔가 앞에 많았던 것이 훌쩍 사라진 듯
가슴 한가운데가 휑하다.

창을 열고 바깥공기 흠씬 들이켜도
채워지지 않는 이 휑한 느낌
조막만 한 새 하나 사라진 때문은 아니리라.
내 앞을 날아간 새가 어디 한둘인가.

예전에 날아간 새들의 자취
잊고 살았던 희미한 뒷모습들까지 일제히
조막만 한 새를 따라 날아가면서
내가 그만 텅 빈 새장이 되었으리라.

그새 나비는 멀리 가고
나는 새장에 갇힌다.

너한테 물린 내가

강규

누구는 아픈 놈에게 약을 주는 적선조차도
조심해야 한다고 하고
또 누구는 아픈 놈이 먹기 싫다고 하면
바싹 굶겨야 한다고도 하지만
그래도,
밥도 주고 똥도 치워준다는 정책이랍시고
애교와 비굴만을 요구해온 복지伏持 정책을 이야기한다
두 발로 곧추서서 눈을 내리깔며
혀를 끄는 꼬드김으로 꼬리치기를 바라온 반공反攻 정책도
이야기한다

서로 좋은 게 좋은 거 아니냐고, 안 하던 수작을 걸다가
반격에 놀라 멸공滅攻을 품었던 이야기도 하고자 한다

가끔은 나도 개가 되는데
가끔은 나도 극우가 되는데
개나 소나 극우나
눈높이가 같아야 한다고 썰說은 푸는데

평소에 잘해야 하는 이치는
밥 사는 놈이나 밥 얻어먹는 놈이나
매한가지라는 것까지도,

너도
살기 위해 목덜미를 뜯길 때
그따위 아픔이 대수였겠냐는…

너한테 물린 내가
쓸데없이 말이 많다

먼지의 책

강기원

피로 흥건한
숨죽여 흐느끼는
가시도 없이 찌르고
칼도 없이 후벼 파는
먼지
구름처럼 시시때때로 변하고
양파처럼 무수한 껍질의
먼지
아름답지 않은 알몸의
무서울 것 없는 건달의
답은 없이 질문만 던지는
무책임한
먼지
노을 같고
비밀 같고
바람 같고
유령 같은
아무도 앉지 않는 의자의
누구도 쉬지 않는 그늘의

대형서점 서가 맨 아랫단
실패한 혁명의 기록처럼

간신히 끼워진
먼지
먼지가 뭔지
흰 벌레만 통독하는
얇디얇은
먼지의
책

조막만 한 고요

강미정

갑자기 그것이 펼쳐졌다
오므린 꽃봉오리가 꽃잎을 쫘악 펼치는 동영상처럼
소복이 쌓인 눈 사르르 죽은 자리

찬바람 맞아 거뭇거뭇 타들어간 민들레꽃에 앉아
날개도 접지 않고 절명한 나비 한 마리

마지막으로 핀 그 꽃에
마지막 남은 힘으로 나비 날아들었을 때

가녀린 꽃대 아래 드리워진 검은 그림자
하얗게 지워준 눈
아직도 해끗해끗 담 그늘에 남았다

추운데 혼자서, 한 덩이 어둠이 녹을 때까지
조마조마 기다린 저 조막만 한 땅, 이제사 잠들겠다

마지막까지 꽃 피워낸 마음
숨질 때까지 꽃향기 찾아온 마음
다시 조막만 한 땅에게 전해줄 때까지

고요히 죽음을 맞겠다 겨울이다

꽃샘눈

강병철

아무 일도 일어나지 않았다 싱크대 틈새기로 빠져버린 참기름 병뚜껑 그 사소함에 온 세상 우지끈 뒤집어지는 것이 문제다 동굴 속 그늘에 안주하던 온갖 잡동사니들 '틈입자 빗자루'와 맞붙으며 아우성이다 먼저 썩은 행주 조각이 모서리에 발목 묶은 채 안 된다 안 된다 끌려갈 수 없다며 이를 옹문다 이번에는 식칼로 바닥 긁기다 사이다 병뚜껑이 뽀얀 먼지 뒤집어쓴 채 '아아 형광등은 눈이 너무 시려요' 옷고름 부여잡고 얼굴 붉힌다 마지막으로 효자손 갈퀴질이다 찌그러진 볼따구 지줏대 삼아 치켜 올린 둔부가 끙끙 수치심에 떤다 모가지 힘줄 때마다 우두둑 구기며 이를 갈지만 녹슨 젓가락 하나 토해냈을 뿐 딸깍딸깍 밀려만 가는 병뚜껑

동트는 새벽 출근길 찾아 허발나게 달리자 삼월 아침 하늘 뚜껑이 열려 대설주의보가 열렸던 날이다

안개

강상기

그는
쇼생크 교도소 벽을
숟가락으로 파서 탈출했다

나는
해맑게 웃는 자유가
분단 벽에 갇혀 있다

앞마당에 그가 머물다 갔다

강세환

그는 피붙이는커녕 무너진 초가 한 칸도 없었다
말년엔 탁발도 끊고
남의 집 헛간에 서당을 차려놓고
끼니를 때웠다는 풍문도 돌았다
그는 헛간 속에도 풍문 속에도
어느 길 위에서도 머물지 않았다

그는 옆에 여자를 둔 적이 한 번 있었다
불치병을 앓는 여자구실도 할 수 없는 여자였다
그는 옆에 둔 여자를 잊고
여자도 그를 잊고 살았다
여자를 만나면 여자를 잊고
또 납자衲子를 만나면 납자를 잊고

그는 세월이 또 많이 흘러 뜬구름이 되었다
거울 속에 비친 구름도 상相인데
그의 상은 그냥 무상無相이었다
구름은 구름이 아니고
거울도 거울이 아니다
그는 어느 곳에도 머물지 않은 바람이 되었다

허공에 뜬구름도 멀리 멀리 흩어지니

뭇 바람이 지나간 것을 알겠더라
헛간도 풍문도 여자도
탁발도 납자도 뜬구름도
그가 머물던 앞마당도
마침내 허공도 뻥뻥 뚫릴 것 같은

조간신문을 읽다가

강신용

기침을 한다
우리의 아침
싱싱한 아침

하늘같이 높으신 양반들
부딪치는
술잔

비틀비틀 흔들리는
지조 깊은 양반들
거룩한 말씀

위하여
위하여
위하여

기침을 한다
우리의 아침
말세의 아침.

붉은 간격

강애나

나무와 나무 사이에는 바람길이 있다
서로서로 마주치지 않으려고 흔들리고 있다

잔가지에 앉아 우는 새는
떨어지지 않으려고
날렵히 날개 털며 방향 잡는다

새의 온기가 지나간 가지에서
포근하게 봉우리로 고개 들고
수줍은 척하며
붉은 칼날로 바람을 베어
향기로 뿌려지고 있다

모든 것은 향기로 되돌아온다
째깍째깍 분침과 초침이 오른쪽으로
바람길 트고 흔들리며 향기가 퍼져간다

나무와 나무 사이에 너와 나의 간격이
바람도 자르지 못할 향기로 자라고 있다

낮과 밤, 사람들 사이에 꽃은 피고 지고
붉은 간격으로 행복과 불행길이
곡선으로 통하고 있다

여행

강영환

지는 해를 따라갔다
남은 노을빛에 눈을 씻고
강을 건너는 발등에
산 그림자를 실었다

남기고 온 집과 나무들이
그리고 꽃과 새들이
등 뒤에 묻히는 걸 보았다
기울어져 가는 풍경이 흙빛이다

숨어가기만 하던 흐린 날을 기억하고
그림자와 함께 이곳을 떠난다
그림자는 더 이상 춤추지 않을 것이다
그리워하는 노래도 부르지 않을 것이다

다 닳은 발톱을 뽑아
이마에 덮인 어둠을 깎아낸다
돌아오지 않는 그림자를
오래된 강물이 기억할 것이다

눈높이로 떨어진 태양을
빈손에 받아 쥐고

출렁거리고 싶은 가슴을 뽑아
마지막 숙박지에 내려놓는다

새

강윤미

그것은 작은 발처럼 보였다

웅크리지 않기 위해 웅크리고 있었다

날개가 되지 못한 뼈들이 바닥에 가 닿지 않으려고 다리를 잘랐다

한 쌍의 새를 가지려면 한 항아리의 눈물을 쏟아야 한다*

공중에서 흘리는 눈물은 무엇이라도 무겁다

물통을 머리에 이고 능선을 내려오던 새는 고통의 보폭을 온몸으로
꽁꽁 동여맨다

감추면 감출수록 드러나는 작은 발

발은 허공에 박혀 계절의 족보를 잇지 못했지만

걸음은 몸에 섞이고, 바람에 휘어들고, 구름과 비와 안개에 스민다

새가 제 몸속으로 발을 빠트리며 갈 길 없이 날고 있다

* 전족에 관한 중국 속담 변용.

유배 일지

강정이

버려진 소파가 바다를 내려보며 앉아 있다
고물과 폐지로 비탈길 메운 언덕바지
외진 마을 수평선이 팽팽하다

나를 깡그리 지우며 곰보처럼 산 시간
청사포 바다에 던져버려라

나를 위해 쌀 씻고
행복을 위해 파 다듬는다
오늘은 저 수평선에 사과나무를 심어볼까

마네킹을 배달하는 퀵서비스맨

고성만

여자를 들고 달린다

가방 속에 든 여자의 몸은 여러 겹의 포장으로 둘러싸여서 잘 보이지 않는다 욕이 먼저 튀어나온다 씨발,

벌거벗은 마네킹이다 마네킹이 쳐다본다 마네킹을 때린다 마네킹이 운다 마네킹을 다시 집어넣는다 마네킹과 함께 도망친다 한사코 시의 외곽으로

경찰차가 따라온다 그를 안다고 말할 수 없음에도 불구하고 그가 안다고 생각한다 부릉부릉 오토바이의 속도를 높인다 경광등을 울린다 경찰관이 거수경례를 한다

위반하셨습니다

시켜만 달라고 각종 배달 심부름 대행 안 하는 것이 없다고 어디든 바람처럼 다녀올 수 있다고 헬멧과 마스크 사이 눈 깜박거림 멈출 수 없다 분노한 짐승같이 한쪽 다리를 든다 페달을 구른다

몇 동 몇 호세요? 어느 골목에 계신가요? 곧바로 나오실 수 있죠? 검정 바지 검정 점퍼 무릎 보호대 두른 채

요금은 14,000원입니다

부다다다—

꽃잎 으깨진다 애드벌룬 터진다

봉지 쌀

고영민

벚나무 밑에 꽃잎이 하얗게 쏟아져 있다
봉지 쌀을 사 오던 아이가 나무 밑에 그만 쌀을 쏟은 것만 같다
아이가 주저앉아 글썽글썽 쌀을 줍는 것만 같다
집에는 하루 종일 누워만 지내는 병든 엄마가 있을 것만 같다
어린 자식들에게 아무것도 해줄 수 없어
속이 썩을 대로 썩은 늘 우는 엄마가 있을 것만 같다
배고파도 배고프다고 말을 하지 않는 착한 동생들이 있을 것만 같다
날 저무는 문밖을 내다보며 그저
왜 안 오지? 왜 안 오지?
중얼거리고 있을 것만 같다
벚나무야, 내게 쌀 한 봉지만 다오
힘껏 나무를 발로 차본다
쌀을 줍고 있는 아이의 작은 머리통 위로
먹어도 먹어도 배부를 리 없는 흰 꽃들이
하르르, 쏟아진다

여기가 명량인데, 뭘?

고운기

한 해 1조 5천억 원의 매출을 올린다는 홈쇼핑 회사에
나는 사원 정신무장 특강·강사로 간다

이순신 장군의 리더십을 말해달란다

─당신들 정신 안 차려?

사장은 그렇게 침을 튀기고 있었다
잘나간다 한가롭게 넋 놓고 있는 놈들이라 질타한다
그 뒤에 내가 나간다
필사즉생 하는 명량 바다를 만들어달라는 게 틀림없었다

난감무지難堪無至

하지만 여기가 명량인데, 뭘?
대기업 입사했다고 가족 친지의 자랑이던 자들이 저기 격랑의 뱃전에
앉아 있잖아

끝나고 나오려니 다른 명량에서 온 문자 메시지

─막걸리 한잔해야는디유…^*^
─다음 주 비 오는 날로 잡세……
─성님, 좋아유. 담주엔 내내 비 왔으믄 좋겠네유^.^

훈민정음 사계

고원

久久久久久　　　　　具具具具具
　久久久久久　　　　　具具具具具
　　久久久久ㅅ　　　　　具具具具ㅈ
　久久久久久　　　　　具具具具具
久久久久久　　　　　具具具具具
　　　　봄　　　　　　　　　　여름

　舊舊舊舊舊　　　　　龜龜龜龜龜
　　舊舊舊舊舊　　　　　龜龜龜龜龜
　　　舊舊舊舊ㅊ　　　　　龜龜龜龜ㅎ
　　舊舊舊舊舊　　　　　龜龜龜龜龜
　舊舊舊舊舊　　　　　龜龜龜龜龜
　　　　　가을　　　　　　　　　겨울

잘 가라 세월

고인숙

분노하지 않기로 하자
슬퍼하지도
불쌍해하지도
그냥 마음 다독거리기로 하자
지난 봄 혹독한 가뭄 속
아등바등 자란 무를 뽑으며
난쟁이 노란 얼굴 강낭콩 북을 주며
눈물이 흐르고 만다
호밋자루 팽개치고
바삭바삭
밭둑에 간신히 피운 색색과 알록이 패랭이꽃덤불에 앉아
청태 낀 물웅덩이나 바라보다가
우중충한 하늘이나 바라보다가
그냥 세월 가라고 하자
어서어서 이 시절 떠나보내고 말자
호호백발 구부러진 세월이라도
지금보다는 나으리

싸우지들 말라고

고증식

도쿄 도심 한복판
한 떼의 매미들 와그르르
황궁 숲 떠메고 간다
맴맴맴맴 매앰
일본 매미는
매무 매무 매무
얄밉게 울어댈 줄 알았는데,
이스라엘에서도
팔레스타인에서도
한 번 못 가본 저 북녘 땅에서도
매미는 그냥
맴맴맴맴 매앰 울어대리라
하나같이 그렇게
목 놓아 울어대리라

저도, 미안하게 삽니다

고철

"고철씨 미안해요 내가 자꾸
약속을 못지켜서요 이번달에
애들들 등록금이 팔백이 들어가다보니까
약속을 지키지 못했어요
내가 잊지안고 이번달에 꼭 보내 줄게요
미안해요 이번달 너무 힘드내요 칠월달에
일도 15일밖에 못해서요
이번달에 꼭보내 줄게요
미안해요 전화도 안되내요
문자밖애요
2014년 9월 5일 김용철"

아침 비가 잡힌 유월 어느 밤에 소주병 두 개를 사가지곤 함께 일하는
용철이 형이 내 숙소로 찾아왔다. 푸념푸념 술이 동이 날쯤 딸들 등록금
이 부족하단 이야길 했다.
꼬깃돈 127만 원 중 1백만 원을 기약도 없이 꿔줬다.

동료들의 허락도 없이
허리가 아파 한 달을 쉬었다.
신의 허락도 없이
집 짓는 관계로 또 한 달을 쉬었다.

그래서 내가 꾸어다 쓴 명단은 다음과 같다.

시인, 강규(135만 원).
시인, 박상희(1백만 원).
시인, 박영환(30만 원).
시인, 최재경(20만 원).
※ 꾸어준 순서.

그러니, 용철이 형
너무 미안해하지 마세요!

저도, 미안하게 삽니다

* 끝내 김용철 씨 조건 없이 사라짐.

도망가는 말들에게 부탁

고형렬

도망가는 말을 붙잡을 수 없다
돌아온다는 말을 들어본 적이 없다
약속을 파기하고 의리를 잃고도 살아왔다
모두 돌아간, 몇 번째 늦가을일까

사용했던 모든 말을 자신에게 반납한다
계속 침묵한 채 꿀꺽꿀꺽 물을 삼킨다
나의 차례는 몇 번째,
죽어서 지울 수 없는 기억은 간직하지 않는다
한 번만 아프고 죽어 잠들어라
너희는 그렇게라도 이 시간을 넘어야 한다

주춤주춤, 책임자들은 떠나고 없다
칠흑의 물속에서 시간과 맞바꾼 눈과 날개들
찾아가지도 돌아오지도 못하는 길
못다 한 말들이 능히 삶조차 넘어서리라
멈춘 생조차 죽음을 바꾸지 못하는
이제야 말들이 나에게 오려 하지 않는다

너무 오래되고 음울한 것들은
말조차 말들의 말을 받아주지 않는다
도망간 말들을 뒤쫓아 나도 사라져간다

인간의 문제 23
－대가리

고희림

국가는 계산적이었다
냉정하게 분류하고 머리 숫자를 중요시했다
명단에 오른 자와 체포된 자
체포된 자와 도라꾸에 실린 자
골에 도착한 자와 구뎅이에 엎드린 자
사살된 자와 사진에 찍혀 미군 보고서에 첨부된 자
〈하나 예외, 함께 사살한 젖먹이 아이와 미취학 연령대 소녀〉
이들은 오직 대가리 숫자였다

그가 3대 독자이든
그녀가 만삭이든
내일 혼례식을 앞둔 약혼녀이든
억울하게 명단에 오른 자이든
그가 독립운동을 하던 자이든 애국자이든
그를 죽여 되려 전쟁에 패배하는 한이 있더라도
오로지 명단에 있고 숫자만 맞으면
그자는 사살되고
생명은 대가리 숫자가 되어
오로지 전쟁에서의 승리를 위해
그 골짝 우렁찬 살생의 함성 울릴 때
나무와 숲의 푸른 눈물에
짝짓기에 겨운 여름 귀뚜리조차 감히 울지 못했다

그렇게 전쟁이 끝나고도
사람들은 대가리를 갖고 놀았다
대가리는 오직,
1960년
군경에 신병이 인계된 대구형무소 수감자 명단 1402명,
구슬치기처럼 숫자로만 의미를 가졌다
여전히
몸이 가진 삼라만상의 가치 중
오로지, 대가리 숫자만 취급하는
그 버르장머리를 숭상했다

병

공광규

고산지대에서 짐을 나르는 야크는
삼천 미터 이하로 내려가면
오히려 시름시름 아프다고 한다

세속에 물들지 않은 동물

내 주변에도 시름시름 아픈 사람들이 많다
이런저런 이유로 아파서
죽음까지 생각하는 사람도 있다
최근에는 세 모녀가 생활고에 자살을 했다

그런데 나는 하나도 아프지 않다

직장도 잘 다니고
아부도 잘하고
시를 써서 시집도 내고 문학상도 받고
돈벌이도 아직 무난하다

내가 병든 것이다

어서 잡숴!

곽구영

부슬부슬 비 내려
벚나무 꽃잎 젖는
4월 19일, 오후 4시
달동 조떼삐까점 뒷골목
〈기사님 돼지국밥〉
둘 데 없는 시선에 안성맞춤인 낡은 화면
티비엔 밀고 당기는 드라마 재방 중인데
늙수그레한 택시 기사 서넛
멀뚱멀뚱 무료한 식탁에 앉았다
언제나 그 자리인 소금 그릇 양념장 종지 후춧가루 통
깍두기 한 접시와 양파 몇 조각, 풋고추 세 개
막 나온 뚝배기에서
건성처럼 김이 오른다
희멀건 국 속의 비계 몇 점이
시큰둥 허연 배를 깔고 누웠다
50년 전 오늘의 붉은 피꽃 대신
얼굴에 검은 꽃 피운 사람들의 늦은 점심
내시 씹팔 분

돼지국밥이 눈 흘기며 하는 말,
어서 잡숴!

저 바다가 아니다
—2014. 4. 16.

권갑하

망연히 바라보는 것은 저 바다가 아니다
더는 쪼갤 수 없는 아픔 다시 찢어지지만
손 한 번 뻗어주지 못하고
발만 동동 굴렀던

저 울음
저 절규
저 우왕좌왕 앞에
시간은 여지없이 어둠 속으로 빨려들고
침몰된 시퍼런 가슴엔 장대비만 쏟아졌다

'미안해, 정말 사랑해…'
숨 막혀오는 그 순간에도

진달래꽃보다 더 붉고 더 고운 눈망울들

'사랑해' 그 한마디마저도
전하지 못한 죄인들

아무렇지 않은 듯 또 사월이 오겠지
다투어 호들갑 떨며 또 서로를 탓하겠지

목 놓아 분노해야 할 것은
저 바다가 아니다

어디에

권덕하

끼니마다 바람결에
물결에 밥 떠먹이다
입던 옷 물속에 담그고
오래 저어보다가

눈물에 눈먼 사람
고개 드니
언덕에 모감주나무 한 그루
서 있습니다

먼 길 돌아와
조그마해진 아이들
무성한 가지에 사뿐 앉아
손가락 걸며
환한 얼굴로 소곤거리다

맑은 바람 타고
내려와
배냇짓하며
볼 닦아줍니다
옷깃 여며줍니다

어디에 서 있는지 모르고
죄 많은 줄 모르고
돌아갈 곳도 모르고

참 오래 살았습니다

농담

권상진

죽음을, 이루다라는 동사로 의역해놓고서 그는 떠났다
슬픈 기색은 없었다
이태 전 문병을 간 자리, 웃음 띤 얼굴로
비스듬히 누운 채 땅의 소리에만 귀 기울이던 그의
드러난 한쪽 귀는 단풍잎처럼 붉었고 눈이 붉었다
죽음을 이루려는 안간힘이 겨운 웃음을 꽃대처럼 받치고 있었다
가만 옆에 앉아 있어주는 일밖에는 아무것도 해줄 게 없었으므로
한참 동안 단풍잎처럼 마음 벌겋게 그를 지키다가 돌아오는 길,
문밖을 따라나서는 희미한 소리
'먼저 가 있을게'

바람이 손끝에 침을 발라 시간을 낱장처럼 넘기는 늦은 오후
겨울 앞에 선 단풍나무 한 그루
고통의 빛이라고는 찾아볼 수 없는 환한 직면을 본다
꽃 한 다발을 내밀고 싶은 감동적인 결말 앞에
안간힘으로 죽음을 이루려던 그가 떠올라 나는
다시 나무 곁에 한동안 서 있어주었다 그리고
말 대신 단풍만 간혹 던지는 나무에게 답해주었다
'니가 참 부럽다'

붉은 수컷 낙타

권순자

유목하는 당신의 손은 거칠다
바싹 말라 힘줄이 드러난
팔

붉은 사막에서 달빛과 햇빛이 몸을 섞어
태어난 당신의 어깨는 쌍봉이다

우물을 찾아 유랑하는 당신

넓은 사막을 건너가는
먼지 풀풀 날리는 사막을 건너가는
당신의 등에 별빛이 내린다

벌거숭이 같은 나날
양털을 깎아 캐시미어를 팔고
양을 기르고 양을 잡아 삶의 사막을 건너는
유목하는 당신

등짐 진 당신의 지친 어깨가
햇빛에 붉게 빛난다

벌겋게 충혈된 삶이 빛난다

태몽

권오영

표정을 지운 얼굴
환자용 침대에서 천년 동안 껍질을 벗고 있는
노인을 보며 엄마, 하고 불렀다

움푹 팬 눈 속에서 높이 솟는 파도를 본다
한순간 무너지는 비명을 듣는다
이빨 없는 노인이 엄마, 하고 따라 부른다

주삿바늘 빼내자 환자복에 가득 피어나는 붉은 꽃들
유리컵 속 틀니는 웃고 노인은 울고, 통증으로
꿈틀대는 얼굴을 보며 나는 서 있다

몸을 힘껏 회전시켜 링거 줄로
스스로를 조여보지만 미치지 못하는 힘은
아무것도 끊을 수 없다
둥글게 몸을 감아 비틀 때마다
터지는 울음에서 비린내가 난다

태생이 요란한 몸이 수시로 갓 태어나는 것을 보며
서 있다 아무렇지도 않게

탯줄을 목에 감겠다는 마른 손이

숨통을 조일수록 숨 트이는 방식으로
천천히 죽어가는 낮이 오고 밤이 간다

태생을 알릴 때마다 아직 짓지 않은
아기 이름을 부르는 소리 갈라진다
등 뒤에서 대답하는 목소리가 이 모든
까닭을 모르는 것처럼 왜 그래, 등을 흔들어댄다

아픈 사람의 등을 안아본다

꿈틀대며 태몽 속 구렁이 이야기를
흥얼거리는 아픈 몸이
엄마, 하고 부른다

눈사람

권자미

마네킹, 허수아비, 나무 장승, 금발의 바비
심지어 자유의 여신상에 이르기까지, 그러나
우리가 저 두 덩어리 살덩일 두고
사람이라 부르는 것은
눈물 때문이다
유독 따스한 것에 약하기 때문이다
詩人이 그렇다

촉모觸毛

권지현

거위 한 마리, 갇혀 있는 것을 보았다 미동조차 잊은 두 다리 위에서 흰 풍선처럼 둥실 떠오른 몸에 박힌 두 눈만 외계를 더듬는 촉모인 성싶었다

큰일 때마다 거위 앞을 지나갔다 배추 무청에 부리를 묻고 먹이에 넋을 빼앗겼나 싶었는데 멀어져 가는 등 뒤로 꺼어어억, 애원성이 따라붙었다

거위 한 마리, 철망에 갇혀 있었다 때로 분주한 닭이 곁을 지킬 때도 있었으나 철망 속 거위의 몸집만 도드라졌다 물끄러미 들여다보는 것으로 비좁은 운신 앞에 잠시 멈춰 섰다 돌아서는 등 뒤에 부려놓는 소리 꺼어억,

빛바랜 몸 깃털에 철망 바닥의 오물이 속속들이 배어들었다
그 앞을 지날라치면 두더지가 촉모로 상대를 알아채듯 꺽 꺼억, 쉰 목청이 귀를 잡아당기는 일만 변함없다

꽃이 된 아이들

권태주

4월 학교 담장 밖 노란 개나리도 초록 잎에 자리를 내주고
벚꽃 환하게 피어 봄날을 축하해줄 때
339명의 단원고 학생들과 선생님은 수학여행을 떠났지.
전날 부모님이 사주신 운동화랑 용돈까지 챙기고
같은 반 친구들과 어울려 올라탄 세월호

여행의 들뜬 마음만큼이나 화려했던 선상 불꽃놀이
친구들과의 도란거림에 밤 가는 줄도 몰랐지만
어느새 운명의 16일 아침
진도 앞 맹골수도를 통과한 여객선이 기울어
침몰하는 배 안에서 구조를 기다리던 착한 너희들
침착하게 방송을 들으며 서로를 걱정했지만
끝끝내 너희들을 구원해줄 선원이나 해경들은 없었다.

미안하다. 미안하다. 어른이라서.
너희들의 울부짖음을 못 들은 척 외면해버린 어른이라서
차갑고 캄캄한 바닷속 웅웅거림만이 세월호를 감싸고
바다 위 너희를 찾아 나선 부모님의 한 맺힌 통곡만이
진도 앞바다 팽목항에 가득하다.

꽃이 되어라. 화랑 유원지 노란 리본들의 염원을 담아
꽃이 되어라. 친구들과 동생들의 참된 교육을 위해

꽃이 되어라. 너희들의 희생이 결코 값없이 사라짐이 아님을
해마다 꽃으로 피어나 깨우쳐주거라.
어른들이 알도록, 깨닫도록, 반성하도록
해마다 피어나는 이 땅의 꽃이 되어라.
사랑하는 아이들아.

* 2014년 4월 16일 꽃이 되어 떠나간 단원고 2학년 학생들을 추모하며.

껍데기의 나라를 떠나는 너희들에게
―세월호 참사 희생자에게 바침

권혁소

어쩌면 너희들은
실종 27일, 머리와 눈에 최루탄이 박힌 채 수장되었다가
처참한 시신으로 마산 중앙 부두에 떠오른
열일곱 김주열인지도 몰라
이승만 정권이 저지른 일이었다

어쩌면 너희들은
치안본부 대공수사단 남영동 분실에서
머리채를 잡혀 어떤 저항도 할 수 없이
욕조 물고문으로 죽어간 박종철인지도 몰라
전두환 정권이 저지른 일이었다

너희들 아버지와 그 아버지의 고향은
쥐라기 공룡들이 살았던 태백이나 정선 어디
탄광 노동자였던 단란한 너희 가족을
도시 공단의 노동자로 내몬 것은
석탄산업합리화를 앞세운 노태우 정권이었다

나는 그때 꼭 지금 너희들의 나이였던 엄마 아빠와 함께
늘어가는 친구들의 빈자리를 아프게 바라보며
탄가루 날리는 교정에서 4월의 노래를 불렀다
꽃은 피고 있었지만 우울하고 쓸쓸한 날들이었다

여객선 운행 나이를 서른 살로 연장하여
일본에서 청춘을 보낸 낡은 배를 사도록 하고
영세 선박회사와 소규모 어선을 보호한다는 명목으로
엉터리 안전 점검에 대기업들이 묻어가도록 하고
4대강 물장난으로 강산을 죽인 것은 이명박 정권이었다

차마 목 놓아 부를 수도 없는 사랑하는 아이들아

너희들이 강남에 사는 부모를 뒀어도 이렇게 구조가 더뎠을까
너희들 중 누군가가 정승집 아들이거나 딸이었어도
제발 좀 살려달라는 목멘 호소를 종북이라 했을까
먹지도 자지도 못하고 절규하는 엄마를 전문 시위꾼이라 했을까

집권 여당의 국회의원들이 막말 배틀을 하는 나라
너희들의 삶과 죽음을 단지 기념사진으로나 남기는 나라
아니다, 이미 국가가 아니다
팔걸이의자에 앉아
왕사발 라면을 아가리에 처넣는 자가 교육부 장관인 나라
계란도 안 넣은 라면을 먹었다며 안타까워하는 자가
이 나라 조타실의 대변인인 나라
아니다, 너희들을 주인공으로 받드는 그런 국가가 아니다
그러니 이것은 박근혜 정부의 무능에 의한 타살이다

이윤만이 미덕인 자본과 공권력에 의한 협살이다

너희들이 제주를 향해 떠나던 날
이 나라 국가정보원장과 대통령은
간첩 조작 사건에 대해 국민에게 사과했다
머리를 조아렸다, 얼마나 자존심이 상했을까, 그래서였나
그래서 세월호의 파이를 이리 키우고 싶었던 걸까
아아, 미안하다 정말 미안하다
이제 막 피어나는 4월의 봄꽃들아

너희들의 열일곱 해는 단 한 번도 천국인 적이 없었구나
야자에 보충에 학원에, 바위처럼 무거운 삶이었구나
3박 4일 학교를 벗어나는 것만으로도
세상을 다 가진 것처럼 흥분했었을 아이들아
선생님 몰래 신발에 치약을 짜 넣거나
잠든 친구의 얼굴에 우스운 낙서를 하고 베개 싸움을 하다가
선생님 잠이 안 와요, 삼십 분만 더 놀다 자면 안 돼요
어여쁜 얼굴로 칭얼거리며 열일곱 봄 추억을 만들었을
사랑하는 우리의 아이들아
너희들 마지막 희망의 문자를 가슴에 새긴다
학생증을 움켜쥔 그 멍든 손가락을 심장에 심는다

이제 모래 위에 지은 나라를 떠나는 아이들아
거기엔 춥고 어두운 바다도 없을 거야
거기엔 엎드려 잔다고 야단치는 선생님도 없을 거야
거기엔 네 성적에 잠이 오냐고 호통치는 대학도 없을 거야
거기엔 입시도 야자도 보충도 없을 거야
거기엔 채증에는 민첩하나 구조에는 서툰 경찰도 없을 거야
거기엔 구조보다 문책을, 사과보다 호통을 우선하는 대통령도 없을
거야
어여쁜 너희들이 서둘러 길 떠나는 거기는
거기는 하루, 한 달, 아니 일생이 골든타임인 그런 나라일 거야

따뜻한 가슴으로 꼭 한 번
안아주고 싶었던 사랑하는 아이들아
껍데기뿐인 이 나라를 떠나는 아이들아
미안하고 또 미안하다
눈물만이 우리들의 마지막 인사여서 참말 미안하다
우리 다시 만날 때까지 부디 안녕

7시간

권혁재

차라리 안개 속에서
길을 헤매었다 하지
안개가 걷히는 시간 동안
어쩔 수 없이 골든타임을
허비한 채 발이 묶였다 하지
아이들이 손톱이 빠지도록
철판을 긁어대며 사경에 들 때도
분명, 시간은 침몰하는 배처럼
급박하게 잠기고 있었으나
목숨은, 아우성들은 7시간 만에
싱크홀같이 사라지고 말았지
안개 탓만 하는 어른들의
더럽고 무책임한 말들이
아이들의 웃는 영정 앞에서
뱀처럼 허물을 벗는 조문만 할 뿐,
안개가 없는데도 늘 안개에
갇혀 있는 안개의 시대
차라리 안개 속에서
길을 잃었다 하지
풍문만 안개 속에서 떠돌다
아이들의 맑은 주검만 수장시킨
무정부같이 의뭉한 골든타임.

詩生

권화빈

따지고 보면
詩 쓰는 데 20년
그것 다듬고 고치는 데 3년
결혼하고 애들 키우고 잔소리하는 데 10년
(다 키우고 나니 지들 스스로 컸다고 꽥꽥거리지만)
마누라 눈치 보고 다독이고
으르고 빌고 소리치고 던지고 깨고
이러다 보니 23년이 홀딱
아 참, 더 있지
그거 하는 데 18년
그동안 나는 푸른 하늘을
몇 번이나 쳐다보았던가
그동안 나는
우리 집 앞마당에 핀 꽃송이에
몇 번이나 물을 주었던가
그래 이제 남은 건 오직 하나
내 손바닥에 쓰는

空手來 詩手去

마윤도 씨

금은돌

사람들이 어떻게 죽었는지 아세요? 백화점이 무너져 내릴 때 진열창 유리가 회오리바람을 일으켰더라고요. 1995년 6월 29일 오후 5시 57분 경, 그는 일가친척이 모여 살던 인수봉 아래 집을 그리워했다.

유리 파편이 누군가의 얼굴을 긋는다

보개도서관 글쓰기 강좌에 찾아온 그는 '인수봉을 바라보며'라는 닉네임을 가지고 있었다. 양재동 시민의 숲에서 삼풍백화점 추모 행사를 진행해오던 그. 사장이란 놈이 어떻게 됐는지 아세요? 젊은 여자랑 결혼해서 몽골 가서 살고 있더라고요. 얼굴이 맑아져 가지고 그놈이 나보고 물 떠 오라고 심부름 시키는데

유리 파편이 누군가의 정강이를 찌른다

그는 사은품 물티슈를 선물한다. 그는 손 글씨 담긴 엽서를 선물한다. 이젠 아무도 슬퍼하지 않아요. 이게 말이 되나요? 비인기 종목 국가대표인 아들이 부상 땜에 선수 생활을 못 하게 되었단다. 아내에게 처음으로 손 편지를 써봤어요. 그는 열쇠고리를 선물한다. 내 얘기를 글로 쓰고 싶어요.

유리 파편이 누군가의 발등에 떨어지고

비가 내린다. 2014년 7월 24일 세월호 100일째. 깁스를 한 나의 손목, 가족들의 증언이 잇따르는 그곳에서 나는 글을 쓰지 못한다. 비는 그들의 어깨를 적시지 못하고 비는 광화문까지 걸어오느라 불어터진 발가락 사이 휴지를 적시지 못하고, 나는 아무것도 하지 못하고, 1445명의 사상자를 낸 삼풍 사고보다 내 아이 일이 더 힘들었어요.

유리 파편이 누군가의 손목을 스치고

글 쓰러 오세요, 전화 걸었더니 아들이 대신 받는다. 부음 위로 떨어지는 빗방울들, 백지를 내보이며 글을 찾고 있던 그의 열쇠는 어디로 갔는지

그의 목덜미엔 칼자국이 남아 있었다

동백꽃은 동박새를 부르고

김경윤

다산초당에 들렀다 백년사 찻집에나 가자는
그대의 성화에 못 이겨
두문불출의 길을 나섰드랬지요
비바람에 씻긴 오솔길을 걸어 다산에 오르는 동안
늙은 아버지의 정강이뼈처럼 앙상한 나무뿌리에 발목이 걸려
몇 번인가 늙은 나무에게 경배한 후에야
겨우 초당에 들러 약천藥泉에 목을 축였지요

달을 보기엔 아직 이른 시간
해월루 넘어가는 비탈진 숲길에서
그대는 자꾸 나를 불러 세우고
동백꽃은 동박새를 부르며 붉어졌지요
애저녁 백련사 동백 숲에는
그대의 입술처럼 불그레한 애기동백
꽃잎들 봄바람에 낭자하고
동박새 울음소리만 애설웠지요

어쩌자고 마음은 자꾸 지는 꽃잎으로 가는지
피어서 아름다운 꽃은 잠시
내 살아온 날들도 그늘이 태반인데
어둠이 내리는 길목에서
동백꽃은 동박새를 부르고

그대는 자꾸 나를 불렀지요
저녁 종소리에 귀를 씻고
차향茶香에 마음이나 씻고 가자고

제주 4·3이 분명히 너희들에게 말한다
―서북청년단 재건위원회 출범을 열렬히 환영하며

김경훈

제주 4·3은
단적으로 말하면 해방과 통일이다
정의와 평화, 자주와 평등의 공동체를 향한 민중들의 투쟁
그러나 그러한 세상을 갈구하던 중

최고조에 이른 열정을 끄기 위해 투입된
그보다 더한 분량의 극한의 공포와 탄압
이 전위의 돌격대가 너희들 서북청년단이다
울던 아기도 숨을 멈추는
죽음의 저승사자들

너희들의 반공은 우리들의 죽음
너희들의 출세는 우리들의 무덤

"네가 만약 빨갱이가 아니라면 빨갱이가 되게끔 때리겠다!"
"네가 만약 빨갱이라면 빨간 물이 빠질 때까지 때리겠다!"

때리다가 죽으면 그대로 빨갱이가 되었고
죽은 빨갱이는 귀를 잘라 돈벌이가 되었다
너희들은 피 묻은 손으로 교편을 잡고
지휘봉을 잡고 신문사를 접수하고 상권을 거머쥐더니

사태가 끔끔해질 무렵
애써 간직할 아무 미련도 없는 듯
챙길 것 다 챙기고 홀연히 떠났다
잔인한 무용담만 잔해처럼 남긴 채

그 자리엔 공동체의 해체와 정체성의 상실
사유하는 세포 자체의 파괴
역사의 타살과 기억의 자살만 도배된 채
만신창이 역사, 60년 숨죽인 동토 속에서도

제주도민들 기어이 살아남아
4·3 해결의 열두 시왕문을 열고
너희를 가해자 처벌 요구한 적 없이
화해와 상생, 평화와 인권을 너나없이 부르짖었건만

분명하지 않은 역사의 단죄는
항상 독버섯처럼 언제든 어디선가든 움트게 된다
희생양도 못 되는 이승만 정권의 친위대 들러리
너희들, 이미 인간이기를 포기한 서청의 후예들

오늘날 다시 권력의 완장으로 재건되었다니
나는 한편 치가 떨리면서도

나는 또한 아주 열렬히 환영하는 바이다
너희는 이제 분명코 저주와 복수의 과녁이 되었다

분명하게 나는 말한다
이제 다시 4·3이 너희들에게 말한다
그래 이제 돌려주마
너희가 즐겨 사용했던 비수와 총칼을 돌려주마

너희가 찢고 뜯었던 제주의 자존을
너희가 강간했던 수눌음의 정신을
너희가 착취하고 약탈했던 나눔의 공동체를
너희가 유린한 제주의 맨얼굴과 맨몸과 맨정신을

돌려주마 너희들에게
너희의 뿌리 잔털까지 말끔히 뽑아
너희의 몸통, 백색 테러의 원조인 매국사대 세력들을
완벽하게 제거하는 것이 곧 역사 정의의 시작이니

나는 제주도민의 이름으로
억울하게 숨겨간 영령들의 이름으로
너희들에게 우리가 당했던 바로 그대로
너희의 멸종으로 돌려주고자 한다

그 자리에서
정의와 평화의 새 희망을 다질 것이다
해방과 통일의 새 나라를 이룰 것이니
자주와 평등의 새 역사를 재건할 것이다

흰색이 좋아지다

김경희

내 안에 세상을 들이고부터는
사는 게 사는 게 아닙니다
자고 나면
날아드는 세금 고지서에 등골이 휘어져
이젠 땅과 수평을 이룹니다
가만히 생각하니 저걸 저승길이나 재촉하는
흰 만장으로만 볼 일도 아닐 성싶습니다
좀 더 가까이
흙냄새도 마셔가며 미리미리 친하라는
그 깊은 속내를 조금 알겠습니다
소득세
전기세
수도세
전화세
교육세
휘발유세
자동차세도시가스세
아파트관리비의료보험비
자릴 틀다 틀다 내 안이 비좁거든
주저 없이 나도 분갈이해버리고 한 가지 부탁하면
저승길 따라오는 만장만은 색색이면 좋겠습니다

시가 연꽃이다

김광렬

진흙탕 같은 먹구름 사이로
달이 연꽃을 피워낸다

세상은 까만 수렁이다

시詩가 연꽃 한 송이를
쳐들고 있다

참, 곱다

큰빗이끼벌레

김광원

너무 미워하지 마세요.
나도 지상의 어엿한 생명체입니다.
괴물이 아닙니다.
뜯어보면 나는 큰 빗자루처럼 생겼고
하늘하늘 춤도 잘 추고
이끼처럼 모여서 잘 살아요.
흐름이 없는 고요세상을 좋아하지요.
허벅지 살처럼 하얗던 모래밭이 파헤쳐지고
반짝이던 달빛 강물이 사라지던
그, 그, 월식날, 그것도
개기월식, 세상이 온통 깜깜하던 밤
어머닌 그, 몹쓸 놈들한테 당해버렸대요.
풍문에 의하면
아무리, 아무리, 발버둥 쳐도
어깨가 무지막지 큰 그놈들한테
그저 숨 막히면서 먹혀버렸대요.
난 그렇게 태어난 거죠.
내가 죄인인가요?
어머니가 죄인인가요?
나는, 나는, 어떻게 살아야 하나요?
언제까지 괴물로 살아야 하나요?

할머니의 꽃밭

김규성

할머니는, 그러니까를 긍게로
한다니까를 한당게라고 하셨다
그것을 웃으면
니들은 먹는다를 멍는다라고
반갑다를 방갑다라 하지 않느냐고
맞받아치시는 것이었다
귀가 어두운 할머니는
웬만해서는
응이라고 대답하시며
반문할 때도 응?이라고 하셨다
이를테면
지상에도 지하에도
똑같이 이응 받침을 거느리고 계셨다
어느 날 할머니는
어디 좀 핑 댕겨와야겠다고
낭자머리 단정히도 빗으시더니
영영 아무런 소식이 없다
태양 쨍쨍 내리는
할머니 꽃밭에는 시방도
하양, 노랑, 빨강, 검정, 파랑의
꽃들이 종종걸음으로 피고 있다

즐거운 경계

김근희

> 파괴적 성격은 인생이 살 값어치가 있다는 감정에서 사는 것이
> 아니라 자살할 만한 값어치가 없다는 감정에서 살아가는 것이다
> ─발터 벤야민『문예 이론』

어디까지 가야 나를 배신할 수 있을까
수십 통의 문자 메시지를 삭제한다
섬광, 그리고
헐벗은 침묵
빛은 늘 어둠에 서고
나는 압정처럼 꽂혀
한없이 흘러갈 곳을 찾고 있다
흘러가는 곳
다시 태어날 곳은 애초에 없고
인생의 꽁무니를 완벽하게 감춰버릴 곳은

신기루,
그것은 지상의 화음和音까지도 조롱한다
밀물과 썰물이 끝내 이루어낸 수평선
그것이 등을 돌리다
내 옆구리에 지느러미 하나 달아주었다
이승과 저승을 혼돈하도록
그래서 눈도 뼈도 힘을 쓸 수 없게 하도록

판박이같이 찍어내는 동일 화면 속에서
무턱대고 살아가는 것이란
얼마나 견고한 이빨이 혀를 깨무는 탄식인가

도로를 달려오는
반대편 차들의 속도에 질식하면서
부릅뜬 눈에 빨려들면서
내 비늘이 통째로 벗겨지는 희열 속에서
언제든 시간은 멈출 수 있다

그리하여 또 미뤄두기로 한다

자살은 늘 유효하니까
너를 삭제하는 일이 즐거우니까

헛발질하는 구름을 액셀러레이터 페달 위에 얹고
도로 중앙선을 뱉어내며, 한 번씩
내 몸에 노랑 선을 그으며

늙은 나무

김기택

단단한 것들이 구불거린다
딱딱하게 굳어졌는데도 구불거린다
굳어진 후에도 흐르는 수액을 멈출 수 없어 구불거린다
딱딱하게 마른 수액이 뒤틀리고 휘어진다

울퉁불퉁한 껍질 안에서 얼음 터지는 소리 들린다
갑각을 팽창시키는 소리 들린다

어린잎이 뚫고 지나갔던 구멍이 근질거린다
파문을 일으키며 목피를 밀어내던 나이테가 출렁거린다
혹한과 땡볕이 번갈아 용접했던 관절 속에서 어린 관절이 꿈틀거린다

좀 더 휘어지면 꺾일 것 같은데도 구불거린다
연한 것들이 삭아서 떨어지고 날리는데도 구불거린다
찢어지지 않으려고 버티다가 끝내 찢어지면서도 구불거린다
구불거림이 멈추었는데도 구불거린다

내부로부터의 안부

김다희

책을 펴자 모서리를 찢으며 친구의 숨소리 들린다. 궁서체가 미세하게 발을 뻗은 갈피에서 편지가 유언처럼 발견됐다. 찢겨진 입술. 누군가 비밀을 물고 있는 입술에 날 선 칼을 갖다 댄 자국이 붉고 선명했다. 갈피갈피 겨울이 익어가는 견고한 내부가 보였다. 친구의 안부가 몸을 웅숭그려 먼 길을 걸어왔던 날, 수십만 마리의 일개미들이 모인 듯 봉투 속은 분주했다. 신음 소리가 편지의 몸 밖을 수시로 나들었다. 찢겨진 봉투처럼 친구의 生도 오래가지 않아 찢어졌다. 나는 그를 외면했다. 오늘, 다시 친구를 만났다. 편지지에 맨몸을 밀며 묻는 안부가 숨 가쁘고 침울했다. 세상 모든 나무들 제 몸 말려 겨울을 준비하듯 친구의 겨울은 어디쯤에서 서성이고 있을까. 책갈피마다 겨울나무 우는 소리 웅웅 들린다.

미사를 마치고

김대술

떨리는 것은
당신 때문이 아니라
당신이신 사람 때문입니다

가슴이 아린 것은
홀로였던 당신 때문이 아니라
외로움을 잃어버린 사람 때문입니다

고개를 숙이는 것은
당신의 정처 없음이 아니라
어디에 있어야 할지 모르는 사람들 때문입니다

숨을 쉴 수 없음은
거친 나무 위에 달린 당신 때문이 아니라
숨을 잃어버린 사람들 때문입니다

정갈한 미사는
당신을 향한 그리움
당신이 사랑했던 사람들의 얼굴들
날마다 무릎을 꿇어
눈물은 샘솟듯 영롱합니다

민달팽이

김덕우

그는 마당이 있는 이층집에 혼자 살고 있었다
어느 날 나는 그에게 세를 들기로 했다
그는 보증금도 계약서도 필요 없다고 했다
그냥 들어와 살 만큼 살아도 좋다고 했다

어쩌면 자기가 먼저 떠나게 될지도 모른다 했다
계약서 같은 건 쓰지 않았다
가져온 인감도장은 넣어두라고 했다
그는 나의 창이 되어주겠다 했다
그러라고 했다

그는 넓고 투명한 나의 창이 되어주었다
나는 창을 통하여 그가 내어준 앞길을 바라보곤 했다
그는 나에게 넓은 지붕이 되어주겠다 했다
나는 그 아래서 나의 집을 꿈꾸었다
집은 언제나 안락하고 평안했다

그의 집 안에서 나가지도 않고
아무것도 하지 않았던 나는
눈과 팔과 다리가 점점 사라지고 있었다

그리하여 그가 잠든 사이

그의 집을 조금씩 갉아 먹었다

그의 창은 어느 틈에 금이 가버리고
지붕은 균열이 생겨 틈이 벌어졌다

깨어지고 이상이 생긴 것은 고치면 그뿐이라고
그는 나를 안심시켰다
그러나 나는
그의 집이 곧 허물어져 버릴 것을 알아차렸다

다시 봄날에

김동환

천지 가득
그리운 꽃 꽃 꽃

사나이 하나 함부로 울고 있네

하필이면 눈에 꽃이 들어갔대나
예전에는 멀쩡했는데
언제부턴가 툭하면 꽃이 눈에 들어간다고

지난겨울에는 눈꽃에도 여러 번 혼이 났다고

봄맞이꽃

김두녀

야, 봄이다!
하늘 향해 가느단 팔 쭈욱 뻗어
봄을 맞는 봄맞이꽃 붙잡고
세상에서 가장 낮은 자세로 입맞춤한다

무엇이 두려워 땅에 납작 엎디어 있다가
날 보자마자 팔 뻗어 양손 흔드는가?
손끝마다 피어난 새하얀 꽃잎은 눈이 시린데

봄맞이 여행 떠나
구명조끼 나누어 입고
철벽에 붙어 파르르 떨던 어린 꽃들
붙잡아 달라 내민 하얀 손, 손은
캄캄한 바다 속 헤매다가
꽃잎은 흩어져
수천만 가슴속 파편으로 박혔는데
언제 다 마를 것인가? 팽목항 울음바다는

금쪽같은 새끼들아
무책임한 어른이 없는 하늘나라에서
복락을 누려라
지켜주지 못한 죄

후생後生에는 너희들 발바닥이나 핥고 살 것이야
아가들아 부디 잘 가라
오늘도 두 무릎을 꿇고
세상에서 가장 낮은 자세로
네 보드라운 흰 뺨에 입맞춤한다

죽음에 대한 리허설

김두안

나를 쏘아 올렸지
지상에 서 있는 나를 내려다보았어
우린 둘이랄까
분열된 감정은 숫자에 불과했어

의사는 사과를 들고 말했다
당신은 어떻게 태양을 통과할 수 있었죠?

태양은 뿌리가 깊고 자꾸 부풀어 올랐어 두려움이 유일한 통로라고
직감했어 빛의 문이 열리면 어둠은 시간이 되지 나는 투명하니까 나를
산 채로 두고 떠나기로 했어 어쩌면 태양이 내 무의식을 통과했을 수도
있어
　드디어 안녕
　지상의 내가 보이지 않았지

나는 오직 어둠을 향해 날아갔어
빛으로부터 도망치듯
생각이 남아 있는 속도는 너무 느려
우주는 허허롭고 쓸쓸한 회색 공간이야 아무런 미동도 없었지

별을 보는 것과 꽃을 만져보는 느낌의 공통점은
시선이 벌써 다녀왔다는 사실이야 나는 느낌보다 빠른 시선이 필요

했어

  밑도 끝도 없이 떠 있는
  어둠의 산맥
  발톱이 새로 돋아난 행성들
  등뼈가 앙상한 은하수*는 사막에 버려진 낙타 해골보다 비참했어

  온통 총탄에 난사당한
  별의 도시는
  붉은 술잔을 들고 서 있는 인간의 형상이었어

  우주는 갈수록 암담하게 짙어지고 나는 침묵의 무덤 앞에 부딪히고
말았어
  그리고 거기가 끝이었어 어떤 영혼도 통과할 수 없는
  거대한 어둠의 벽
  나는 홀연한 그림자로 또 두려움 앞에 서 있었어

  의사가 사과를 자르며 말했다
  이봐요!
  당신은 아직 거울의 뒷면을 선택할 자유가 없어요

  나는 어둠 속으로 서서히 스며들기 시작했어

우린 하나랄까
분열된 선택은 숫자에 불과했어

죽음의 문이 열리면 빛은 시간이 되지 나는 이제 어둠이니까
우주여 안녕?
나는 다시 연둣빛 감정을 느끼기 시작했어

* 칼 세이건의 『코스모스』 '밤하늘의 등뼈'에서 인용.

달의 귀

김륭

가끔씩 귀를 자르고 싶어, 내 몸을 돌던 피가
네모반듯하게 누울 수 있도록

그러면 우리 집 고양이는 온통 벽을 긁어놓겠지만 혀를 붓으로 사용
할 수 있게 된 나는 누군가의 뱃속에서 지워진 내 숨소리를 들을 수 있
을 테고 가만히 첫눈이 온다고 속삭이는 여자는 얼굴도 모르는 아이의
심장을 꺼내 뭇 남자의 무릎을 베기도 한다더군요

그러니까 나는 자궁을 들어낸 어머니 뱃속 가득 담겨 있던
신발 한 짝이었음을 기억해냅니다

달의 귀를 잘라 마르지 않는 그녀의 우물은 누군가의 손목을 베개로
삼아야 들을 수 있는 노래, 우두커니 아무리 울어도 나무가 될 수 없는
나는 축축한 밤의 옆구리에 의자를 갖다 놓는 달팽이, 신발을 주우러 다
니는 일이 많아졌습니다

어쩌죠? 귀를 잘라버린 무덤은 허공에 입을 그려 넣고
그녀는 밤새 눈사람을 만들지만 더 이상
무릎은 벨 수 없다더군요

어머니, 나뭇잎 좀 그만 떨어뜨리세요

뱃속에서 우는 아이의 심장을 가만히 꺼내
늙은 고양이를 만드는 그녀를 위해
밤은 가끔씩 종이가 됩니다

딸꾹질 25
−수상하다

김명

세월이 수상하다
세월호가 수상하다
세월과 세월호는 어떤 상관관계가 있을까
수상하다
광화문 광장 '유민이 아빠'
김영오 씨가 수상하다
단식 사십 일째
수상한 복장과
수상한 입술과
수상한 발걸음이
한 생명을 지켜보고 있다

저기 파란 기와집 수상하다
그곳에서 속닥속닥 양복 입고 넥타이 맨 그들
수상하다

세종대왕과 이순신 장군이 수상하다
종이컵을 든 수상한 사람들

노란 리본을 달고 수상한 사람들
눈에 핏발이 서고
심장이 터질 듯 붉어진 사람들

때로는 목울대가 뜨겁게 외치고
때로는 고요히 행진하는
수상한
당신
과 나

수상한 시간

젤리피쉬 위의 거북이

김명신

얼마 만이야

어두운 청색 혹은 까망
고요를 거느리며
최대한 움직이지 않은 것처럼 움직이는

물이 없는 것 같아
깊은 바다라는 말보다 더 깊은 심해라는 말
우린 어디서 만났을까
부탁도 허락도 없이
이렇게 태어났던 것
혹은 살아온 것

보여주기 위해 사는 건 아니지

없혀 가다⟨~~~~⟩ 히치하이킹
말 사이의 파동

가는 것도 아니고 안 가는 것도 아닌
상태

심해의 본질은 침묵

먹이사슬을 모르겠는
유토피아

출―생을 기다리며
노니는
무 시간

우리만 살고 있는 것 같아,

나도 모른다

김명은

우리 몸의 세포 수를 아십니까 세포 하나의 길이를 아십니까 한 해 임산부가 먹는 사과의 개수를 아십니까 쇼처럼 보이는 토마토 축제에서 가장 멀리 던져진 토마토를 아십니까 붉은 플라스틱 컵과 그 속에 꽂힌 붉은 빨대의 성관계를 아십니까 꽃이 필 때까지 색깔을 알 수 없는 꽃을 아십니까 달리고 싶은 기차의 두근거리는 심장 박동수를 아십니까 안녕들 하십니까 대자보 글씨체를 아십니까 사자를 묶을 수 있는 거미줄의 강도를 아십니까 한반도 비핵화 유혼과 종북몰이의 새로운 희망을 아십니까 태변에서 지금까지 눈 당신 똥의 분량을 아십니까 고무젖꼭지를 빠는 찌찌파티를 아십니까 꼬리를 흔드는 고양이 머리를 통째로 입에 넣고 있는 들쥐를 아십니까 뉴욕 월스트리트에 살고 있는 황소와 곰의 관계를 아십니까 직장에서 직장으로 직장을 옮겨도 즐겁지 않은 비정규직 신입사원의 찢어진 이력서가 몇 장인지 아십니까 팔을 이마에 얹고 눈을 뜨지 않는 딸의 슬픔을 아십니까 방금 부러진 분필의 목이 어디 있는지 아십니까 알을 낳다 죽은 금화조의 다음 생을 아십니까 어둠 속에서 기다리고 있는 고사목의 구원을 아십니까 먹구름의 생간을 빼먹는 난폭한 바람의 식욕을 아십니까 갓 태어난 아기 뺨에 부족의 흔적을 새기고 겨우 일어나 걸으려는 아이의 뺨을 면도갈로 그은 남자들을 아십니까 당신은 흉터의 미소와 보조개의 냉소를 구분할 줄 아십니까 겨울 내내 얼어 있는 산그늘의 온도와 다시 거리로 나온 촛불의 온도를 아십니까

대전 블루스

김백겸

시계탑이 있는 대전역 광장에서 나는 어린 방랑자였네
증기를 뿜는 기차가 들어오면 사람들은 기차표를 들고 개찰구로 뛰어
갔지만
나는 수업 시간을 놓친 지각생처럼 당황한 마음의 아이
대전역에서 시청을 거쳐 대흥동 도지사 관사 뒷골목으로 돌아오곤
했네
나만의 사업이나 열애를 위해 기차를 타기에는
아직 어렸으므로

거리의 낡은 스피커에서 흘러나오던 〈대전 블루스〉
굴곡이 많은 사연이 안개처럼 피어오르던 슬픈 멜로디의 〈대전 블루
스〉
멋모르고 포도주를 마신 아이처럼 골목길을 방황하게 하던 〈대전 블
루스〉
기차는 제 시각에 도착하고 예정대로 출발하는 운명의 은유였음을 알
게 하는 〈대전 블루스〉

잘 있거라 나는 간다 이별의 말도 없이
떠나가는 새벽 열차 대전발 영시 오십분
세상은 잠이 들어 고요한 이 밤
나만이 소리치며 울 줄이야
아아 붙잡아도 뿌리치는

목포행 완행열차

지하철이 대전역에 도착하면 〈대전 블루스〉의 멜로디가 도착을 알리네
매일경제를 사고 커피 한잔을 마신 나는 검은 서류가방을 들고 KTX
를 타네
눈물로 붙잡아야 할 것을 모두 지운 메가시티의 시민이 출장을 가면
서 회고하는
〈대전 블루스〉
채권과 주식시세를 들여다보고 있는 현실이 세월의 상처로 피를 흘리
게 하는
〈대전 블루스〉

개나리

김서희

어디론가 떠나고 싶고
어디선가 쉬고 싶은 봄 한쪽에서
그녀를 만났네
노랑머리를 하고
연두 빛 미니스커트 보일락 말락
볕바른 언덕길에
그녀가 앉아 있네

지난겨울,
어느 거리 어느 술집에서
자신을 달랬는지
처절히 버렸는지
노랗게 물들인 머리로
말없이 돌아와 있네

다시 살아보겠다는 듯
꽃으로 살아보겠다는 듯

최후의 방법
—통일을 위하여

김석주

방법이 없다
미워하며 욕도 해보고
코피가 터지도록 싸워도 보고
안타까워 가슴을 쳐보기도 하였지만
어쩔 수가 없다
안하무인眼下無人
단 한 번도 제 잘못을 인정한 적이 없고
온 천지에다
꼴뚜기처럼 집안 망신을 시키며
배신을 밥 먹듯, 사사건건 약을 올려도
그저 꾹 참고 참으면서 달래어야 할 뿐
차마 너를 저주할 수 없고
너의 가슴에다 비수를 꽂을 수가 없다
그러니까 방법이 없다
바보처럼 그렇게 용서하지 않고는
다른 방법이 없다
다시 또 사랑하지 않고는

국자

김선

밭일하러 나서는 어머니
구 남매 먹여 살리느라
허리가 구부러졌다
둥글게 휘어져
한쪽이 파였다
파인 곳에 그늘이 박혀 있다
오목하게 쌓인 그늘
가난한 부엌 한 모퉁이에 걸려 있다

남한강

김선규

나는 일직선으로 흐르는 것만을 배우지 않겠습니다.
산을 만나면 산맥 따라 노래 부르고,
절벽을 만나면 절벽의 허리를 돌아 돌아
울음 우는 지혜까지 배우겠습니다. 내가 닿을 저쪽 편에
수초가 얽혀 향방이 아득한 때에도,
처음 품은 숙제를 버리지 않으렵니다. 따지고 보면
그것은 춥고도 먼 길이지만,
가장 빛나는 자화상을 찾아가는 지름길의 전부입니다.
…… 어머니

절름발이 예수

김선주

그 남자가 출렁거리며
대야에 물을 들고 올 때
오른쪽 다리가 자꾸 꺾였다
절름발이 아버지였다
감자 줄기처럼 매달린 새끼들이
그의 저는 다리에 탯줄을 대고 있었다
탯줄이 붉은 전등 아래 퍼렇다
무식한 촌놈 제자들의 발을 씻기던
예수도 절름발이였다
평생 땅만 보고 살면서
면서기 따위에게조차 굽신거려야 했던,
가진 거 없고 배운 거 없어 더 서러웠던,
우리 아버지 같은 예수
만 원짜리 한 장 쥐어주고 돌아서는데
뜨거운 고구마처럼 가슴이 콱 막힌다
그의 손바닥에서 못 자국이 있었던 것이다

낙월도

김선태

이름만으로도
달빛 부서지는 문장이다 간결한
구도의 수묵화 한 폭이
환하게 펼쳐지지

낙월, 하는 순간
마음속으로 달이 뜨고 져서
그리움 하나로 무장한 채
홀연히 찾아가고 싶은 섬

밤이면 서쪽 바다로 걸어 들어가는
달의 치맛자락을 붙잡고 싶었네

방파제로 달을 끌어와 앉히고선
밤새 젖은 술잔을 기울이고 싶었지

새벽이면 물에 빠져 죽은 달을 건져
황홀한 장례를 치르고도 싶었어

초승달 닮은 새우들이
은빛 물비늘 편지를 쓰는
세상 모든 달들의 무덤

낙월도

호랑이는 내가 맛있대

김성범

호랑이가 나타나
너 몇 살이니?
아홉 살인데요?
참 맛있는 나이구나
난 말썽쟁이여서 맛이 없을걸요
쫄깃하겠구나
난 공부를 못해서 맛없을걸요
싱싱하겠구나
나보다 옆집 아이가 엄마 말도 잘 듣고 착하거든요
고 녀석은 퍽퍽해서 맛없겠다
저를 꼭 드셔야겠어요?

오냐, 으헝!
엄마야!

부추전

김수려

비 죽 죽 오는
날 저녁에
부추전이 먹고 싶다

창문 열고 빗줄기를 두어 주먹
베어 들여 씻고 다듬어
물기를 말린다
추적추적 길이를 매만져 짤막하게 썰고
끊어 대야에 푼다

감아서 묶어 내린 머릿발에서
물방울이
하나 똑 떨어져 들어가도
건져내지 않는다
어디서나 만난 낙숫물로 반가울 테니
뜨거운 팬 안에서
쏴 쏴 빗소리가 익어갈 때

잘 울던 버들머리의 어린 날
여린 끝을 골라주던
옹기 손길도 없어서
빗살무늬는 헝클어져도 익는 소리를

벗어나지 않는다

성숙한 봄밤
물 빛깔 풀어 넣어 초록이 흐려진
그리움 그대의 처마 안으로
안긴다

구석지

김수목

언제부터인지 난 구석이라는 말보다
구석지라는 말을 더 사랑하게 되었다

일정한 영역을 확보한 듯한 여유로움
범접할 수 없는 어둠과
추억을 한꺼번에 간직한 느낌
치명적인 비밀이 켜켜이 쌓여
은밀한 유혹으로 다가가야 할 것만 같은

구석지에 쌓인 먼지조차도 사랑하게 되었다
티끌만 한 것들이 뭉치고 뭉쳐
뭉치면 살고 흩어져 죽지 않고
동그란 별이 되어 서로 마주하고 있는

구석지에서도 측백나무 꽃은 피어난다
모든 생은 햇살 때문이지만
빛도 없이 피어나는 이런 생도 눈여겨볼 만하다고
잠시 잠깐 어둠이 비켜준 구석지에서 피어나는

더 이상 손볼 곳 없는 아름다운 구석지가
세상 어느 곳에나 자리하고 있다.

수선화 피는 저녁

김수복

어머니는 기도하시고
나는 돌아와 술을 마셨다

팔순 잔치를 서둘러 마치시고
나는 아무래도 괜찮다
가다가 휴게소에서 김밥 한 줄
먹고 가면 된다
연령회 미사 꼬옥 가서
위령기도 해줘야 된다 그만,

어머니, 서둘러 대구로 내려가셨다

배웅하고 나서 돌아오는 길 마음 내내 졸이다가
　사십여 년 떠돌아 온 길 옆에서 한 번도 올려드리지 못했던 생신날을
후회하면서
　저 길 너머 새들이 드나드는 명자나무꽃집을 한없이 바라보다가

잘 내려와 연령미사 들어왔다는
전화도 못 받았다

꽃잠에 취해서 수선화 피는 얼굴도 못 보고
활짝 피었을 목소리도 듣지 못한 늦은 저녁이 되어버렸다

절망의 끝에서 부르는 희망의 노래

김수열

일찍이 어느 시인이 말했지
절망은 끝까지 그 자신을 반성하지 않는다고

일본 군부가 오키나와를 조선의 성노예를 반성하지 않고
우리 군부가 제주 4·3을 강정마을을 반성하지 않고
반성을 모르는 일본은 그래서 절망이다
반성을 모르는 우리는 그래서 절망이다

절망은 더 큰 절망을 낳고
절망이 낳은 더 큰 절망은 거짓을 낳고
거짓은 더 큰 거짓을 낳고
거짓이 낳은 더 큰 거짓은 폭력을 낳고
폭력은 더 큰 폭력을 낳고
폭력이 낳은 더 큰 폭력은 광기를 낳고
광기는 마침내 아무렇지도 않은 학살을 낳고
그런 학살이 낳은 더 큰 학살은 마침내 집단학살을 낳고

오키나와가 그랬고 제주 4·3이 그랬지
중국 난징이 그랬고
베트남 중부 썬미가 그랬고 빈호아가 그랬지

하지만 우리는 알지

제 자신을 반성하는 사람은 절망의 끝에서
새로운 희망을 본다는 것을

그리하여 학살에 대한 성찰은 생명을 낳고
생명에 대한 성찰은 아름다운 평화를 낳고
평화가 낳은 더 큰 평화는 화해를 낳고
화해가 낳은 더 큰 화해는 참된 진실을 낳고
진실이 낳은 더 큰 진실만이 사랑과 희망을 낳는다는 것을

먼 훗날 어느 시인은 말하겠지
희망은 그리고 사랑은 죽는 날까지 제 자신을 돌아보고 돌아보는 거
라고

봄의 저울

김수우

종이봉투가 되어버린 내 머리통에서
푸른 사내는 뭔가 끄집어내 투덜투덜 내던진다
눈만 끔벅였다 난처했다
한 짝 슬리퍼나 사과 꼭지, 빨래판, 녹슨 화살촉도 보인다
전갈이나 지네도 허우적허우적 떨어진다

내 속에 저런 게 있었다니
점점 난처하다
배고픈 늑대를 화분에 심는 일만큼이나 난처하다
전혀 모른다고 내가 키운 게 아니라고
말하고 싶은데 입술은 암모나이트 화석이다

뚜껑을 잃어버린 만년필 까닭이 분명하지만
시체들 각막을 모아놓은 시 때문이 틀림없지만

머리 뚜껑이 열린 채 눈동자 굴릴 때마다
저울추가 평평해진다
고대 벽화 속 토우가 햇살을 게운 듯
갈고랑이 손을 가진 사내가 추썩거릴 때마다
하늘에 연두가 번져간다

울겅불겅 잡동사니 도깨비들, 바다로 가는 모양이다

전갈이나 지네를 차라리 따라갈까
큰 집게나 많은 발이 아니라
그들의 독이 절실했던 시대가 좀 많았으니
난처한 밥, 난처한 무릎, 난처한 자살, 난처한 위정자까지

보도블록 촘촘촘 봄을 세우는 연두의 저울눈들
빈 봉투가 되는 동안
점점 난처한, 점점 뻔뻔한, 점점 그리운

꿈, 정지, 그리고

김수자

북페스티발이 열리고 있는 장소였다. 첫 문을 들어서자, 다섯 명의 배우가 얼굴에서 뒤통수까지 심지어는 뇌 속까지 빼곡하게 문장을 새겨 넣고, 이야기 속의 의미들을 표현해내고 있었다. 그다음에 자리한 부스를 들여다보는 순간, 이야기 속의 주인공이 갑자기 나를 나꿔채어 소설 속의 한 문장으로 새겨 넣어 버렸다. 나는 시나브로 문장이 되었다. 끝도 없이 이어지는 부스 안의 풍경들 속에서 전혀 새로운 황홀감을 맛보기도 하였다. 시간이 흘러 돌아가야겠다는 생각이 찾아왔지만, 미로 같은 부스 속을 빠져나오는 일이 결코 쉽지 않았다. 한참 만에야 밖으로 나오자 어둠 속으로 달려오는 택시가 한 대 보였다. 얼른 뒷좌석에 올라타 기사에게 집으로 가는 길을 일러주었지만 그는 내 말을 잘 알아듣지 못하는 것 같았다. 택시는 한참을 달리다가 나를 다음 책 속에 내려놓고 가버렸다.

무시무시한 추리소설은 겉표지부터 온통 검은색이었다. 누군가 나의 심장을 향하여 총구를 겨냥하는 순간, 비명을 지르며 꿈에서 깨어나고 말았다. 꿈이어서 얼마나 다행이었는지 모른다고 생각했지만, 평정을 잃은 내 의식은 이미 벼랑 끝의 한 페이지에 갇혀 있는 것 같았다.

O. L

그 속에서 영원히 돌아오지 않았으면, 결말이 나지 않는 이야기가 끝없이 이어졌으면, 정지된 화면 속에서 움직임이 거세된 나의 모습을 바라보며, 정지된다는 일은 한편으론 무언가를 견디어낸다는 방식의 또 다른 기법일 수도 있었다.

거울의 위치

김순선(대전)

왜 그 높이일까?

시동을 끄고
급히 들어와
서둘러 내리고
느긋이 앉는다

물을 내리고
천천히 바지를 올리다
딱 마주친다

작은 거울 속
담방 들어가 담긴

왜 그 높이에 붙여두고
비춰보게 하는 걸까

앉아서 찬찬히 바라보라는 것일 테지만
서서도
툭 한번
건드려보라는 걸까

혁대를 조인다
그 위치의 구멍이
다른 것보다 크다

저, 빗소리에

김순선(제주)

만약,
꽃이 한번 피고 영영 질 줄 모른다면
그때도 아름답게 보일까

길가나 로터리에 잘 가꾸어놓은 꽃도
때론,
제복을 입은 마네킹같이
성형 가면을 쓴 웃음이
낯설 때도 있는데

오늘따라
오름 어느 자락에 없는 듯 피어 있던
작은 들꽃 한 송이
자꾸 눈에 아른거린다

다듬지 않아서
쉽게 가까이 다가갈 수 없어서
더 그립고 애틋한

가슴을 두드리는
저, 빗소리에
어딘가에서는 꽃 한 송이 피어나고

어깨를 들썩이는 울음 같은
저, 빗소리에
어딘가에서는 꽃 한 송이 지고 있겠지

꽃은 질 때 더 아름다워야 하리
황홀한 사랑도 저물 때가 있듯이
누군가의 가슴에
더 애틋한 그리움으로
고여오듯이

물 과장

김시언

꼴랑 이 서류 작성하는 일밖에 더 있어? 계속 이러면 나하고 일 못 해, 알겠어?

양 부장 목소리 톤이 올라갈수록 고개가 떨어진다. 자리로 돌아와 어깨를 잔뜩 웅크린 채 모니터를 들여다보는 물통 담당 김 과장. 사람들은 빈 컵을 들고 몇 번 왔다 갔다 하면서 빈 물통과 그를 번갈아 쳐다본다. 물통 바꿀 생각을 하지 않고 빈 컵을 책상에 내려놓고 만지작거리는 김 과장.

그가 다시 서류를 내밀자 양 부장이 한숨을 푹 쉬고는 그대로 나간다. 그는 한동안 창밖을 내다본다. 어머니 수술 날짜가 잡힌 이야기를 하면서 아내가 짓던 한숨을 떠올렸을까. 집 사느라 대출 받은 이자를 생각했을까. 한참 골똘히 앉아 있다가 슬그머니 일어나 물통을 거꾸로 세워놓는 김 과장. 그때 유리문으로 양 부장이 들어오는 모습이 보인다. 그가 급하게 휴대폰을 집어 든다.

에잇, 못 한다니까요. 몇 번 말해야 알아듣습니까, 내 더러워서 못 해 먹겠네.

양 부장이 따각따각 구두 소리를 내면서 물통에 다가간다. 사람들은 지문 묻은 컵을 만지작거리면서 무너져 내릴 듯한 책더미 틈에서 슬쩍 고개를 든다. 양 부장이 자리로 돌아와 물을 마시도록 물통 안에서는 부글부글 거품이 방울져 올라온다.

울 아버지

김아랑

근 100년 낮은 울타리로 살아온 울 아버지
소원 하나 있네
징검돌 같은 딱 두 글자
통일
일 찾아 떠돌던 나그네 길
나무도 겉옷을 벗어 덮어주던 길
살아서도 누워서도 갈 수 없는 땅
위 통증보다 100배 더 아프다네

손가락 연필 같은 소년이었을 때 부모 잃고
개미가 득실대던 사과 한쪽 배 채우며
산소에서 3년
하현달 같은 맨발
자기도 데려가 달라 매일 울었다는 울 아버지
따뜻한 밥 한 그릇 국 한 그릇
조상님께 너무 죄송하다네

징용으로 아오모리 탄광에 끌려가
실명될 만큼 죽도록 맞아도
내 나라 고향 흙 한 줌
쓰다듬어 끌어안았다는 울 아버지
기다림도 목이 길게 자라

대쪽처럼 말라 내 나라에 돌아오니
6·25 전쟁
입을 아 벌리고
태극기 가슴에 안고 폐허 땅에 쓰러졌다네

이제, 북서풍 찾아와 종탑 흔들어대도
송장처럼 누워 있네 울 아버지
기억들도 북녘 해당화 곱게 핀 담 뜨락
숨었다가 기어 나오고 다시 강아지처럼 숨는다네

가끔씩 문 열어달라 하네
고드름 덜덜 씹어 먹던 북녘 땅 동포들
한 사발 죽이라도 먹는지
소원을 빌고 싶다고
마지막 소원이 무엇이냐고 물으면
내 손바닥에 상수리나무 잎 같은 딱 두 글자 떨어뜨리네
통일
따뜻한 둥지 어린 새처럼 떨고 있네

카우치*에서 봄을 읽다

김연종

서서히 서서히 그러다 갑자기 밀려오는 요의尿意처럼

봄비에 쩍쩍 갈라지는 사타구니 계곡의 얼음장처럼

비 그친 뒤 더욱 흰 목덜미의 과부집 백목련처럼

춘화에 취해 오줌발 세우고 있는 만취한 전봇대처럼

몽롱한 오월의 안부를 묻고 있어요 붉은 구름 사이 절규하는 스무 살이 보여요 주름진 하늘은 내 이마에 빗금을 긋기 시작했어요 세상은 약간 찌푸릴 뿐인데 흐릿한 내 시야엔 왜 자꾸 비가 내릴까요 이제 장화를 신는 것도 모자를 벗는 것도 두렵지 않아요 수상한 구름은 어떤 표정도 짓지 않아요 물음표 같은 우산을 쓰고 혼돈의 사선 밖으로 뛰쳐나가요 여전히 안경을 더듬거릴 뿐 저 흐드러진 지린내를 피하진 않아요 눈부신 아카시아가 망막까지 활활 타올라요 이제 갓 스물이라고는 말하지 마세요

* 정신분석에서 사용되는, 자유로운 연상을 돕기 위해 만들어진 침대 모양의 평평한 의자.

양파

김영란

경계를 넘지 못했네

이 땅의 슬픈 루저

뛰어놀다 그냥 잠든

난민촌 아이들처럼

흙투성 뽀얀 살결이

환히 슬픈

봄 나절

아카시아 잎

김영미

나는,
너를 사랑한다
　사랑하지 않는다
　사랑한다
　사랑하지 않는다
　사랑한다
　사랑하지 않는다
　사랑한다
　사랑하지 않는다
　사랑한다

마지막 남은 잎 하나

　사랑하지 않는다

그렇다, 사랑하지 않았다
너를,
내가 너를 지금 이렇게 가슴이 에이도록
그때도 사랑했다면
사월, 그 차디찬 봄 바다가
너를 그렇게 지워버릴 때까지
무참히 그냥 버려두었을 리 없다

아카시아 꽃만 흐드러지던
사월, 봄날에 말이지

사랑과 고독

김영삼

벽이란 남자는 고독 그 자체였다
남루한 몸을 어둠이 도배를 했다

저만치 탁자 위에 턱을 괴고
하얀 얼굴의 여자는 또 언제나 파리했다

서로 손 뻗으면 맞닿을 거리에서
서로 손을 감추고서 일정한 거리를 지켜왔다
둘은 그렇게 가까이서 멀어져 있었다

몸속에 고압의 전류를 내장한 줄도 모르고
얼굴에 고만한 전구가 들어 있는 줄도 모르고

오랫동안 꽉 차 있던 어둠의 문이 열리고
한 줄기 빛이 혈액처럼 흘러들었다
단단하게 굳어 있던 외로움이 한순간에 물렁해졌다

백사가 스르르 기듯, 하얀 손이 차가운 손을 찾아왔다

콘센트에 플러그가 꽂히고
창백한 얼굴에 환한 불이 켜졌다

칙칙한 벽지가 흘러내리고 이내 고독도 밝아졌다

나물밥에 대한 명상

김영언

고향에서 어머니 보내주신 나물들을
한 상 가득 차려놓은 대보름 밥상
마주 대하고 앉아 있으려니
마음이 봄비에 젖듯 촉촉해진다

박나물 다래순 오가피순 장아찌
고사리 애호박 말랭이 피마자잎

바싹 메말라 살아가던 낯선 땅
다시 마음에 물이 불어
연하고 실한 다래순이 휘감기고
이른 새벽 물안개 속에서
고사리순이 앙증맞게 머리를 밀어 올리고
박 넝쿨이 울타리를 휘감고 너울너울 발돋움을 하고
오가피 새순이 쌉싸름하게 하늘거린다

말라 있던 나물에 물이 불듯
삶도 다시 부드럽게 되살아나면 좋겠다고
기원하듯 나물밥을 먹는 정월대보름
어머니 얼굴 닮은 달빛 미소 그윽하다

불씨를 찾아

김예강

우리는 테이블에 골몰한다
아주 골몰해질 것이다
일 년 내내 피 흘리는 표정일 테지

벼락이 불씨였다는 사실을 천정의 박쥐가 똥을 떨어뜨리듯
음악을 쏟아내고 나면 계속 쏟아내고 있다면
쏟아진다면

천둥이 번개도 잡아야 한다고 춤을 춘다면

어쩌면 이 불꽃은 번개로 돌아갈지도 모르지만 우리는

동굴 벽에 얼굴을 붙이고
사슴이 돌 속으로 들어가고 돌 속에서 끄집어내고

벽화를 그리고 나면 계속 그리고 있다면
그린다면

테이블과 테이블에 고개를 꺾고
불탄 당신은

누구십니까

소낙비가 천둥을 골몰하고

떨어지는 박쥐 똥도 아랑곳없이

한 발 딛고 한 발 들어 빙빙 돌면서 팔을 올려 흔들면서

한탄강

김오

초성리 지나 군남리 가기 전
강에 줄이 겹쳐지는 유월
조용히 흐르던 강물이
여기쯤에서 회오리 돌고
멈춘 듯 거슬러 오르기도 한다

때론 사는 일이 강물과 다르지 않아
가슴에 회오리 한둘 지니지 않은 이 없어
사람이 강물의 둑을 넘기도 한다
그런 날이면 비는 내리고
일사후퇴 홀로 내려오신 아버지
'단기 사천이백팔십삼 년 유월 스무나흘'
한 장 남은 흑백마을 비스듬히 눈 찡그리며 서 있는
고모의 눈물이 닿기라도 했는지
강물의 경계를 지우기 위해 쏟아지는 빗속으로 들어간다
맨발로 함흥 지나 평강 너머 아버지의 산천을 향하여
흙탕물 속을 건너오는 누이를 만나러 간다

삼팔선이 강을 건너는 유월
그리움이 사람의 둑을 넘는 유월
연천 못 미쳐 회오리 이는 한탄강이다

124

아득한 문장들

김완

동사와 형용사가 섞여 비틀거리는 밤이다
신주쿠 빌딩 숲 속 '후터스' 찾아가는 길
말들이 주춤대는 동안 거리에는
젊은이들이 종이처럼 구겨져 나풀거린다
황궁의 일몰을 기다리던 사진사 몇 사람
원하는 황금 문장 몇 줄 건져 올렸을까
까마귀 한 마리 술안주로 잡아 오라는
전언이 마음에 걸려 잠을 깨면
꿈속 어지럽던 문장들 심장에 쟁기질한다
제국의 구역 안에 다른 세상도 있구나
부딪히는 감탄사 너머 세월이 쌓여 있다
전부이거나 아무것도 아니거나 하는 생
꼬불꼬불 좁은 골목길에 줄지어 서 있다
섬뜩하게 말을 거는 오래된 골목 벽의 유령들
살아 있다는 것이 이리 눈물겹구나
머리 위로 밤새 시간이 덜컹거리고
여행자 가게마다 환하게 아픔이 깨어나는
비틀거리는 동사와 형용사 사이
입안에 맴돌다 사라지는 아득한 문장들이 있다

무화과나무 그늘
―크로노스 미궁*에서

김완하

　미궁 속으로 그대가 오신다는 구름과 바람의 전갈을 받고 시간이 하급해 꽃도 피우지 못한 채 열매를 맺어버렸습니다 새들은 천 년 전 폐허 위에도 집을 짓고 새끼를 치는데 우리 사랑은 강렬한 여름 햇빛 한가운데 이파리만 무성히 매달고 서 있습니다

　그대보다 먼저 닿아 홀로 미로 속을 헤맬지라도 땅속 깊이 허공을 묻어두고 한번 갇히면 빠져나올 수 없는 사랑, 나와 그대의 엇갈림은 꽃이 피지 않는 것 같아 돌담 곁 땡볕 그늘 속으로 들었습니다

　천 년이 더 지나가도 기다림으로 굳어버릴 나의 사랑은 그림자를 드리운 채 돌계단을 밟고 서 있습니다 돌기둥은 모로 쓰러져 뒹굴고, 그대가 왔을 때 피우지 못한 꽃은 모가지째 떨어져 돌 속으로 잠듭니다 그대 목마름 적시라고 미로 위로 열매만 가득 내어놓습니다

* 그리스 지중해의 크레타 섬에 있는 고대 왕국의 궁전 유적으로 B.C. 16~15세기에 건설되었다.

스트랜딩stranding 유서

김요아킴

육지 위로 고래 한 마리가
정박해 있다

무리에서 이탈하여 맨 먼저
생의 종지부를 확인하려, 소리 없이
등을 해변에 갖다 대었다

그날 아버지는 얼굴에 돋은 흰 털을
모두 깎으시고
물 밖으로 나와 누우셨다

밀려오고 밀려가는 지난날의 일들이
모래처럼 쌓인 방바닥에서
그리곤, 움직이질 않으셨다

신이 인간과 소통하기 위해
보냈다는 그 고래의 오늘 일에 대해
이유를 타진하기엔 우리들 시간은
너무 짧았다

다만 초라하게 남아 유영해야 할
생을 경계하며, 결벽 같은

고래의 매끈한 피부처럼 당신은
스스로 유서를 쓰신 것만은
확실하였다

뱀의 문장紋章을 쓰는 가계家系

김유석

물려받은 건 배를 깔고 기는 법
소리 없이 혓바닥을 날름거리는 버릇, 그리고
소름이 돋을 만큼의 징그러움뿐이었다.

유전이라 이르지 마시기를, 그러니까
독은 후천적으로 생성된 내성의 결과물이다.
뭔가 왜곡된 듯한 몸
뭔가 제어된 듯한 자세로 나아가는 세상으로부터
조금씩 삼투되어 고이기 시작한 그것,
대가리를 치들게 하고
찢어질 듯 아가리가 벌어지게 하고
똬리를 틀고 웅크릴 줄 알게 만드는 그것은
자학의 증거이자
고통이 없으면 감각도 무뎌지는 생의
마약과 같은 것이다. 먹이를 물어 삼킬 때마다
함께 밀어 넣어야 하는 스스로의 독에
퍼렇게 중독된 몸 어디, 한때
세상을 다스렸던 파충爬蟲의 위엄은 흔적조차 없고
진화와 퇴화가 동시에 이루어지는 듯한 형체로
누대에 걸쳐 무고한 죄질에 시달려야 하는

나는 난태생卵胎生, 나는 곡선으로 나아가고

제 몸을 쥐어트는 가학적인 문양을 둘렀고
그리고, 나의 피는 차갑다.

강물에게

김유철

어떤 강물이 있었다 산속에서 시작하여 산골짜기를 지나고 산자락을
돌아 들녘으로 나왔다 세상의 여기저기를 흘러 다니다가 사막을 만났다
사막 너머에는 강물의 종착지인 바다가 있었지만 어떻게 해야 그 바다
에 이를지 강물은 몰랐다 강물은 생각에 잠겼다

네 자신을 증발시켜 바람에 네 몸을 맡겨라
바람은 사막 저편에서 너를 비로 뿌려줄 거야
그렇게 되면 너는 다시 강물이 되어
바다에 들어갈 수 있겠지

닿을 수 없는
품을 수 없는
만져지지 않는
온전한 강물로서
바다에 들어갈 수 있겠지

사랑

김윤이

숱한 불면의 연속이었다

머리맡에 핸드폰을 두고 동튼 날이면 충혈된 눈으로 보았다

핸드폰 액정에 반사된 아침 빛이 천장에서 제법 반짝거렸다

고양이는 매일 허공으로 분사된 빛에 몰입하고 있었다

이빨 빼문 적의도 없이 가슴 부풀어 허리 뻗은 몽롱한 자세로 다만 몰입하고 있었다

손 저어도 눈동자가 동떨어져 황홀하게 몰입하고 있었다

몰입하는 딱 두 개의 눈동자를 따라 내 눈동자도 막무가내 몰입되고 있었다

―헛물 켜지 마! 날 봐! 그런 애는 없는 거야! 원래! 없다구,

손톱 세운 돌팔매질 시늉에 애원해봐도 고양이 눈동자가 몰입되고 있었다

귀 한 짝 떨어지고 청력이 망가진 듯 천장 쪽으로만 온 털이, 온몸이 몰입되고 있었다

―잊는 거야? 응? 정신 차려, 다신 찾지 마, 엉?,

윤기 맨질거리는 털 온몸에 매달고, 부드럽게 긴장하는 암고양이

진짜지만 가짜 같은 빛의 실체를 잡으려는 고양이가

없는 연락을 맨날 맨날 기다렸던 진짜 나 같았다

그 광경을 먹잇감 쫓듯 지켜보느라 내 전체가 눈동자에 몰입되고 있었다

흰자에 핏줄 서고 불붙어 천장을 순식간에 치달리고 있었다

눈동자가 토악질하며 몰입되고 있었다

안광 발하는 고양이는 숫제 내 얼굴이 되고 내 얼굴은 자기 자신을 잃은 실체 같았다

빛은 내 시야를 없앤 대신 분간 안 되는 공허를 채워 넣고 있었다

하룻날은 빛이 번뜩, 탄성 있는 형체처럼 망막에서 튕겨져 나가기도 했다

그래서 고 이튿날째 비슷하게 눈 짝 찢고 고양이 자세로 허리 처들어 보았다

정작 그러고 보니 빛은 확연한 음영으로 파닥대는 야광충 날개, 같았다

잡아 짓이겨버리고픈 욕망의 생김새, 같았다

딱 하나 살아 있는 거, 같았다

잡고 싶은 너, 같았다

해는 유혹적으로 부풀어 올라 정점인 중천이 타들어 간다

빨간 눈 치켜뜬다 아슬아슬히도 빛과 난 숨죽이며 서로에게 몰입되고 있다

점차로 발톱이 휜다 빨간 불똥이, 혈관에

내 속에, 옮겨붙는 걸

느낀다 뜨거움 지나쳐 잠재울 수 없다고 팟!

한 마리 육식성 동물 째 발작하며 내 내부에서 싸늘히

불탄다

진도 팽목항

김윤호

남도로 가는 오월 봄날
들녘의 보리들이 바람에 쓰러지지 않으려고
어깨를 서로 기대고 있다

채 피지 못한 너무나 많은 꽃송이가 져버린
야속한 바다는 말이 없다
너무나 큰 슬픔은
저 바다처럼 소리도 없나 보다
너무나 큰 절망은
저 바다 바람처럼 보이지도 않나 보다

산 자가 죽은 자를 위로하고
죽은 자가 산 자를 위로하는
진도 다시라기 구슬픈 노래가
시퍼런 파도에 실려서 밀려오고 있다

사라지는 것들이 서럽게 모여서
엷은 바다 안개로 피어오르는 바닷가에서
소리 없는 소리를 들으려고
보이지 않는 모습을 보려고
나는 눈물 속에 두 손 모은다

* 2014. 4. 16(수). 전남 진도군 조도면 맹골수로에서 제주도로 수학여행을 가던 안산시 단원고 2학년 학생과 교사 339명(학생 325명, 교사 14명)을 포함하여 476명의 승객을 실은 여객선 세월호가 침몰했다. 선장 등 선원들이 제일 먼저 탈출하고 해양경찰 등의 늦장 구조로 172명이 구조되고 304명이 희생되거나 실종되는 대참극이 벌어졌다. 사고 해역에서 실종자들의 시신을 찾아서 진도군 팽목항으로 실어 오기를 기다리는 실종자 가족과 의료진, 자원봉사자와 기자 등 관계자들이 내가 방문한 2014년 5월 18일까지도 많이 남아 있었다.

한 몸

김윤환

한 몸이기 때문에 만날 수 없는 몸이 있다
왼쪽 귀는 오른쪽 귀를 만날 수 없고
오른쪽 눈과 왼쪽 눈이 마주 볼 수 없다
돌아보면 어머니와 나는 한 몸이었고
아버지와 내가 한 몸이었고
조선 선조 때쯤 김유 장군과 한 몸이었고,

단군과 내가 한 몸이었고
아담과 내가 한 몸이었기 때문에
오늘 한 이불을 덮고 자는 아내도
한 몸이 될 수 있었던 것일까
한 몸이기 때문에 나를
그녀 안에 집어넣고도
내가 그녀의 몸이 될 수 없는 것일까

이제 한 몸이라고 부르지 마라
한 몸이라서 만날 수 없는 날이
우리에게 찾아왔고
한 몸이 아니었던 그녀의 손과 내 손이
온기로 만날 때
딴 몸이 한 몸이 되는 것을 보았다

누구에게나 만날 수 없는
한 몸이 있다
누구에게나 만날 수 있는
한 몸이 있다

세신

김은령

九旬의 여자가
세신실 비닐 탁자 위에 죽은 듯이 누워 있다
고스란히 드러난 뼈의 각이 형상을 유지하고 있으나
주름조차도 버거운 살 거죽의 모공들은
세상과 교감하던 통로를 닫아버렸는지
여자, 였던 흔적을 지운 상태다
생산의 모체였던, 하나의 우주였던 몸
반듯이 뉘인 몸은 이미 자신의 존재를 잊은 듯한데
검은 비키니를 입은 세신사의 손길이 닿는 곳은
살 거죽의 모공을 열어보겠다고 움찔움찔 애를 쓴다
자욱한 수증기 속 진행되고 있는 세신의 장면은
대마 연기 가득한 동굴 속에서 행해지던 주술적 치병의식,
씻기고 또 씻기어 숨을 불어 넣는 안간힘이어서
훔쳐보는 내가 다 아찔해지는데
그 사이 모락모락 숨 쉬는 몸의 구멍들, 황홀하여라
마지막 맑은 물 한 바가지를 뒤집어쓰고는
볼그스름하니 배시시 웃는 저 몸
장엄도 하여라

늦가을 그림자

김이하

가을 창틀에서 햇살이 비스듬히 누울 무렵
방문 손잡이를 더듬으며 문밖을 나서면
왠지 모르게 눈가로 몰리는 작은 물방울
잠깐 누군가의 모습이 골목으로 사라져 간 듯한,
자르르한 허기 한 줄기

그대로 아주 천천히 가을볕을 안으며 내려간
영천시장 반찬가게에서 봉다리에 담은 건
겉절이 삼천 원어치, 가지나물 이천 원어치, 시래기 무침 이천 원어
치뿐
애를 잡아당기는 허기도 없이 다만
밥 한 공기 담아놓고 꾸역꾸역 넘어갈 저녁 밥상이
그저 허전하지 말라고 담은 세 봉다리

시장 끝에 펼친 청과가게에선
단감이며, 홍옥 사과며, 한입 베어 물었으면 하는 가을 배를 놓치고
팔백 원짜리 고창 황토 무 한 개
비닐 봉다리에 담는다, 파란 신호에
바삐 길을 건너오고 말았다

마을버스는 언제 오나
버스 표지판 아래 서쪽에서 뻗어 오는 가을 햇살을

맘껏 얼굴로 받아본다, 가을 벌판 볏단에 누워 받아들이던
그 햇살처럼 껄끄럽다, 눈이 아프다
작은 아이였던 그때 그림이 마구 눈을 찌르는데

한 노파가 가드레일에 몸을 의지하다
마을버스의 속도보다 빨리 내 앞으로 기어든다
구부정한 팽나무 그림자가 나를 가린다
순간, 그림자에 지워지는 모든 그림들
허기가 헛발을 디디며 기우뚱한다
이 늦가을엔 매번 그랬을 것이다

풍경을 읽어내는 방법

김인구

끊임없이 당신은 지껄이지만 나와는 소통되지 않는다
내가 바라보는 모서리 벽면의 거리와 당신이 바라보는
벽 정면의 각도는 180도

끊임없이 지난날을 이야기하는 당신과
아직 다가오지 않은 내일을 이야기하는 나와의 접점 거리에서
현재는 녹차라떼 휘핑거품처럼 사라진다

아스팔트 지열처럼 그래도 우리는 늘어지게 함께 앉아 시간을 뭉갠다
낭비되는 순한 순간들이, 당신과 나 사이 비집고 들어올 수 없는
현재들이 에어컨 실외기처럼 카페 유리창 너머에서 널브러지는
열기를 뱉어낸다.

함께가 소통이라고 정의하는 당신과
소통이 함께라고 단언하는 내가 나란히 앉아 바라보는 풍경에는
금계국 루드베키아 꽃기린 백합 춤추는 오후 3시의 빗방울

당신이 뭐라 하든 난 꽃씨 따윈 품지 않는다
내가 무어라 해도 꽃씨만큼은 품어댈 당신
내게선 이별이 싹트고 당신에게선 사랑이 움튼다.

만인의 물봉*

김인호

순박한 청년의 미소 카랑카랑한 육성
만인의 물봉 당신은
망월동 묘역에 그저 잠들어 있지 않고
중외공원 청송녹죽 시비 속에 갇혀 있지 않고

졸졸 흐르는 개울물 소리 속에도 있고
고추를 따는 노인의 굽은 그림자 속에도
신사동 맥코이 호프집 팝콘 그릇 속에도
수박등 흐려진 선창가 유행가 가락 속에도 있고

넘기는 네루다 싯귀 속에도 있고
지리산 빗점골 너럭바우 위에도
광화문 광장 유민이 아빠 곁에도
밀양 송전탑 위에도 있고

언제 어디나 생명이 꿈틀거리는 곳이면
빛나는 별로 어둠을 가르며 달려가는 당신은
만인의 물봉

* 김남주 시인의 애칭.

142

타워팰리스족

김자현

99, 을 아시나요 바닥을 잃어버린 사람들, 사회적 알쯔하이머들 수용하는 곳이죠 지상을 팔아 공중을 사더니 아이들 나를 여기 데려다 놨어요 학교로 회사로 죄 떠난 후 아이들 몰래 쇠줄 두레박 타고 하강하는 중이죠 은하수강변역에서 59층 지나 잃어버린 바닥 치던 날들을 찾아나서야 해요

89, 어제는 서풍이 불어 강나루 건너 뚝섬으로 가닥을 잡았죠 파란 물결 흔들리는 미나리깡에 우렁이 눈 질끈 감고 개구리 누님에게 물총을 쏘는 계절 왔어요 4월 창공으로 솟구치는 종달새 황금 빛살을 부수며 그 벌판에서 나를 부르고 있을 거 같아, 빌딩 숲을 벗어나 종일 찾아다녔으나 온데간데없어요 기억이 잘못된 걸까요

79, 뇌주름 속에 갇혀 있는 우리의 유년, 태양을 향해 뜀박질하던 소년들! 그 거리가 증발했어요 구슬치기하던 아이들이 자라고 워카 신은 늑대개 출몰하던 회색도시가 긴 밤 지새우는 동안 사과탄으로 나염 된 청춘의 골목을 막아서던 바리케이드 저쪽, 제대를 필한 딱지 한 장이 부러운 사내애들 숨어서 숯불맨을 하네요 그 뒷골목을 전전하며 그래도 우린 청춘의 대명사, 사랑을 하고 숱하게 이별도 했죠

69, 음악다방, 디제이 오빠 스카프 휘날리는 거리에서 보고 또 보고 싶은 〈미인〉의 목덜미에 깊숙이 이빨을 박던 드라큘라 백작의 〈위드아웃츄〉 속삭임이 그리워요 삐뚤빼뚤 도시의 가르마 같은 우리 뇌주름 속에 길을 내던 '존 레논'*과 '오노 요코'의 골목길이 사라졌어요 맘모스 회벽 밑 나는 길을 잃었어요 〈더블환타지〉는 없는 걸까요

* 영국 락 밴드 멤버 중 한 사람. 락커로 온 세계의 신화 같은 존재이며 80년 12월, 광
팬 마크 채프먼에게 암살당함. 마지막 음악 앨범 〈더블환타지〉.

죽섬

김재석

조시 그로반의 아름다운 목소리가 흘러나오는
영화 일 포스티노,
이탈리아 나폴리 카프리 섬 해변을 걷는
마리오와 함께 출연한 둥근 섬이
다산초당 뵈러 가는 길에
나의 발길을 붙들던
그대와 일란성쌍둥이라는 생각이
나를 사로잡아 자전거로 달려왔다

그대가
마시모 트로이시가 감독, 주연한 일 포스티노에
출연하러 강진만을 떠난 적이 없기에
이름 모를 그 섬은
분명 그대와 일란성쌍둥이다

그대가
세상에 태어나자마자 조물주가
그대와 일란성쌍둥이인 그 섬을
카프리 섬 근처에 떼어놓은 것은
함께 있으면 서로 잘났다고
날마다 다투리라
생각해서 그러했을 것이다

몸의 골격이 흡사가 아니라
아주 똑같은데
멀리 떨어져 살았기에
몸에 지닌 것이
몸에 지닌 것이 완전히 달라
사람들이 얼른 눈치채지 못하지만
다 속여도 내 눈은 못 속인다

마리오가
네루다에게 우편물을 배달하러 가는 모습과
강진만 갈대밭을 지나
다산초당에게
세상 소식 전하러 가는 내 모습이
영화감독의 입을 빌리지 않아도 같다

한 가지 아쉬운 것은 배경음악이여
구강포를 찾아온
백조의 몸짓으로 대체하면
더 나으면 나았지
뒤질 게 하나 없고
가우도 출렁다리도 일조한다

가장 큰 문제는
마리오가 루소 베아트리체에게 은유로 다가가듯
내가 은유로 다가갈 여인을 찾아내는 것,
백련사 에스라인 문화해설사가 적임이나
내가 기혼이니
불륜을 저지를 수 없기에
배제해도 된다

다산초당 뵈러 갈 때마다
나를 한눈팔게 하던 그대와
조시 그로반의 아름다운 목소리가 흘러나오는
영화 일 포스티노,
이탈리아 나폴리 카프리 섬 해변을 걷는
마리오와 함께 출연한 둥근 섬이
일란성쌍둥이라는 생각이
나를 사로잡아 자전거로 달려왔다

뜨락

김재홍

뜨락 뜨르락 뜨뜨르락
이라고 하면 왠지 들기름 타닥타닥 볶는 느낌이 든다
공깃돌 굴러가는 느낌도 난다

뜨락은 어릴 적 아침마다
헛기침을 하던 외양간 옆에서
혹은 부추가 자라던 뒤란으로 가는 길목에서
땅따먹기를 하던 순간 생겨났다

뜨락 뜨르락 뜨뜨르락은
그러니까 천궁이 자라는 텃밭 사이로
실개천이 흘러가듯 그렇게 태어나
옥수숫대처럼 자라났다

뜨락은 아침마다
개울물 소리와 함께 물방울과 함께
어머니의 치맛자락을 잡은 간장 종지처럼
까맣게 자라났다

그러니까 뜨락은
서낭골과 골안을 지나
돌나루를 건너갔다

뜨락 뜨르락 뜨뜨르락거리며
나고 자라 떠났다

막막하다

김정숙

연화장 호숫가에서 내려다본 삶의 물결은 담담하다, 허나 막막하다 물줄기, 물 주름 하나하나 게으르고 퇴폐적이게 느릿느릿 물가를 어슬 렁거리는 너무나 나태한 뱀처럼, 무미건조하다, 무겁다, 그러나 평온하다 볼에 스치는 향긋한 바람, 달콤함은 잠시 또 막막하다

콘센트에서 갑자기 파열음이 울리며, 차단기가 내려가서 컴컴한 인간 본연의 모습, 그러나 이 막막함을 사랑한다, 아니 즐긴다. 편안한 권태, 게으른 편안함, 오랜 세월 젖은 추억의 뒤편은 강물 속에서 일렁이고, 사랑이란 이름으로 모든 걸 감내해야 하는 속수무책인 삶

내가 왔어. 호숫가에 대고 속삭인다 멀리 물빛에서 생글거리며 달려 드는 환영, 견디어내라고, 손짓하는 예전의 따스함, 이마를 마주하고 우 린 웃는다 아흐! 우리는 물에 젖은 담배꽁초처럼 부풀어 늪지대, 그리 움은 쇠잔함으로 밀려오고, 나의 손등에 닿는 입맞춤의 감촉은 여린 풀 잎처럼 보드라워라

수원 광교호수로 연화장의 밤은 익을 대로 익어가는데
바람결이 막막하다, 글이 막막하다, 네가 막막하다

다뉴세문경

김종경

기원전
지구의 절반을 휩쓸었던 늙은 군주가 청동거울 제작을 명령했다
절세미인들이여 영생하라, 며
영혼도 죽지 않는 무덤을 꿈꾸었으니
당대 최고의 청동기 장인은
억겁의 세월을 건너온 태양의 참 빛살 무늬만을 모아
한 땀 한 땀 오롯이 새겨 넣었다

수천수만 년을 빛으로 이어오던
1960년대 어느 날 오후, 논산 훈련소 군인들이 참호를 파다 발견했다
는 청동거울 다뉴세문경에는
직경 18cm 원 안에 무려 1만 3300개의 빛살 무늬가 기하학적 형태로
살아 꿈틀꿈틀 빛을 토하고 있었다
어떤 미술사학자는
21세기 1급 제도사가 꼬박 몇 달을 그려도 재현하기 힘든 불가사의라며
그의 저서 한국의 미를 통해 감히 격찬한 바 있다

다뉴세문경을 진품보다 더 똑같이 재현해낸
이 땅의 무형문화재 주성장은
한반도의 청동기시대 발원 연대를 물경 5000년 전이라고 주장했는데,
비로소
그놈의 황소고집 덕분에 먼지처럼 소멸했어야 할 우리가

반만년 전부터 태양을 숭배해온 청동기인의 후예였음을 만천하에 공증받게 된 것이다

　기원전은 기원후보다 길었고,
　청동거울은 깊은 잠에 빠져 있던 망각의 시간들이 깨어나 기원후 우주로 날아온 불멸의 타임머신이다

　청동시대의 후예들이여!
　기원후 태어난 이 세상 모든 시의 독자들이여! 이 말을 믿거나 말거나

누란

김종숙

언뜻 보아
돌부처처럼 오롯한
두 노파 앞에는
함지박고추가 익은 것 덜 익은 것 섞여 두어 됫박이 회장저고리 끝동
같이 쌔뜩하니 말라가고 호박잎으로 감싼 늦호박 몇 알과 알토란 두어
됫박, 좀피 몇 홉, 박 쪼가리 몇 꾸리가 두 노파의 살림살이 전부였다.
이미 땅거미 내려 어둑한 길 모서리에서
바람에 풍화된 두 노파는 지나는 행인의 시선 따라
콩이 돔부를 시샘하고
마늘이 양파를 시샘하듯
희미하게 닿은 저울대마냥
서서히 균형을 잃어가고 있었다

이로부터 울타리는 생겨났으리라

요즘

김종원

요즘 들어
비로소 알게 되었다.

25년을 함께 살아오면서도
아들은 내가
문 닫아 라고 하면
문 닫고
옷 입으라고 하면
옷 입고
나의 표정만 봐도 다 안다

그런데 아비인 나는
아들이 뭐라고 해도
제대로 알아듣지 못한 채

나의 생각대로만 한다.

물 달라고 해도
물 주고
과자 달라고 해도
물 주고
물 달라고 할 때도

과자를 주고

요즘 와서
나는 비로소 알았다

내가 얼마나 편협하고
내 속에 갇혀 살고
있는지를.

옹이의 힘

김종인

나무를 향하여
도끼를 내리치는 순간,
숲은 이미, 안다고 한다.
무슨 일이 벌어질 것인지

숲은 늘 소란스럽지만,
나무들의 말을 알아듣지 못하는데
무시로 삼라만상森羅萬象에게
의미 있는 몸짓을 전한다

도끼를 피해 도망갈 수 없지만
수시로 신진대사를 바꾸고
수지樹脂를 더 많이 만들어
내려친 도끼에서 생긴
아픈 상처를 아물게 한다.

그 상처가 아물고 난 뒤
빙그레 웃는 옹이의 힘이여
마침내, 나무꾼의 도끼조차도
범접하기 두려워하는 단단한,
옹이들을 몸속에 품고 사느니

벌목꾼의 도끼를 누가 두려워하랴.

가을의 낯선 도시를 헹구다

김지희

한잔 노동이 넘실대는 부엌에는
여자의 일생이 부조되어 있다

엄마 허벅지에 누워 간간하게 잠들었던 소녀 시절이
캄캄해 보이지 않는 새벽 어스름
잠든 아이의 꿈자리를 지나
슬그머니 부엌에 나가 불을 켜고
가슴으로 새어 나오는 물소리를 잠근다
부엌 속에 갇혀 맵고 짜고 달고
가슴 바삭바삭 타는 소리 외
나는 세상으로부터 아주 멀리 떨어져 나온
존재하지 않은 가을이었다
부엌에 앉아 작은 상을 펴고
나의 언어를, 별을 찾다가 웅크린 어깨선이
어느 파도에 부서지는지 속이 거북하다
살다 남은 시간을 쪼개고
찬 손을 비비고
가을의 낯선 도시를 헹구고
깊은 수심水深 속에 기둥을 세우고 국을 끓인다
파 시금치 온통 날것인 것들은
활달한 미소를 피워 올리는 불꽃 속에서 새로운 맛을 낸다
모든 사랑의, 고통의, 뉘우침의

이 새로움의
한 그릇을 위한 부엌의 노동엔 어떤 해석도 필요치 않다

나는 이 새벽
천연 조미료처럼 가슴으로 스미는 따스한 공기를
소리 없이 와 닿는 저 아름다운 변화를 그릇에 담는다

하늘님은 핏빛이다

김진문

세월호도 건져내지 못하신 하늘님!
하늘님은 도대체 하늘님인가요?

차갑고 가파른 물속 벼랑길
두려움과 공포에 떨며
살려주세요. 엄마 걱정하지 마세요,
지금 물이 들어와요…….
막 피어나려던 꽃송이들의
아름다운 꿈!
시커먼 파도가 삼켰다.

포탄이 덮쳤다.

사방에서 날아든 파편에
사람들은 울부짖었다.

다섯 살 어린이 카심!
얼굴에 온통 피 떡칠이다.
아버지는 포탄에 즉사하고
어머니와 누나도 부상을 입었다.

세월호가 가라앉고

그 많은 생목숨이 천길 물 지옥에
꺼꾸러질 때
그들을 외면한 자들을 하늘님은 살려두었다.

죄 없는 팔레스타인 어린이들에게
덮친 포탄, 도대체 야만의 전쟁!
무시무시한 미친 폭탄들이 학교를 짓부수고
폭격을 멈추라는 사람들의 간절한 소망도 날려버렸다.

끝없는 증오와 전쟁, 까닭도 모를 억울한 죽음들
인간의 잘못인가요? 이게 하늘님의 뜻인가요?
하늘님은 정의로운가요? 사악한가요?
하늘님은 누구 편인가요?
착하고, 순하고, 꽃보다 아름다운 아이들이
아무 죄 없이 죽어갈 때
당신은 어디에서 무엇을 하고 계셨나요?

물 같은 바보 하늘님!
핏빛 하늘님!

아나키스트

김진수

나는 아직도 허수아비다

누가 왜 어디서 무엇 때문에
어떻게 죽었는지 살아났는지……
그따위 파란에 흔들리는 것보다는
귀 막고 눈 감고 입을 다물어
우르르 몰려다니는 참새 떼나 쫓는 일이
나에게 주어진 유일한 삶이며 관심사다

"대한민국 정부를 절대 지지하고
조선민주주의인민공화국 정권을 절대 반대하며
인류의 자유와 민족성을 무시하는 공산주의사상의 배격. 분쇄
남. 북로당의 파괴정책 폭로. 분쇄하여
민족진영의 각 정당 사회단체와 협력해 총력을 결집한다."와
좌익사상에 물든 사람들을 전향시켜 보호하고 인도한다는 명분으로
일본제국주의가 실행한 시국대응전선사상보국연맹을 그대로 모방했
다는
국민보도연맹의 이념이니 사상이니 정치니 민족이니 화합이니…
그때 그 시절로부터 전승된 색깔론은 오늘 밥상에도 표리부동이다

국적과 주소 생년월일과 성별보다
조상님의 사상과 몸부림이 더 빼곡한

빨갱이 호적부에 빨간 줄 같은 것은
아직 한 번도 들여다본 적 없지만
남들이 나를 허수아비라고 불러주는 걸 보니
나의 조상님께서도 어느 허씨 문중에서 나셨을 터
어찌 됐든 허수아비!
이것이 내 이름이고 뿌리인 것만은 확실하다

나 비록, 뙤약볕 아래 누더기 옷은 걸쳤어도
새참을 달라거나 품삯을 요구한 적 없다
도둑질을 했거나 거짓 공약도 한 적이 없다
참새 떼를 선동했거나 죽창을 든 적도 없다
삐라를 뿌리거나 반란을 획책한 적은 더더군다나 없다
그런 내가 내 맘대로 하고 사는 일이라면
아! 있다. 딱 하나 있다

수십만 명 죄 없는 백성을 무참히 참살해놓고도
진상 규명도 없이 화해니 상생이니 평화니……
틈만 나면 쿵짝작, 쿵짝작 쿵짝작
나이롱뽕짝이나 번지르하게 틀어대는
도무지 말도 안 되고 용서도 할 수 없는
거짓뿌렁구같이 썩어 자빠질
이 나라 이 땅 삼천대계를

그냥 나 몰라라
두 눈 딱, 감아줘 버리는 일이다
속창아리 없이 허 허 허 웃어줘 버리는 일이다

훠이, 훠어이
배고픈 참새 떼나 하릴없이 쫓고 사는 일이다

정전

김창균

신나게 춤을 추다가 그대로 멈춰라

어둠이 비로소 어둠다워진 후
서로의 목소리를 전원 버튼처럼 누른다
소리가 소리에 닿아 서로를 알아보는 순간
안과 밖이 모두 평등하여 구분이 없어지는 순간
이 순간은 내란이고 음모이다
단지 목소리 하나로 그대에게 닿는 이 시간을
나는 절정이라 부르고 싶다
너를 향하던 주먹질이 너에게 닿지 않고
너를 바라보던 눈동자가 툭 꺼질 때
무리를 이탈했다 돌아오는 짐승처럼
전기가 나가고 정신이 나간 시간은
무엇이든 전복하기 좋은 불안한 시간

그러니
공화국이여,
너에게로 가는 길이 온통 망설임뿐인
공화국이여

신나게 춤을 추다가
그대로 멈춰라.

164

응답하라 2014 어릿광대들의 마당
— 생명의 幻

김추인

누가 저 바다 속에 꽃씨를 심었나

멀리서 길을 끌고 온 이들이 응시하는 소금사막 출구가 없다
무위로 흘러가는 소조기와 정조기의 분분초초 노려보고 있다
미농지처럼 얇아져 가는 희망 한 장
이쪽과 저쪽 재의 가슴들이 그 경계에서 닿지 못한다

호명의 소리들이
견고한 불신들이
소금모래를 찌클이며 너덜거리는 동안
꽃비 진다 꽃비 진다
어린것들의 연한 살들이
못된 시대의 거울 앞에서 소금 기둥으로 굳어가는데

내게는 어쩌자고 오래전 유실된 첫아이가
얼굴도 없는 아이가 아장아장 걸어와
엄마—엄마— 자궁벽을 후벼 판다니
눈도 귀도 없는 돌아이를 지금 와서 낳는
소금모래의 꿈길
또 한 번 둥둥 떠내려가는 내 꽃씨를 본다니

풀모가지를 잡고 선 어미들의 아비들의 저 참혹을 어쩐다니

생강꽃

김충권

잔설이 녹으면서
서걱거리는 검은 낙엽 사이로
노랗게 가장 먼저 피는
생강꽃

첫 꽃이라 반가워 달려가
사진 한 장에 담으려면
꽃송이가 크지도 않고
뭉쳐서 소담스럽지도 않고
월급날처럼 벌여 있어
하는 수 없이 한 송이만 크게 담는
생강꽃

빨간 진달래에 밀리고
화사한 벚꽃에 묻히고
성기게 피었다가 조용히 사라지는
그리움

함박눈 공휴일

김치영

함박눈 공휴일에 관한 법률 시행령 및 입법 예고
현행 제도와 법률 및 관습은
사람 잡는 세상이라 아니할 수 없으므로
사람 사는 세상을 구현하기 위해 특별법을 정하고자 한다

함박눈이라 하면 굵고 탐스럽게 내리는 눈을 말하지만
영감눈, 함팡눈, 송이눈이라 해도 괜찮고
가루눈, 싸라기눈, 반쌀눈, 사랑눈이라 해서
차별하거나 경시하지 않으며
난곡동 산동네 미순이 할머니 털신이 폭폭 빠질 정도인
강설량이 대략 5센티미터 이상이면 족하다

함박눈 내린 날은 특별 공휴일로
모든 국민은 즉각 휴무에 돌입해야 한다
휴일 기간 동안 모든 국민은 눈사람을 만들고 눈싸움을 벌여
제법 사람 사는 것처럼 놀아야 한다

소원했던 식구들 간에 안부를 전하고
사랑하는 사람에게 당당하게 고백해도 좋다
집 나간 부모나 자식들은 이참에 돌아와
서로가 힘차게 껴안고 펑펑 울어도 무방하다

대통령은 광화문 광장을
서울시장은 시청 광장을
각 지방자치단체장은 각각의 해당 광장을
국민의 편의를 위해 혼자 힘으로 말끔히 눈을 치워야 한다

또한 정치인과 공무원, 자본가, 성직자는
자신의 권력, 돈, 믿음만큼
국민이 원활하게 다닐 수 있도록
관할 지역의 눈을 치우는 본연의 의무를 다하여야 한다

행여, 이거 제법 사람 사는 것 같다고
눈송이에 연탄재를 섞어서 던지거나
짱돌을 넣어 던져 상대를 다치게 할 경우
불법으로 간주하여 엄벌에 처한다

이 법령은 공고 즉시 효력을 발생한다.

데운 탁배기*를 마시며

김태수

아버지 심부름으로 주막엘 갔다
찢은 시멘트포대종이 돌돌 틀어막은 병마개
주모가 건네준 탁배기 그득한 소주 됫병
차건 밤, 쌓인 눈 똑똑 꺾어지는 솔가쟁이 소리
소름 끼치다 정신없이 집으로 왔다
탁배기 주전자에 넣고 데우신다 아버지
거품들 자글자글 뚜껑 타고 흐르면
야야 고생했다 맛만 보거라 어린 나에게도 한 잔
머리 꼭대기 확 치밀던 어지럼

그 막걸리 육십 년 만에 데워 마신다
덜 끝난 꽃샘추위 소나무 갈비 끌어다가
갓 심은 어린 묘목들 잘 살아라 뿌리 감싸고
출출한 배로 방에 들어와
엊그제 술도가에서 사 온 냉장고 속 막걸리
차갑다 어느 눈 내린 날 아버지처럼
양은냄비에 펄펄 데워 잔에 부었다
언제 오셨나 앞자리 하신 아버지께 한 잔 올리고
아버지보다 제가 더 늙었네요
체면 없이 치미는 눈물 참을 수 없어

통곡이다 젊은 나이에 바삐 가신

아버지 생업 받아 한 사십 년 지냈다
오늘 밤 예전처럼 데운 탁배기 대작對酌하며
다시 머리 위로 확 솟구치는 취기醉氣
등신같이 엎드려 울었다
깡마른 등허리 휑하게
오셨던 길 되가셨을 우리 아버지

야야 고생했다 맛만 보거라 어린 나에게도 한 잔
달짝지근 데운 막걸리가
이 밤, 아버지 깊은 사랑으로 돌아올 줄을

* '막걸리, 탁주濁酒'의 경상도 방언.

빛과 소리의 화석

김학산

안채의 주인은 숨넘어가는 귀뚜라미다
콩 튀던 햇빛이 문지방을 넘어서자 서서히 꼬리를 잘리고
수많은 작은 어둠들 벙어리의 촉수로 안쪽을 점점이 겨룬다

바람의 지문이 지나는 길목 어디쯤
매일 사랑을 퍼 나르던 당신의 귀빠진 밥상에
추억 몇 가닥과 수북한 먼지가 차려진다

한술 밥이 냇물 소리로 흘러가는 노인의 저녁 식사 시간
눈동자 가득 하루의 감빛 단청을 털어내는 그의 곁에는
또 다른 어둠의 눈길 하나 티눈 같은 달빛을 깔고
살포시 마주 앉는다

희망이 빠져나간 자리마다 공空으로 대체되는 빛과 소리의 화석들
살강 위에 내려앉은 오랜 노동의 대들보를 따라가며
관절 마디마디에 휘파람 소리로 쌓여가는 노적露積의 꿈은
아직 버겁기만 한데

돌확 위 무량무량 익어가며 속닥거리는 어둠들
태양이 뜨겁게 불 지피던 대추나무 붉은 열매마다엔
더는 송전할 수 없는 노인의 전등불 끝이려니

몰락하는 시간의 끝자락을 단단히 붙들고
푸르게 날 선 별빛들의 행렬

낭자하다

남자보다 무거운 잠

김해자

꿈이랑가 생시랑가 머시 묵직한 거시 자꼬 눌러싸서 눈 떠봉께 글씨, 나, 배, 우에, 머시, 올라타 있드랑께 워어메 이거시 먼 일이여, 화들짝 놀라서 이눔 새끼를 발로 차버릴라고 했는디 이눔의 쇠토막 같은 다리가 말을 안 듣는 겨 죙일 서갖꼬 콩콩 프레스를 밟아댄께로 참말로 이 다리가 내 다리여 놈의 다리여 이 급살 맞을 놈, 콱 죽여분다 이 신발 밑 창 같은 새끼, 겨우 몇 마디 하고 글시 다시 스르르 눈이 감겨버렸나 벼

포옥 한숨 자고 포도시 눈이 떠졌는디 아즉도 꿈이랑가, 워메 그 인사가 아즉도 엎어져 있는 겨, 와따 여즉도 안 갔소이, 머시 좋은 거이 있다고 고렇코롬 자빠져 있소, 눈 붙이고 난께 존 말로 타일러집디다이, 낼 일할라믄 질게 자야 쓴께 지발이나 빨리 가랑께요, 근디 이 본드 발른 밑창 같은 작자가 흔들어도 붙어 있는 겨 이 썩어 자빠질 놈아, 다리를 휙 들어서 확 차분께 그제사 떨어져 나가붑디다 아따 컴컴하니 눈도 다 안 떠진디 먼 얼굴을 봤것소

일하고 깜깜해 돌아와서 더듬더듬 방문을 여는디 머시 겁나게 큰 것이 굴러가는 겨, 오살할 놈, 놈의 문 깨부셔 불고 들올 땐 언제고 먼 지랄한다고 자물통이여, 육시럴 놈 같으니라고 누가 처먹는다고 수박도 수박도 오살나게 무겁드랑께요

달콤하다, 달콤하다

김향미

저녁이 와도 그는 돌아오지 않았다
그가 여기서 머문 적이 없는데
나는 그를 돌아오지 않는다 말한다

와르르 내려앉는 새들이 나무 열매라고 생각해봐

아침이 와도 그가 돌아오지 않았다
그는 여기를 떠난 적이 없는데
나는 그를 돌아오지 않는다 노래한다

억지를 쓰다 사탕을 받아 물고, 어른이 되어가는 거야

철새가, 또 같은 계절을 찾아 떠나는
사연이다 새들이 지나간 하늘이 새를 기억하지 않는데
나는 허공을 질투한다
떠나든 돌아오든 허공이 허공으로 가득하다

입안에 구르는 캔디가 녹는 동안 네 우주는 네가 굴리는 게 공평해

철새의 비행이 내 그림자를 덮쳐 오는 저녁이다
봄 많이 내리는 거리에서 詩들이 붉게 응고된다
차고 어두운 상처에 두껍게 내리는 직감,

무대 뒤에서 배신이 등장 준비를 하고 있지—환호하라 청중이여

밤이 와도 그는 돌아오지 않는다
아무도 돌아오지 않았다
활짝 열린 게이트 앞에서 서성이며 저무는 하늘과 눈싸움하다

지루한 것들을 노래해봐 네가 노래가 될 거야

2014년 4월 16일 세월호

김형효

사람들이 온다.
내가 떠나온 나라 사람들이다.
조금
아주 조금 전 내가 떠나온 나라
그 나라 사람들이다.
온다.
나를 보러 온다.
나를 살리러 온다.
엄마가 온다.
엄마의 나라, 아빠의 나라 사람들이다.
온다.
엄마가 운다.
아빠도 운다.
조금씩, 아주 조금씩 내가 떠나온 나라에서
나는 멀어져 가고 엄마의 울음소리가 들린다.
엄마 울지 마.
아빠 울지 마.
창밖에서 나를 부르는 엄마, 아빠
그때 내가 막 울음을 터트리려 할 때
아무 소리도 들리지 않는다.
나는 아무 말도 할 수 없이 되고 말았다.
누군가 날 데리러 온 사람들

그들이 웃는다.

해경, 청해진, 언딘……, 그리고 잠시 후

그들은 엄마, 아빠의 나라에 보이지 않는 곳으로 사라졌다.

사악한 정부의 치맛자락 속으로 사라져버렸다.

나와 엄마, 아빠의 나라는 그렇게 사라졌다.

불과 몇 분 간극을 두고 떠나온 나라

어머니의 나라, 아버지의 나라

엄마, 아빠의 나라에서

나는 어디로 가는 걸까?

내가 가는 아직도 가고 있는 나라

나의 나라는 보이지 않는 나라다.

나는 이제 엄마의 울음 속에, 아빠의 목메임에 숨어 살아야 한다.

세월호

김홍주

어느 사월, 그 배를 탄 적 있었지
지도교사라는 이름으로
아이들 300명을 데리고
출항하는 그 배를 탄 적 있었지

그 배가 침몰 중이라는 속보를 듣던 사월,
고3 교실에서 수업을 하고 있었지
아이들이 놀라 웅성거릴 때
교탁을 탁 탁 치며 정숙을 강요하며
벡터를 가르치고 있었지

두 벡터 합의 그림을 그리며
항구에 귀항하는 배의 위치를 설명하고 있는 순간
세월호는 점차 가라앉고 있었지

아무리 목청 높여 설명을 해도
침몰하는 배.
교실 아이들은 혼절하고,

선실의 아이들이 교사의 탈출 명령을 기다리는 그 시간.
나는, 도착하지 못하는 배의 위치를 계산하고 있었지

소리 없이 가득 찬 시선들이
칠판을 응시하고 있을 때
아무리 계산해도 정답 없는
수학 문제를 풀고 있었지.

불륜不倫 19
―반골

김희정

전봉준이 효수당한 날
조선은 붉은 노을로 물들었다
그 피가 뿌려져 뿌리를 내린 걸까
내 피의 색이 궁금하다
푸른 피는 아닐까
붉은 피가 흘러야 할 심장이
나무 수액을 그리워할 수 없다
그늘이 좋고, 뒷골목에 눈길이 가고
약자들 이야기에 솔깃하고
교회에서 만난 예수보다
좌판에서 만나는 예수가 좋다
반역의 땅에서 자라
시대와 불화를 겪는 것이 아니다
배움이 짧아
세상 이치를 모르는 것도 아니다
진골眞骨의 피보다 반골反骨의 피를
만날 때, 온기가 느껴진다

비명

나금숙

11월 가을 저녁, 시카고 상공에 외줄 타는 서른다섯 저 사내는 지금 비명悲鳴을 타고 가는 것이다 밤의 빌딩들을 섬처럼 띄워놓고 한 발 한 발 검은 바다로 자신을 던진다 참던 숨을 내지르는 도시의 포효가 하늘을 덮어 외줄은 한 자루 날카로운 은빛 장검이다 오늘은 누구의 간절한 절망이 공처럼 튀어 올랐나 아무도 와주지 않는 뒷골목에서 강간당하고 죽은 어린 소녀나 난자당한 창녀, 그들의 싸늘한 승천, 빌딩들 위로 높이높이 초승달 아래 죽음은 너무나 깊은, 깊어도 너무 깊은 바다, 아차 하면 곤두박질쳐 피투성이도 안 남을 아슬한 시공을 사내는 한 장 나뭇잎으로 나부끼며 건너간다 숨죽여 눌러놓은 통곡이 문 열고 나와 검은 창공에 한 획으로 그어진다.

사진 2

나기철

육이오가 나지 않았다면
어머니는
신안주 원흥리
뒷집 오빠와
만났을지 모르지

열여덟
월남해서,
결혼했던 열 살 위
이북 남자와
안 만났을걸

그럼
나는 없겠지만

人生

나병춘

어쩌면 인생은
연필 한 자루인지도 모른다
신이 준 연필로
하루하루
다듬고 깎아 쓰는

삶이라는
혹은 사랑 동행이라는
글자 연습을 하다
어느 순간 힘이 다하여
턱 쓰러지고 마는

저 짠하고 자꾸만 거부하는
풍진 세상을 껴안은 채
앙가슴 가득 피 흘리며
마지막 용을 쓰다
결국 버려지고 마는
몽당연필

한때는 활활 불사르며
제 죽는 줄도 모른 채
백지 위를 씩씩하게 활보하던

저 뾰족하며 부러지기 쉬운
까만 사랑 하나

아스라한 심연 속을
오도카니 응시하고 있다
달 하나 별 하나 그리면서
오늘은 또 무슨 글자를 써보나
아쉬움과 설레임 속
난생처음인 듯
자꾸만 망설이면서

나무의 사랑

나종영

두 팔 벌려 한 아름 나무를 보듬어보면
그대가 나무를 안고 있는지
나무가 그대를 안고 있는지

한동안 그렇게 마주 보고 있으면
밑동에서부터 불덩이 같은 뜨거운 무엇이 차올라
그대 온몸을 얼어붙게 한다

한 사흘 아니 석삼년 달 뜨거운 결빙의 시간을 붙들고
바람과 별빛과 풀벌레 소리를 이겨냈다면
찬 물소리와 교교한 달빛과 사나운 늑대의 울음소리를 버텨냈다면
그대는 이미 나무가 된 것이다

얼음 기둥을 건너
거대한 침묵이 뿌리가 되고
무성한 잎이 그늘이 되는 나무

사랑은 불꽃과 얼음 틈새를 흐르고 흘러
그렇게 오는 것이다
그렇게

겨울나무

나해철

겨울나무에게
제 열매는
제 새끼였다

겨울나무는
검은 새 한 마리와
제 새끼를 혼동한다

마른 가지에 내려앉은
새는 울지도 않고
가만히 있는데

겨울나무는
바람에 얼굴을 묻고
흐느끼는 것이다

나무는
새의 무게가
떠나보낸 제 열매의 몸무게로
여겨지는 것이다

겨울나무는

싱그럽고 어여쁜
제 새끼와
갑작스레 이별하고는
밤낮없이 여위고 있었던 것이다

* 세월호 규명시 179.

라듐처럼

나희덕

어떤 먼 것
어떤 낯선 것
어떤 무서운 것에 속한 아름다움

그것을 위해서는
더 많은 강물과 격랑이 필요하다

이곳은 수심이 깊어 위험하니 출입을 금합니다

돌을 외투 주머니에 채우고
강물 속으로 걸어 들어간 버지니아 울프처럼

말의 원석에서 떨어져 내리는
글자들처럼

식탁 아래 떨어진 빵 부스러기를
끌고 가는 개미처럼

부스러기만으로 배가 부르다고 했던
가난한 가나안 여자처럼

허기 없는 영혼처럼

불꽃 없는 빛처럼

마담 퀴리가 처음으로 추출해낸
0.1g의 라듐처럼

희고 빛나는 것들
그러나 검게 산화되기 쉬운 것들

밥상

남효선

된장을 푼 배춧국을 얹은 아침 밥상을 놓고
아내와 덴그마니 마주 앉아
일요일 늦은 아침을 먹는다.
지난 정월에 담근 된장이 제법 맛이 난다
아침 밥상에는 이면수도 한 토막 올랐다
옛날, 강릉 사는 최 부자가 이면수 껍질 맛에 고래등 기와집을
날렸다는 물 좋은 이면수다.
연탄불에 노릇하게 구운 이면수 속살이 달다
아내가 속살은 접시 한켠에 미뤄놓고
이면수 머리를 젓가락으로 헤집다가
도저히 자신이 없는 듯 빈 접시에 슬그머니 올려놓는다
다시 아내는 빈 접시에 버려놓은 이면수 머리가
못내 아쉬운 듯 마른침을 꿀꺽 다시며
젓가락으로 머리를 집어 들었다가
빈 접시에 도로 놓는다.
"할머니는 이면수 머리를 잘근잘근 깨물며 참 맛있게 자셨는데" 하며
아내는 이면수 머리에 곁눈질을 또 놓다가
슬쩍 고개 들어 안방 벽에 걸린 외할미 영정을 쳐다본다
다섯 해 전에 세상을 버린 외할미는
부엌 장작불에 노릇하게 구워낸 이면수 머리를 잘근잘근 씹으며
지아비를 거두고, 딸의 핏줄을 일으켜 외손주 셋도 도맡아 키웠다.
아흔셋에 세상을 뜬 외할미의 배냇이빨은 그 흔한 충치 하나 없이

말끔했다. 소주병을 이빨로 척척 따내시던,
외할미는 외손주 셋을 지아비와 함께 밥상머리에 앉아
살점은 모두 발겨 외손주를 거두고
늦도록 밥상머리에 혼자 앉아
이면수 머리를 한 점도 남기지 않고
잘근잘근 씹으며 못내 손가락도 빠시며
참 맛나게 자셨다.

길 위의 행려行旅

도순태

내비게이션이 꺼졌다
과속으로 달려온 눈앞의 길이
모니터 속으로 더 빠르게 사라졌다
경계의 속단추를 촘촘하게 채운 길은
멈추고 싶은, 내리고 싶은
곡경曲徑을 쉽게 내주지 않는다
사라진 길에서 길을 찾는다
예던 길은 쉽게 나타나지 않는다
그 많던 길은 어디로 가버렸나?
새로 생긴 고가도로가 수상하다?
산속으로 달아나는 저 길이 수상하다?
나는 궤도에서 이탈한 인공위성처럼
새로운 은하계에 빠르게 진입한 모양이다
내 안의 길은 이미 삭제됐다
눈으로 추억하는 기억의 순례는 끝났다
나는 좌표를 잃은 길 위의 행려일 뿐
떠나온 곳으로 돌아가기 위해
U턴을 해도 그 길도 이미 낯선 길이다
이미 이 길 위의 길 잃은 이방인이다

광화문 광장에서

도종환

고통은 끝나지 않았는데 여름은 가고 있다
아픔은 아직도 살 위에 촛불 심지처럼 타는데
꽃은 보이지 않은 지 오래되었다
사십육 일 만에 단식을 접으며 유민이 아빠 김영오 씨가
미음 한 숟갈을 뜨는데
미음보다 맑은 눈물 한 방울이 고이더라고
간장빛으로 졸아든 얼굴 푸스스한 목청으로 말하는데
한 숟갈의 처절함
한 숟갈의 절박함 앞에서
할 말을 잃고 서 있는데
한 숟갈의 눈물겨움을 조롱하고 야유하고 음해하는
이 비정한 세상에 희망은 있는 것일까
스스로를 벼랑으로 몰아세운 고독한 싸움의 끝에서
그가 숟갈을 물끄러미 쳐다보고 있을 때
미음보다 맑은 눈물 한 방울이 내 얼굴을 올려다보며
이 나라가 아직도 희망이 있는 나라일까 묻는데
한없이 부끄러워지면서
무능하기 짝이 없는 생을 내팽개치고 싶어지면서
넉 달을 못 넘기는 우리의 연민
빠르게 증발해버린 우리의 눈물
우리의 가벼움을 생각한다
그 많던 반성들은 어디로 갔는가

가슴을 때리던 그 많은 파도 소리
그 많은 진단과 분석
나라를 개조하자던 다짐들은 어디로 가고
자식 잃은 이 몇이서 십자가를 지고 이천 리를 걷게 하는가
팽목항으로 달려가던 그 많은 발길들은 어디로 흩어지고
증오와 불신과 비어들만 거리마다 넘치는가
맘몬의 신을 섬기다 아이들을 죽인 우매함으로
다시 돌아가자는 목소리
사월 십육일 이전의 세상으로 다시
물길을 돌리려는 자들의 계산된 몸짓만 난무하는가
이런 어이없는 비극이 되풀이되지 않는 나라를
만들자는 게 과도한 요구일까
내가 이렇게 통곡해야 하는 이유를 밝혀달라는 것이
슬픔의 진상을 규명하고
분노의 원인을 찾아달라는 것이
그렇게 무리한 요구일까
나라는 반동강이 나고
희망은 갈기갈기 찢어지고
미안하고 미안하여 고개를 들 수 없는데
어젯밤엔 광화문 돌바닥에 누워 어지러운 한뎃잠을 자고
하늘을 올려다보고 땅을 굽어보며
다시 초췌한 눈동자로 확인한다

여기는 수도 서울의 한복판이 아니라
고통의 한복판이라고
이곳은 아직도 더 걸어 올라가야 할 슬픔의 계단이라고
성찰과 회한과 약속의 광장이라고
아직 아무것도 끝나지 않았다고
이렇게 모여 몸부림치는 동안만 희망이라고
꺼질 듯 꺼질 듯 여기서 몸을 태우는 동안만 희망이라고
정갈한 눈물 아니면 희망은 없다고
정직한 분노 아니면 희망은 없다고

동해물

동길산

새벽 다섯 시 직전
라디오에서 애국가가 나온다
겨우 들던 잠을
동해물과 백두산이 몰아낸다
애국가 불러본 게 언제였나
아득해도 난생처음 부른 날은 기억난다
초등학교 애국가 첫 시간
풍금 한 소절 따라 부르기 한 소절
동으로 시작하는 동해물이
성씨가 같은 집안사람인 줄 알고 자랑스러웠지
학교에서 배운 노래 맨 앞에 나오는 사람 동해물
집에서는 아무도 모를 거야
얼른 가서 알려주고 싶었지
내 말 듣고 놀란 표정 짓던 식구들
사람이 사람에게서 멀어지는 분명한 길을 택해
한 분 두 분 세 분
시간이 구르는 수레를 타고 나에게서 멀어져서는
새벽 시간 라디오 애국가로 강림해
동해물과 백두산
겨우 들던 잠을 몰아낸다
불러본 지 아득할 만큼
처음의 나에게서 멀어진 나이가 된 나를

4절이나 되는 노래 맨 앞
집안사람 동해물을 내세워
가까울 때는 가까웠으나 지금은 멀어진 것들
살아오면서 놓친 것들을 생각하게 한다

돌멩이

라윤영

저기, 별은
누가 던진 돌멩이일까
한 무리의 돌멩이는 별무덤이 되었다
재개발지구 회화나무들 묵념의 시간
자라지 못한 잎들이 지상으로 입관하였다
입을 함구한 나무들의 항거
오늘따라 이별의 블루스가 들리지 않는다

바람에 꽃이 지고 풀잎들 한쪽으로 기울었다
발부리에 채인 돌멩이를 정원에 심는다
정원에 입을 닫은 꽃들이 많다
담벼락의 넝쿨들 푸른 멍이 들었다

씨앗들 거친 땅을 뚫고 돌 틈 사이 돋아주기를
세상의 나무들처럼 하늘로 올라서기를
누군가의 손에 닿으면 돌멩이는 별이 되기도 하였다
돌멩이 하고 부르면 바람의 손에서 날아가
오늘, 시가 되기도 하였다
여기 돌멩이 하나 있다

언제까지, 언제까지

류명선

언제까지 언제까지 끌려만 갈 것이냐
아니면, 지금 일어서서 폭발할 것이냐
살아서 개 같은 세상에 어울려 질 것이냐
죽어서 죽고 죽어 하늘로 갈 것이냐
사랑이라고 해서 사랑을 심고
사랑이라 해서 악함을 버렸지만
사랑은 끝없는 용서와 용서뿐이라지만
사랑만으로 다스릴 수 없는 이 땅에서
이젠 사랑 뒤에 숨은 분노와 분노 속에
세상이 미친 것만은 아니라는 걸 알았다
지칠 대로 지쳐버린 벌레 같은 세상
그 연년이 무언가를 벗겨보고 싶었다
얼마나 잔혹할 수 있으며 간사한가를
적막한 어둠 속에 타오르는
이 시대의 암울한 가면을 찔러보고 싶었다
하지만, 이젠 끌려만 가기란 얼마나 답답한가
폭발한다는 게 얼마나 거센 물살인가
말없이 지켜보고 있는 사람 그 누구인가

놀이터

류인서

여기서 만났을 거다 우리
미끄럼틀과 시소, 혼자 흔들리는 그네, 생울타리에 기댄 작은 청소 수
레가 속한
모래의 세계

이쪽 기울 때 너는 떠올랐니
우리는 평균대가 아니어서
균형점을 앞에 두고 나뉘어 앉는 세계
시소는 약속이 아니어서
잽싸게 무게를 버리며 달아날 수 있다
떠 있는 빈자리와 쏟아지는 이의 우스꽝스런 엉덩방아,
이것은 갑에게서 가볍게 을이 생략되는
저울놀이

따뜻이 데워진 모래는 한결 기분이 좋다

굴을 파고 두더지놀이를 하면
구근 대신 주먹손을 묻어둘 수 있다
꽃과 쓰레기, 장난감 블록들
싹트는 경작지
원통의 미끄럼터널 속으로 청소부처럼 사라지는, 나쁜 공기처럼 빨려
나오는

아이들
굴뚝을 지나는 그을음 묻은 해
바짓단에 떨어지는 해변

꽁초와 휘파람,
아무래도 이곳은 빌딩 창문에서 더 잘 보이는
어른들의 세계
토르소로 떠다니는 구름 우주복
잠깐 나타났다 지워지는 그림들 숨들

말도 안 되는

류정환

저 바다 속 어딘가에 용궁이 있을 거라고,
심청이를 꽃잎에 태워 지상으로 띄워 보내주던
용왕님이 계실 거라고 믿던 시절이 있었다.
말도 안 되는 세월이었다.

믿거나 말거나
세월이 목숨을 가득 싣고 무심히도 달린다는,
아주 오래된 소문에 진저리를 치며
가슴을 쓸어내리던 시절이 있었다.
말도 안 되는 세월이었다.

그날 아침, 뒤집힌 세월이
핏물이 가시지 않은 순대 속 같은 말들과
역한 비린내를 꾸역꾸역 쏟아낼 때
사람들은 하늘에 대고 원망을 퍼붓다가 기도를 바치다가
돌아오는 길은 어디 있나요, 울며 묻기를 거듭했으나
눈물바다에서 끝내 아무 대답도 건지지 못했다.

억장이 무너지는 세월이
낮게 가라앉아 흘러갔다.

저 하늘 어딘가에 살기 좋은 나라가 있다고,

죄 없는 목숨들을 데려다가 아무 걱정 없이 살게 해주는
하느님이 계신다고 믿던 시절이 있었다.
말도 안 되는 세월이었다.

전봇대의 혀

마선숙

이 가을에 실종된 사람들
전봇대에 다 숨어 있다
부착 방지용 뾰족이 틈새로
낡은 가발처럼 달라붙어 있다
모든 걸 용서할 테니 집으로 돌아오라는 호소는
속치마처럼 펄럭이고
유괴된 아이를 찾는다는 울먹임은
쇠창살처럼 먹먹하다

돈 빌려준다는 신용대출 전단지는
혀 빼물고 사람들 유혹하고
스포츠센터 다이어트 광고는
여자들 계모임처럼 야양 떨며 와자지껄하다
자살클럽 안내는 가면무도회처럼 은근하고
당신은 행복합니까 하고 묻는 수련원 포스터는
도둑맞은 답안지처럼 허탈하다
예쁜 아가씨 넘친다는 대양나이트 클럽 광고는
한 귀퉁이가 찢어져 대야나이트로 땅에 떨어져 밟히고 있다

전봇대는 혀가 길다
나를 분실했으니 찾아주면 후사함이란 스토리까지 달고
숨이 차 쿨럭이지만

북새통들을 낙엽처럼 떨구지 않고
땅에 떨어진 전단지까지 묵묵히 주워 몸에 휘감은 채
희망을 찍을 때까지 신문고처럼 알람을 울린다

익숙한 거리에서 기억을 줍다 2
—신포동 백제호텔 커피숍

문계봉

　오래전 당신은 자주 나를 찾았다. 헝클어진 머리, 무뎌진 바지 주름, 구겨진 은하수 담배, 세련된 디자인의 성냥갑과 함께. 비 내리거나 눈 내리거나 혹은 자유공원을 배회하던 심심한 바람이 월미도 쪽으로 방향을 틀고 흐르다 문득 거리에서 만난 당신의 무른 감성, 그 숭숭 뚫린 빈틈을 헤집고 들어올 때, 그때 당신은 어김없이 나를 찾았지. 항상 당신보다 늦게 나타나던 올림포스 관광호텔 카지노 딜러, 당신의 애인에게서 풍겨 오던 알싸한 샴푸 냄새, 그녀를 기다리며 종이 위에 무언가를 끄적거리던 당신의 표정, 떨림, 숨소리, 간혹 내쉬는 한숨……. 기억한다. 어느 봄날, 당신의 손끝에서 오래 머물던, 여느 때보다 많았던 메모지들. 갑자기 날카로운 미늘이 되어 당신의 마음을 낚아채던, 그 종이 위의 자음과 모음들. 한참을 앉아 있다 비틀, 일어서며 길게 내쉬던 한숨, 떨림, 무언가 결심한 듯한 당신의 마지막 표정, 기억한다. 신포동 백제호텔 레스토랑, 커튼이 드리워진 창가 테이블, 카운터를 등진 안쪽 첫 번째 의자였던 나는.

친구를 그리며

문대남

오늘도 변함없이
해가 지는구나

무등산은 어깨가 무거워
혼자 어둠 속으로 가라앉았다

아침을 기다리던 친구는
어둠 속에서 추위에 떨다
어둠이 되어 사라졌다

친구여
네 아침은 어디에 있는가

나는 오늘도
어두운 골목길을 돌아
네가 꿈꾸던 아침을 향해
두려운 귀갓길에 오른다

무등산 위로
검은 우리의 어깨 위로
달빛만 여전히 처연하다

눈썹과 눈꺼풀

문동만

우연히 아는 사내를 만났다
야근을 마치고 귀가하는 나보다 두어 살 많은 소방관
칠월의 타는 햇살 아래 그의 눈썹은
무엇에든 달관한 노인의 눈썹처럼
몇 가닥 허옇게 새어 뻗쳐 있었다
그는 보여줄 순 없지만 아래의 털들도
허옇게 새어가고 있다고 웃었다
우리가 털에 대한 이야기로 날밤을 새운다면
흰 털들이 몇 가닥 일어나 울어버릴 것만 같았다
하얀 밤이란 털이 새는 밤인지도 모를 일이었다
사내는 늙은 티를 나에게 남기고 주름진 집으로
돌아갔다 아무래도 밤낮을 바꿔 사는 사람들의
눈꺼풀에겐 다른 이름이 있을 것 같았다
아무도 교대해주지 않는 시간
무너지지 말아야 할 스물네 시간을 더듬다 보면
자잘한 저 눈주름이란 지친 원심력의 외상,
저 눈썹이란 지붕이자 처마 아래서
까만 눈동자들이 입을 벌렸고,…
쉼 없이 생육의 시간을 물어 바쳤으니
우리는 저렇게 늙어만, 늘어만 간다
싱싱했던 검정을 잃고 흰빛의 가여움을 얻으며
털들만 분연히 자신의 생에 항거한다

조묵단전傳
—나비를 업다

문인수

나 혼자 산소엘 와 넙죽 엎드리는데
잔디를 짚는 손등에 웬, 보랏빛 알락나비 한 마리 날아와 살짝 붙는
다, 금세
날아간다. 어,

어머니?

……

다만 저 한 잎 우화, 저리 사뿐 펴내느라 그렇듯
한평생 나부대며 고단하게 사셨나.

절을 다 마치고 한참 동안 앉아 사방 기웃기웃 둘러보는데…, 산을 내
려오는데…
참, 너무 가벼워서 무겁다. 등에,
나비 자국이 싹트며 아픈 것 같다.

빈 몸

문창갑

텅 비어 있다

피리의 몸
종의 몸
북의 몸

기억하라,

우리 영혼의 門 문고리를 흔드는
맑은 소리들은
빈 몸에서 나온다는 것을

우리는 가볍게 웃었다

문태준

시골길을 가다 차를 멈추었다
백발의 노인이 길을 건너고 있었다
노인은 초조한 기색이 없었다
나무의 뿌리가 뻗어나가는 속도만큼
천천히 건너갈 뿐이었다
그러다 노인은 내 쪽을 한 번 보더니
굴러가는 큰 바퀴의 움직임을 본떠
팔을 내두르는 시늉을 했다
노인의 걸음이 빨라지지는 않았다
눈이 다시 마주쳤을 때
우리는 가볍게 웃었다

비의 기원

민경란

이것은 노아의 방주 이래 물의 연대기를 기록한 서書
음감이 뛰어난 거인 하나 구름의 전신에 폭우의 음보를 그려 넣었다
한다

팔을 들어 폭풍의 도입부를 연주하자
지상의 모든 물줄기들이 자제력을 잃고 넘쳐흐르기 시작했다 한다

한 악장이 끝나자 지상의 체온이 상승했다 한다
다음 악장이 끝나자 '꽃이 피고 지고'라는 글귀가 사라졌다 한다

사람들의 표정이 우기로 가득 찼을 때
어제 헤어졌던 적도의 사내를 오후의 카페에서 다시 만날 지경이라
했다
'내 안의 침묵이 부서지고 있어 이 정도는, 눈물 한 점 떨어뜨린 것에
불과해'라고
거인이 중얼거렸다 한다

역류, 침하, 붕괴, 수몰을
표류하는 물 위의 집에서 사람들이 나눠 쓰고 있었다 한다

어느 날, 누군가 해로부터 달려왔다 한다
자신을 거인의 옆에서 악보를 넘기던 페이지 터너*라 했다 다음 악장

이 준비될 때까지
　뉴턴의 사과를 심으라 했단다

　그제야 꼭지가 떨어져 나간 우산 아래 옹송거리던 새들이
　유실된 항로를 손질하기 시작했다 한다

* 연주자의 옆에 앉아 악보를 넘겨주는 사람.

낫질 한 방

박경희

1

풍 걸린 할머니 걷게 한다고 안 해본 일 없는 할아버지 바람맞은 다리
에는 오리 피가 좋다는 말에 오리 모가지 치고 생피 받았다 머리 없는
오리 뛰어다니는 거 보고 뒤로 자빠진 며느리, 한참을 뒤꼍으로 마당으
로 피 뿌리며 다니던 오리가 고꾸라진 건 할아버지의 낫질 한 방

2

동네 아우 목공일 배워 집 짓겠다고 가출했다가 돌아온 지 10년 무서
운 바보가 되었다 보는 사람마다 낫을 들고 찔러 죽이겠다고 성주산 고
랑고랑 뒤집어진 살구나무 집 정신병원에 가둘 수 없다고 사랑방에 넣
고 문고리 걸어두었는데 언제 나갔는지 그여 일을 치고야 말았다 논두
렁에서 만난 김씨 할아버지 가슴팍에 낫 꽂고 춤을 추었던 아우 낫질 한
방에 살구나무 집 팔고 성주산 고랑 무당집 얻어 들어가 날마다 한다는
눈물 굿

3

직업도 없이 집 안에 틀어박혀 얼은 손 불며 글자 굴리는 사람한테 선
거법 위반*을 했다며 검찰에 고소당할 거란다 낫 들고 오리 모가지를
친 것도 사람을 찔러 죽인 것도 아닌데 농사치 몽땅 다른 사람에게 넘기
고 방구들 시커멓게 엉덩이 들썩들썩 콩도 쭉정이만 가득 바람 찬 옥수
숫대로 서걱이는 한겨울에 좀 잘 살아보자고 이름 석 자 신문에 올렸을
뿐인데 지서 소리만 나오면 심장부터 두근거린다는 어머니 인터넷에서

딸년 이름을 보고도 다른 사람인 줄 알고 화투로 재수 끗발만 올리는 중
이다

* 젊은 작가 136명 시국선언 광고에 대해.

동冬

박구경

   얼음장 갈라지고 山山에 눈보라 휘몰아치느니 건너 소나무는 등이 굽고 먼 산은 보일 듯 보이지 않아 여러 초록이 부대끼던 한여름도 노란 봄날을 꽃으로 을러대며 분홍이 분홍이 가득하던 낮은 산과 시내도 추위 속에 가려진 지금은 콧등만이 능선 위에 줄줄이 매서운 때 제 때

안개의 숲에 머무는 동안

박남준

저기까지만
안개의 숲으로 더듬이를 앞세웠다
저 언덕까지만

그 너머는 강력히 뜨겁거나
혹은 잔인하여 냉혹한 것들
당신의 이마에 흐르던 몽롱한 오후의 햇살은
오랜 꿈으로 인해 차마 눈부셨으리
볕빛의 노래를 따라가던 시간
한때 나무의 걸음으로
세상을 읽기도 했다

나는 기억의 퍼즐을 내려놓고
낡은 주머니를 바람에 날린다
자욱한 안개 속에 앉아
옛날과 사랑을 젖은 책장처럼 넘긴다
내려놓거나 또는 얼마나 스스로를 다독였던가
머지않다
고요한 풍경이 가까이 있다

나비 가족

박덕규

나비 떼가 날아가는구나

나비 떼가
저리 많은 걸 보면
가까운 데 꽃밭이 있다는 거겠지

가만 보자 흰나비 노랑나비 호랑나비
이런 것만 있는 게 아니구나 색깔 많은 오색나비
제비 날개처럼 생긴 제비나비 공작새 꼬리처럼 생긴 공작나비
나뭇잎에 숨었다 나온 나뭇잎나비 수염 긴 신선 같은 신선나비 이런
게 다 있어

그 옛날 나비박사 한 분은 한반도 방방곡곡을 다 돌아다니며
우리나라에 사는 나비를 다 확인하셨다지
새로운 이름을 참 많이도 지으셨다지

물결나비 유리창나비 뱀눈나비 붉은점모시나비 꼬리명주나비 늙다리
나비
산굴뚝나비 검은점호랑나비 작은표범나비 알락그늘나비 푸른부전나비

우리도 나비 이름을 새로 붙여서
저 나비들처럼 날아보자꾸나

내 이름은 별이란 뜻으로 지었으니 별나비가 되겠구나
네 이름은 서울이란 뜻인데 그냥 설나비가 좋겠구나
네 이름은 샘물이란 뜻이니까 샘나비
네 이름은 소리 그대로 홍나비

그래 그렇구나
우리 가족은 그동안
너무 오래 꽃을 안 보고 살았구나

별나비 설나비 샘나비 홍나비
홍나비 샘나비 설나비 별나비

우리 나비가 되어
꽃밭을 찾아가자

먼저 온 나비들 놀래키지 말고 암술 수술 따지지 말고
이 꽃 저 꽃 조용히 옮겨 다니다 보면
꽃들도 대놓고 푸대접하진 않겠지

꽃에서 푸대접해도
꽃밭에서 그냥 놀다 보면 우리 몸에서
향긋한 냄새가 나지 않겠니

향기 나는 몸을
누군들 좋아하지 않겠느냐

수신 거부

박덕선

내 사랑 어디에 있나?
열을 지어 깊어지는 숫자 숲을 지나
까만 검색창 하얀 웃음 다정한 그대
오늘은 너를 잊기 위해
창을 띄운다.

수. 신. 거. 부
밀어낸다고 잊혀질 이름이더냐

때로는 전화를 받지 않기 위해
남겨두었던 김 팀장. 이 차장
멀어져 간 언니. 피안의 남 선생님
삭제할 수 없어 안고 살던 애잔한 미소들

수. 신. 거. 부
그리움의 또 다른 이름
버릴 수 없어 목메었던

하릴없는 시간 속에 앉아
어둔 밤 혼불 같은 깜빡깜빡
이름 하나 기억 하나
띄워 올린다.

수없이 잊혀져 간
이름들 하나하나 소지 올리듯
하늘로 보낸다

의자에 앉다

박두규

목공일을 하는 후배가 작은 나무 의자를 짜 왔다.
나무가 살아온 햇볕과 물과 바람과
후배의 땀과 눈물과 아내의 슬픈 경제가
조그만 의자 하나로 나를 만나러 온 것이다.
강이 내려다보이는 마당가에 의자를 놓고
나에게 바짝 다가온 의자와의 인연을 생각한다.

내 살아온 날들, 세상 모든 것들과의 인연을
나는 이 의자에 앉힐 수 있을까.
나는 이 의자에 앉아, 마침내
어둠 속 별 하나와 눈을 마주칠 수 있을까.
내 모든 인연을 데리고 우주의 대열에 합류할 수 있을까.
어머니의 젖을 물고 바라보던 경이롭던 하늘도
가슴에 품었던 뜨거운 숨결의 사랑도
저잣거리의 아픈 사연과 욕된 목숨들도 모두.

생각과 생각의 틈에 있는 의자
그 오랜 침묵의 공간으로 나에게 온 의자
나는 이 의자에 앉아, 강이 되고 별이 되고
세상이 되고, 우주가 되어
시바와 샥티가 어울려 추는 우주의 춤을 출 수 있을까.
살아온 날들, 살아갈 날들의 모든 인연이 하나 되어

강을 건너는 나비의 정지된 날갯짓으로
영원히 멈출 수 있을까.
숨을 깊게 들이쉬며 나는 의자에 앉았다.

칼국수 이어폰

박몽구

지하철 이수역 위에 있는 소극장 아트나인에서 영화 킬 유어 달링 상영을 기다리는 동안 시간은 풀어진 칼국수보다 더 길다. 어렵게 스크린을 얻어 드문드문 상영되는 영화와 영화 사이가 너무 떠 있다. 너무 벌어진 틈새를 메우기 위하여 사람들은 목이 긴 컵 가득 찰랑거리는 원두커피로 메우기도 하고, 치맥을 시켜놓은 채 맥주잔에 창밖의 스모그 자욱한 하늘을 담기도 하면서 시간의 늪을 메워간다. 밀가루 반죽처럼 늘어진 시간을 요리라도 하려는 것일까, 때로 창가에 붙여진 소파에 파묻혀 칼국수 이어폰을 늘어뜨린 채 신해철의 민물장어의 꿈에 빠져들곤 한다. 칼국수가 소파에서 미끄러져 내려 상영관 앞에서 기다리는 사람들에게 배를 깐 채 뜨겁게 흘러간다. 극장으로 가는 좁은 문 앞에서 우리들을 줄이는 일은 없어야 한다고, 사람들의 목을 감고 어깨로 흘러내린다. 함께 나눌 수 없는 칼국수가 바닥까지 늘어뜨려져 있지만 누구 하나 거둬들이지 않는다. 문득 영화 전단지 속에서 걸어 나온 시인 알렌 긴즈버그가 외마디 소리를 지른다. 미국의 무기를 팔아먹기 위하여 흑인 친구들을 더 이상 총알받이로 노르망디로 보내서는 안 된다고, 컨베이어 벨트에 끼인 손들에 눈을 가린 채 기계를 씽씽 돌려서는 안 된다고 떠들지만, 꼬불꼬불한 칼국수 이어폰은 제자리를 빙빙 돌 뿐 이웃들에게 말을 옮기지 못한다. 대학에 기부금을 듬뿍 낸 아버지는 아이들이 퇴학당하면 얼마든지 다시 다른 대학으로 옮겨줄 수 있지만, 천정까지 빽빽이 꽂힌 도서관의 장서들은 더 이상 진실을 말하지 않는다고 헨리 밀러의 북회귀선과 로렌스의 채털리 부인의 사랑으로 채워져야 맞다고 어린 시인은 혼잣말을 한다. 바닥에 뒹구는 신문 한구석에는 팽목항 앞바다에서 실종된 지 여섯 달 만에 돌아온 황지현 양이 단발머리에 가득한 소금기를 털고 있다. 생일잔치에 초대한 친구들은 아직 바다에서 돌아오지 않았다. 늦는 아이들을 찾아달라고 북악으로 날린 풍선이 몇 뼘의 하늘도 날지 못한 채 바닥으로 떨어지지만 누구 하나 줍지 않는다. 칼국수 이어폰에 걸린 이태리 피자, 흑인 노동자들의 눈물이 녹아 향기로운 커피, 짜릿한 사이키델릭 리듬 들이 사람들의 무관심을 한데 묶고 있다.

꽃의 이름으로

박상률

하루 종일 꽃샘바람, 분다. 이름하여 꽃샘잎샘하는 꽃샘추위! 꽃샘바람이 꽃바람으로 바뀌면 보드라운 봄바람 되지.

(그러고 보니 '꽃'하고 관련된 재미있는 말이 참 많네)

한 시절 전만 해도 '꽃띠' 아가씨가 늦은 겨울에 '꽃가마' 타고 시집간 뒤, 이른 봄에 '꽃마차' 타고 나들이 가기도 하고, 그 봄에 집에서 '꽃전'을 지져 먹거나, 간장독 메주에 '꽃소금'을 뿌리기도 했지.

남정네들은 재끼판(잡기판 즉, 노름판)에서 어쩌다 '꽃놀이패'를 쥐어서 돈 땄다고 좋아라 하며 '꽃밭(술과 계집이 있는 장터거리)'에 나가 '꽃놀이'하다가 '꽃뱀'에게 물려 시름시름 앓다 결국은 '꽃상여'를 타기도 했으니….

내 국민학교 때 동무였던 꽃님이! 지금도 꽃님이로 어여쁘게 살아갈까?

푸른 꿈

박선욱

너는 살고 싶다고 했지
기울어진 벽에 기대서서
쓰러진 캐비닛에 친구들이 깔리는 모습을 보며
비명 소리를 들으며
이게 꿈이었으면
이게 현실이 아니었으면
바라고 바라면서도
물이 차오르고
바닷물에 선생님이 휩쓸려 갈 때
너는 머리칼 쥐어뜯으며 몸부림쳤지
"나는 살고 싶어! 여기서 나가고 싶어!"
가수가 되고 싶다던 너의 꿈
마음껏 소리쳐 담장을 넘고
집과 학교와 보이지 않는 규율
벽을 뚫고 하늘 높이 날아오르고 싶다던
너의 절규……
너의 얼굴 너의 발 너의 손가락
거꾸러지는 친구들의 허리와 등
넘어지고 미끄러지는 친구들의 모습이
휴대폰 금 간 액정 속에서
커다랗게 커다랗게 허공을 가르며 춤을 추었지
물속에 자꾸 잠기어가던

그때 그 공간 속 모든 것들
어느 날 바닷속 검푸른 물결에 떠밀려 올라
세상 속으로 풀려 나오고 있었지
그것은
하늘 높이 날아오르고 싶어 하던 너의 바람
화면 속 네 눈동자에 얼비친 눈부신 갈망
천 개의 바람 수만 개의 바람으로 휘돌아
우리의 가슴을 울림통으로 만들어버린
깊고 깊은 천둥소리였지 세상을 두 쪽 낸
시퍼런 번갯불이었지

거리 유세

박설희

담장 울타리에 장미가 피어 있다
완고한 세상을 향해
피가 몰려 있다
잔뜩 상기된 표정이다

사월엔 날마다 울어 부은 눈이었다
시시각각 뒤집히는 배를 바라보고만 있던 가슴이었다
오월 장미,
살아 있어 장미를 본다, 향기를 맡는다
얼굴로 몰렸던 피가 다시 전신으로 퍼진다

개화라 이르기엔 아직 겹겹의 꽃잎이 무겁다
꽃들의 충혈
누구도 책임질 수 없는 자리에 꽃은 피었다 지고

지지를 호소하는 소리들 무성한 거리에
열없는 박수와 환호
마지못해 내미는 손길, 슬며시 피해 가는 발걸음, 희번득이는 눈동자

살아내는 일, 눈알이 뜨겁다
어둠 속에서 꽃잎에 이슬이 몰리는 이유를 알 것 같다
한 발만 더 딛고 올라서면 울타리 밖

장미의 목구멍이 길어진다

붉은 신호등이 깜박인다
흑점처럼 박힌 사람의 그림자가 나타났다 사라진다
더욱 태양도, 충혈이다

꽃잎들

박성한

기억은 낡을수록 투명하다.

울컥 용솟음치다가
핑그르르 튕겨 나오는 얼굴들

바다에 뿌려진 햇살들이
유리 조각처럼 빛난다.

밤새 물먹은 영정들
철쭉 같은 눈망울이 하늘거린다.

가슴에
노란 꽃잎을 단 아이들
우리는 살아 있고

지금은 사월의 봄,
혹은
2014년 가을의 등굣길

알혼 섬에서 쓴 엽서

박소원

잊겠다는 결심은 또 거짓 맹세가 되었다

시베리아 기차 좁은 통로에
슬그머니 꺼내놓고 온 이름에게
알혼 섬에 도착하자마자 나는 엽서를 쓴다

푸른색이 선명한 엽서의 뒷면에
가까운 곳이라고 쓰고
그 아래 아득한 곳이라고 쓴다

그러나 막상, 할 말이 뚝 끊겨서 오믈이라는 생선을 끼니마다 먹는다
고 쓰고
꽁치와 고등어의 중간 種인 것 같다고 오믈 이야기만 쓴다

엽서보다 내가 더 먼저 도착할지 모른다고 쓴 후
나는 지금 로비에서 서성이다 수영장 의자에 앉아 있다고
별 의미 없는 동선動線까지도 적는다

풀밭에 앉아
네잎클로버를 찾는 사람
푸른 호수로 내려가는 사람
전망대 쪽으로 올라가는 사람

길의 방향은 각각 다르지만
영혼의 처소處所도 각각 다르지만
해가 지지 않는 저녁
일행들은 약속처럼
검은 선글라스를 쓰고
입으로만 웃음을 보이고
밥을 먹고
차를 마시고
보드카를 마신다고…… 그리고
너무 먼 낯선 이곳은
마치 동화의 나라와 같아서
기적을 다시 믿고 다시 꿈을 꿀 것 같다고도 쓴다

피로하여 하도 피로하여 자꾸 할 말이 줄어들지만
그러나 이 아름다운 순간을 침묵할 수는 없어서 샛노란색 꽃을 꺾어
바이칼 호수 지도 사이에 넣고 다닌다고도 쓴다

아픈 손으로
쓰는 엽서는 통증 속에서도 장章을 넘긴다
여행지에서마다 습관처럼……
세상에 없는 너에게
나는 눈물 없이도 내 소식을 전하는 것이다

네가 없는 나는 아무래도 사람도 귀신도 아닌
인간人間과 귀신鬼神의 중간 종種인 것만 같다고
마침표를 찍고도, 추신 한 줄 덧붙인다

무거운 가방

박순호

가방끈이 어깨에서 흘러내린다
목 안으로 끌어 올려보지만
중심을 잡지 못하고 축을 벗어난다
한눈판 사이
바닥에 내리꽂힌다
흙 묻은 가방을 털어본 사람은 안다
절망을 구겨 넣고
지퍼를 채워본 사람은
정해진 삶의 공식을 다 놓치고 난 후
어쩌지 못하는 길목처럼
낡은 아가리에 안개가 한가득이다
바퀴가 끌려가고 끌려오는
지하철 개찰구 앞에서
우측 어깨가 처지고 결려온다
하지 못한 말들이 새어 나오는 가방
삶의 가시가 삐져나오는 가방

臥溫에서

박승자

너와 나

손을 꼭 잡고 와야지
한 십 년 뒤가 좋겠지만
시방도 괜찮아

밀물이 허밍으로 오는
저 낮은 방에 세를 얻으면
넌 아무리 말려도 갯벌에 꼬막을 캐는 아낙이 되겠지
조금 난감해하고 많이 미안해하며
낚싯대를 어깨에 메고 방파제에 나갈 거야
우리가 보낸 날의 긴 인중을 만지며
몇 개의 단어가 공중의 커다란 체에 걸러질 때까지
오후의 해가 입질을 해도 가만있을 거야

한 송이, 길가 코스모스 감정이나
우글우글한 송사리 떼 같은 열흘 겹겹의 비린내가
밀가루처럼 곱게 쌓이겠지

짠물도 발꿈치를 들고 나가며
굽어진 물의 길이 보여
인적이 없는 저 물의 길을 손을 꼭 잡고 걸어도 괜찮겠지

또 백 년이 금방 지나가겠지
뜨겁던 하루치의 빛이 달려와 쓰러지며
우린 저 짠물 속의 해의 얼굴을 어루만지겠지

충치의 감정

박연숙

나를 키우는 사람은 내 안에 있다

오늘 아침은 막힌 변기를 뚫느라 치과 예약 시간을 놓쳤다 치과 의사
는 입안을 들여다보다 헐레벌떡 입속으로 들어가 버렸다

난 카운슬러, 이를테면
백 개의 귀로 검은 커튼을 치고
생크림 케익 위에 촛불을 켜는 당나귀
그저 그런 유행가 한 소절 깔아놓고
말 한마디로 질 낮은 슬픔을 존중할 줄 아는 노새

신물 나? 케익을 껴안고 잠들었다 깨어나는 기분,
목구멍 깊숙이 박힌 터럭 한 올의 껄끄러움도
이해할게, 흐물대는 것은 약속 시간에 늦는 빈 의자처럼 달콤하구나

기꺼이 서로 간섭하기로 하자 세상의 충고들로 흔들리는 충치처럼,
입속의 냄새를 관장하시는
엎어지고 솟구치면서 녹아내린 음식들이 나를 죽이려 한다

아, 입안에 고이는 침에 대해서 독이라 말할 수 있을까
입속은 막힌 변기에 대한 충고의 기록

이 짓거리도 집어쳤음 좋겠어!
치과 의사가 터럭 한 뭉치를 꺼내 들고 변기 속에서 기어 나온다

나는 점점 부풀어 오른다
무서운 꿈을 꾸고 일어난 것처럼
누군가 내 안에서 비만을 완성하고 있다

가을 국밥집

박연옥

큰 옷 입고 그 거리 누가 오신 것일까

새 돛배 띄운 강물 하늘빛이 가라앉고

가을은 황제가 되어 능선 위에 앉으셨다

여름내 가슴 앓던 시대의 통증들이

수많은 구호들로 얼룩진 그 광장엔

뒹구는 빈 물병처럼 껍질만이 남겨졌다

모두들 둘러앉아 국밥을 먹는 저녁

자리 비운 그 친구 아득했던 소식이

양버즘 마른 잎 위로 버석버석 오고 있다

목수의 손톱에 그려진 수묵담채

박완섭

여자들은 네일아트에 가서
손톱에 물을 들이지만

목수들은
태양이 내리쬐는 스라브 지붕에서

땀방울을 흘리며

굵은 팔뚝의 힘으로
내리치는 망치로
손톱에 물을 들인다

아, 아 벌린 입
다물지 못하는 환호성으로

한 번에 완성하는
찰나의 순간

손톱에 들인 물
색색으로 번져 검은 물이 들 때까지

지워지지 않는

매니큐어 칠

버스나 전철 손잡이에
예쁘게 걸려 있는

노동의 손

연잎요양원

박우담

1

잎은 고개를 숙인 채 병실의 지팡이처럼 꽂혀 있다 가냘프다 누군가
집달관인 양 헐은 시간의 빗장을 두드린다 호흡기 줄 따라 숨의 발자국
이 유성처럼 떨어진다 연신 지팡이로 빗장을 걸지만 길은 희끄무레하다
멀리 이스탄불에서 온 엽서 한 장

2

언제 오시나요
삐에르 로띠*
뒤꿈치를 들고 턱을 앞으로 내민 채
당신을 기다려요
당신의 긴 그림자 닿을 길 꿈속에서 미리 봐두었어요
내 마음은 탱고음에 맞춰
메타세쿼이아같이 무럭무럭 자라고 구름처럼 유연해요
잘 단장된 그 길 위에 카펫을 깔아두었어요
안개가 우듬지에 내리깔려요 리드미컬하게
스쳐 흐르는 강물이 얼굴을 간질이고
인큐베이터 같은 대지 위에 꽃잎이 휘감겨요
언제 오시나요
내 사랑 삐에르
꽃잎의 색깔은 당신과 나 사이의 호흡처럼 진해져요
나의 주파수에 맞춰 조금 빠른 스텝으로 오세요

강물의 흐름에 따라 전생의 눈썹이 흔들리고 있어요
만발한 그림자는 구름 뭉치를 끌어들이고
꽃향기는 당신을 핥고 있어요

3

몇 알 남지 않은 연밥 데리고 감정의 회랑 속으로 빠져든다 진흙의 몰
골로 돌아갈 수 있을까 뻘밭의 잠자리는 노르스레한 꿈처럼 하늘을 뚫
다가 물속에 꼬릴 내린다 빗장 풀리듯 잔뿌리는 뽑혀 나가고 회랑엔 차
압당한 시간의 딱지만 보인다 새까만 유성이 시간 밖으로 사라진다 연
잎요양원은 오늘도 고요하다

* 19세기 말 프랑스 해군 무관. 오스만튀르크 왕조의 궁녀 아지아드를 사랑했다. 로띠
는 파리로 귀임하면서 1년 후에 돌아오겠다 약속했는데 7년 후에 돌아왔다. 여자는
그사이 기다리다 자결했다. 유명한 시인이자 소설가가 된 로띠는 사랑했던 여인의 무
덤이 있는 이곳의 찻집에서 글을 쓰며 나머지 여생을 보냈다.

반조返照

박은수

실패한 혁명가의 눈물은 부러진 칼이다
그는 세상을 바꾸지 못했으므로
우울한 대장간 용광로에 몸을 던져
다시 칼의 혁명을 꿈꾸는

늘그막에 차마 미안하단 말 못 하고 갈까 봐
부러진 늑골 사이를 잇는 검붉은 여생
휨 없이 살아
젖은 나무 비벼 태우듯 천지를 끌어안고
하염없는 눈물 흘리는 나는
끝내 이름 없는 동굴에 들어
내 사랑하지 못한
수많은 주검들 앞에 두 무릎 꿇고
열 손가락 암반에 짓이기며
골백번 죽어, 나를 쳐 죽이는 나는

붉은 가사 걸친 저녁노을
배낭에 구겨 넣고
사지가 뭉개진 구부정한 등짝으로
밀고 가는 소요유逍遙遊
그즈음에는 기꺼이 그대 앞에
흔들의자처럼 굴러가

뼛속까지 스민 절대 고독으로
파안대소破顏大笑 짓게 하는 나는

그때야 비로소 하얀 불이不二의 알몸 춤
얼큰하게 추는 일

한명회

박이정

부암동 안골 백사실을 산책하는 아침이다
얇은 물결무늬 셔츠를 입은 현대판 압구정,
너럭바위 카톡방에서
허연 거품을 부풀린다
거품 위에 거품 거품 옆에 거품 거품 아래 거품
팽팽한 물방울 위에 무지개가 흘러내린다
거품 세상 속인 줄도 모르고
풍선처럼 부푼 마음을 하늘에 띄워놓고 출근하는 맹꽁이들
부엽토에 뭉텅 뭉텅 알집 슬어놓은
길은 톡!톡! 무지갯빛
누군가 돌멩이 하나를 던지자 수억 원짜리 거품이 뺑 터진다
얇은 계략의 속도와
물이 떨어지는 절묘한 높이에
무지갯빛 꿈을 걸어놓고
멸종 위기의 마을 몇쯤은 손 지문도 안 나타나게
톡! 톡! 접수 끝
쓰나미 모사에 휩쓸려 다시는 제집 찾아들 수 없는 맹꽁이들이
절벽에서 떨어진 버블에 묻혀
영문도 모른 채 떠내려간다

허망한 시간은 물처럼 끊어지지 않아 매트로 계곡을 흘러내리고
은밀하게 헤쳐 모이는

거품은 거품끼리 거품을 부풀린다
한 사람이 한 표씩만 던져도 몰표
여러 사람이 한 명처럼 뭉쳐지자고 지은
이름 한명회

백사실 계곡, 반정의 칼을 씻은 洗劍亭이나 다를 것 없는
鴨鷗亭
압鴨 오리는 오리발이 되고
구鷗 갈매기는 불사조가.되어
집과 돈과 버블버블 연결되는 권좌 위
톡! 톡! 역사의 부메랑을 날린다

전철의 손

박일만

달리는 손이 있다
머리와 꼬리도 있으나
전철은 손을 더 가졌다

등허리에 솟아 있다
물건을 집는 것이 아니라
탯줄처럼 전깃줄을 잡았다 놨다 하면서
몸통에 밥을 얻어다 건네준다

그 밥으로 당신이 탄 철통이 달린다
비로소 전철이 된다

매일 밥 벌러 가는 당신을 태우고
달리는 것은 그러니까
박스 같은 통이 아니라
두 손 들고 벌서는 자세, 전철의 손이다

당신이 탯줄을 부여잡고
이 세상에 올 때에도
어머니가 건네주시는 동력을 받아
박차고 나왔을 것

전철은 손을 하늘로 벌려
천상의 기운을
매일같이 이 땅으로 끌어오는 것이다

손은 밥이고 신이다

그 잘난 시

박정원

물이 시라고
시가 곧 물이라고
가벼운 차림으로 강가로 나섰으나
흉기로 변한 물을 보았는지
자주 오던 고라니마저 보이지 않는다
멧비둘기 부부가 목이라도 축일라치면
때까치들이 기어이 내쫓고 말 뿐
시가 왜 세월이라는 몹쓸 선발이냐고
세월처럼 물은 왜
맥없이 흐르기만 하냐고
삿대질하며 따지던 장대비처럼
물속에도 분명 나라가 있고
내 편이 있고 저쪽 편이 있다는 듯
물 쌓는 소리만 물속에서 칭얼대는데
동강 난 시들을 엿보기만 하는
누군가가 꼬집는다
황소개구리다
웩웩웩, 토악질한 말들의 습지에서
물시의 지축을 흔들어댄다

빈말

박제영

"당신 없이 난 못 살아요"
"결혼 안 할래요 아빠랑 죽을 때까지 살래요"

빈말인 줄 알면서도
고맙다 여보, 고맙다 내 딸

"당신 말에 책임질 수 있어?"
"당신 말하고 다르잖아!"

한 치의 틈도 허용치 않는
독하고 빽빽한 말의 감옥 속에서
종신형을 살고 있는 사람들
말에 갇혀 오도 가도 못하는 사람들

"다시 태어나도 당신과 결혼할 거야"
"아빠가 세상에서 제일 잘생겼어"

고맙다, 빈말이라도
빈말이어서, 고맙다

공중 같은 그 말
구름 같은 그 말

텅
빈
말

출판기념회

박주택

70여 편이 넘는 시 가운데
「예감」「6층 피부과」「호적」 세 편은
시인의 생애를 그린 것이어서 비교적 이해가 용이했다
시는 어려워서, 는 지금까지 들었던 가장 많은
말로 새삼스러울 것도 없다 눈엣것을 옮긴다는 것은
이사와 같은 것이다 치킨집에
음악이 퍼지고 적나라한 닭들이 바싹
튀겨진 채 냅킨과 함께 전체가 되도록 노력할 때
시집은 다음과 같은 이유에서 돌리는 것이 아닐까?
일생이 존재한다는 자조적인 사실, 재현된 불만들, 지루한 양식과
고투가 지불한 하염없는 기름기 같은 것
첫 연애편지는 언제 썼지? 지리를 익히려고
왁자지껄한 소리는 건배를 만나고
숙소를 나서는 여행자처럼 비는 가을을 주선한다
댄서들처럼 창은 물방울을 출간한다
그중 몇은 뼈째로 보도 위에 누워 있다

안개를 읽다

박주하

본문이 견딜 만하다면
비극은 비극인 채로 내버려 두세요
물을 얻으려면 집을 버려야 하고
집을 버리면 익사해버리는 게 내 운명이니까요
난 물방울로 뭉쳐낸 절벽
희망은 마음속에서만 완성하는 집이죠
다른 세계를 꿈꾸는 순간
반드시 미아가 되어버리고 마는
난 지상의 편견, 극단의 봉두난발
바닥으로 추락하는 핏기 없는 여행이
언제 끝나게 될지 알고 있으므로
끝이 보이는 미래를 자주 생각했으므로
걸음이 한없이 느려지곤 해요
아무리 느려도 과거는 절대 갖지 말아야
발 없는 생각들이 무상에 드는 순서를
제대로 이해하는 거겠죠
세상에 없는 나를 향해
세상에 없는 시간을 꾸역꾸역 게워나가는
한 방울의 욕망이
내 페이지의 신념이랍니다
목을 축일 시간은 결코 오지 않을 거예요
그래서 난 당신의 사랑이죠,
당신의 영원한 고독인 거죠.

빛의 좌표

박찬세

어스름을 디디며 거미가 저녁을 맴돈다

강을 헤매다 온 바람이 나무를 흔든다

거미가 떨고 있다 인간이라는 열매 하나를 맺기 위해 나무가 떨듯이

바람이 나무라는 지도 한 장을 얻기 위해 수천의 강을 헤맨다면

거미는 지도 속에 빛을 가두기 위해 수천의 바람을 헤아린다

바람의 관점에서 빛을 숨기려는 인간과 빛을 찾으려는 인간은 같은
나무를 살다 간다

바람이 떨어뜨린 비늘들이 강 위에서 빛나고 있다

인간은 인간이 그린 지도 속에서 태어나 인간이 그린 지도 속에서 죽
을 것이다

세상의 모든 지도가 무덤이 될 때까지

허공을 맴도는 남자의 마지막 숨이 나무를 흔든다

거미가 떨고 있다 자신이 그린 지도 속에서

비가 내리면 거미의 지도를 들고 인간들은 빗속을 떠돌 것이다

귀

박철

오늘이 누이의 결혼기념일이란 얘길 들었다
누이는 병중에 있고 매제는 먼 곳에 있다
연초부터 부쩍 눈곱이 끼는 팔순의 어머니가
기침처럼 고향에 가보고 싶단 얘길 한다
낮에는 서어나무 숲을 걷는데 도토리 떨어지는
소릴 들었고 산비둘기 우는 소릴 들었다
밤에는 아내의 거친 숨소릴 들었다
그것만이 아니다 귀는 오랜 우물처럼
너무 많은 것을 담아서
길어도 길어도 얘기가 마르지 않는다
당장이 급해 두 눈이 쌍심지를 켜고 세상 온갖 것을 보아도
삐딱하게 숨어 있는 귀를 막아서지는 못한다
뭉크의 절규는 눈이 아니라 귀를 그린 것이다
눈은 보이지 않는 것은 알 수 없으나
귀는 들리지 않는 것도 듣는다
빛은 지나가고 소리는 머물러 대지를 울린다
부처도 막판에는 눈을 감고 귀를 열었다
말했듯이 귀는 마르지 않는 우물처럼
담는 것이 아니라 퍼주는 것이기 때문이다
귀가 앞에 달린 것이고 눈은 옆에 달렸다
그 탓에 우리가 이제껏 흔들려
옆으로 걷는 것이다

유기

박철영

무참히 버려졌다
이역만리에서 누군가의
음모일지 모르겠다
피아골 연곡사 화장실에 버려진 바나나
몸통에 붙은 원산지 필리핀
라벨이 선명하다
요즘 들어 눈에 자주 띄는 다문화인들
바나나 껍질의 검은 반점처럼
그들의 가슴에 상처도 깊겠지
소중한 것을 다 내려놓고 왔을 사람들
그들은 꼼짝없이 이국의
덫에 걸린 거지
화장실에 버려진 바나나처럼
절망의 타국에서
서툰 모국어로 아이를 어르는 그들을 보며
나에게 묻고 싶다
너는 그들에게 따뜻한 시선으로
다가간 적 있었던가.

보르헤스 공작소

박현주

1
그들은 오래전 나의 연인이다
돌을 미는 셔츠와 수레를 끄는 웃음
겨울과 겨울 사이
돌을 싣고 계단으로 내려가는 푸른 산

돌무더기는 각을 세워 아래로 쏟아진다
발등은 각이 두려워 어깨로 둥글어진다
좁은 통로를 지나는 한 발의 리어카가
가파른
입춘

돌무더기에 지지 않는 남자
오후로 넘어가는 계단이
한 삽의 날 위로 기운다
계절을 들어 올리는
남자가 말을 건다
공기 사이
일어나는 푸른 먼지
하얀 목장갑이 손가락 모양으로 구겨져 있다

아흔두 번의 돌을 나른다

시립도서관 축대가 세워지고 있는 중
오랜 방식으로 한 사람은 끌고 한 사람은 민다
물고기처럼 굽어 있다

파를 다듬는 부엌
돌아온 저녁이 삽날처럼 무디다
신발을 쳐다보는 것처럼 머리를 숙인 악기를 만진다
벽이 울린다
사위는 비어 있다
당신은 나의 애인이다

2

보르헤스 : 오늘은 가시 없는 장미가 출시된 날이다. 가시는 어디서
　　　　　무덤을 만들고 있을까?

보르헤스 : 앵두나무 눈을 뜨고 있다. 겨울이자 봄, 봄이자 겨울, 일
　　　　　층 화단에 추락하는 입춘의 눈꺼풀, 모든 것이 가능할 것
　　　　　이라고 믿는 계절이 있다.

보르헤스 : 삼백세 개의 도넛을 튀겨내는 당신들의 키는 모두 작다. 구
　　　　　멍 난 도넛을 매달 나무는 더 높이 구름을 매단다.

보르헤스 : 나뭇잎을 따고야 마는 개의 시력에는 치료의 능력을 아는 코가 묻어 있다. 개는 오래전 팔 하나였던 가지를 쳐낸다.

보르헤스 : 십삼 년 된 복숭아나무의 복숭아는 삼백세 개, 도끼날은 미래의 복숭아를 베어내고 오늘을 두근거린다.

보르헤스 : 몽고의 출렁이는 푸른, 바다로 몸이 빠져드는 출생, 아기를 건져내지 못하는 반점, 어쩌지 못하는 여름.

보르헤스 : 침상에 있는 너의 움직이지 않는 왼팔과 움직이는 오른팔에게, 너의 활달한 홍채와 고정된 그녀에게, 예전의 모습을 찾는다면 우리는 어느 팔을 가져와 안녕이라 할까.

보르헤스 : 새벽 네 시 이십오 분경 내 몸속의 피돌기와 심장의 박동 소리를 듣게 되는 그때에 나는 귀와 심장 중 어디에 무릎을 꿇어야 할까.

보르헤스 : 내가 당신을 부르는 일이 무릎을 가져오는 방법밖에 없다면 밤은 길어 저음으로 부르는 노래의 화음만 듣게 될 거야.

보르헤스 : 발가락 뼈 세 개를 삼킨 민어는 오늘 하얗고 부드러운 뼈

를 산란하고 바다로 돌아가며 부레를 살짝 긁었다. 여름을 듣는 해변.

보르헤스 : 오래전 미루나무 아래에서 한 소년의 선생이었다. 소년은 눈동자의 정중앙에 약속을 걸었다. 소녀는 정중앙을 보며 약속한 눈동자를 싫어한다 했다. 소년도 아니면서.

밤중의 웅덩이

박형준

잊힌 추억들로 반짝이는
길의 눈은 깊다.
식곤증처럼 하얀 방울들이 떠올라 온다.
무지개 빛을 띠고 있는 밤에
쇠막대기처럼 새들이 떨어진다.
나른한 건 정말 대낮만이 아니다.

저녁 비

박후기

산다는 건 생각을 쫓는
생각 사냥꾼의 여정이다
언제나 나는 결정적 순간에 넘어져
눈앞의 표적을 놓치고 마는 것이다

생각한 것을 기어이 몸으로
살아내야 하는 것은 아니지만,
나는 단 한 번도
생의 과녁을 뜨겁게
명중시킨 적이 없다

세상은 너와 나의 인간극장,
불안이 내 안에 등장할 때마다
뼈저린 배경음악을 깔고 싶다
소문은 음악처럼 들려오고
사랑은 혜성처럼 등장한다

저녁 ; 비닐우산이 늦은 비의
감정을 또박또박 받아 적는다
몇 번은 격정적으로,
또 몇 번은 결정적으로 왔다 가는
빗줄기 혹은 사랑에 대하여

나는 생각한다 그리고
더 이상 오지 않는 너를
…… 생략하기로 한다

사랑과 슬픔 속에서
말이 필요 없는
한순간을 갖고 싶다

소문

박흥순

사람들이 신바람 나게 눈덩이를 굴리고 있어
굴리던 눈덩이로 눈사람을 만들어놨어

붉은 고추로 코를 대신하고
숯검뎅이로 입을 아귀처럼 쫙 찢어놨어
머리카락은 글쎄 시래기로 한 폼을 잡았고
귀는 말이야, 당나귀 귀인 게야
무슨 재미있는 이야깃거리가 있나 쫑긋하고 있어
눈썹은 푸른 솔잎으로 붙여놨는데,
눈사람이
두 눈은 꼭 감고 있는 폼이
골목길에서 눈덩이처럼 부풀어가던
이야기들이 마음에 걸렸었나 봐

근데 말이야, 재미있는 것은
눈사람이 외계인처럼 이상하게 생겼다는 게야
눈코입귀 모두가 삐뚤삐뚤이야
보면 볼수록 웃음이 절로 나와

골목길에서 눈덩이처럼 굴러가던 이야기같이
완전, 삐뚤삐뚤 제 마음대로야

되새

배교윤

지리산 대나무 숲에서
잠을 자는 되새를 알고 있다

쌍계사 차시배지茶始培地
초겨울 하늘을
소용돌이치며 운행하던 되새 떼
폭포가 흐르듯 내려앉는다

귀한 손님 찾아오는 숲에
노을이 지면
날갯짓 소리, 울음소리
대나무가 흔들릴 때마다
꿈을 꾸는 되새

겨울 화개골은 되새들의 군무로
젖지 않는 은하수가 된다

모비 딕
―나비에게, 혹은 희미한 고래의 계절에게

배용제

음악의 형식을 빌려 우리는 죄가 될 겁니다
비로소 숨기고 싶은 고통을 지나

멈추지 않는 음표들과 반복되는 가수들의 목소리를 견딜 수 있다면,
온몸으로 흐느낄 수 있다면,
붉은 노을빛과 뜨거운 창문으로 은유된
텅 빈 어느 여름날 일요일 오후를 기억할 겁니다

까마득한 날, 오늘을 표시하는 문양이 되려
불온한 봄을 속삭이듯 지나왔지요
별자리가 안내한 밤의 기호들을 부끄럽게 더듬거리고

이제 막 잠에서 깨어난 나비의 자세로 서서
우리는 춤이야, 꿈이야, 그림자야, 죄야, 아아 환상이야 긴 한숨을 내
뱉으며 눈빛을 조율하고
벌써 살아버린 미래의 내용을 뒤적거립니다
이미 우리는 붉은 밑줄이 그어진 문장들

꿈을 꾼 음악은 머나먼 망망대해였어요 너무 거친 파도였어요
아니 한 생을 지나가는 속도였어요
이제 홀연히 사라지는 흰 고래의 초식을 터득할 준비가 되었고
울음만 남은 고래의 날들 속으로

끝없이 표류할 의지가 있어요
희디흰 햇빛 속으로 침몰하여 함께 사라질 수 있는
그런 마음이라면

어느 여름의 텅 빈 일요일,
꿈도 아닌, 춤도 아닌, 그저 음악의 형식으로만 말할 수 있는
황홀한 죄라면 가만히 비명을 질러보겠습니다

창문과 햇살과 오후와
검은 고양이가 건디는 담벼락만으로도 뜨거워질 수 있는
까마득한 오늘이라면.

밥상 위의 지구

배재경

집 앞 상가에 유기농 전문 가게가 생겼다
회원제 구매라 주저주저

오늘은 일요일, 아내를 대신해 늦은 아침을 준비한다
냉장고를 뒤적여 이것저것 꺼내놓는다
돼지고기, 통조림, 소세지, 두부, 식용유……
이 많은 식품들로 무슨 요리를 한담
불현듯 떠오르는 유기농 가게,
식탁 위의 널브러진 식품들을 훑어보는데
돼지고기는 칠레
참치캔은 북대서양
소세지는 호주
두부는 중국
식용유는 캐나다
……?

이게 뭐여!

무심코 들여다본 우리 먹거리
밥상 위의 지구 하나 놓였는데,
이게 지구촌이여?

세월호, 이후

배창환

이 나라 선생님들은 아무도 없는 곳에서 자기와 마주할 때
한 번쯤은 몰래 자문해보았으리라
내가 그 자리 아이들 수학여행 인솔하고 있었다면
죽었을까……
살았을까……

옆자리 한 여선생님은
아마도 아이들과 같이 거기 남았을 거라 하고
다른 한 선생님은, 어찌어찌해서 살아남았을지도
모르겠다 말하지만, 어쩌면 나는

살아서, 살아온 **나를 저주하며**, 시나브로 죽어갈까……
죽어서, 이 철면피한 **세상을 저주하며**, 살아갈까……

가슴팍으로, 바람을 싹둑 가르는
섬뜩한 칼끝이
깊숙이 휘젓고 달아난 듯 서늘하다

누구 말마따나 이제 우리는
제대로 갈 데까지 가는 중인가
아니면 캄캄한 시궁창 바닥을 치고 오르는 중인가

가을이 지구를 방문하는 이유

배한봉

서울역의 시끌벅적한 푸드코트 한쪽에
젊은 부부가 음식을 먹고 있다
밥 한 숟갈 뜨고 눈 한 번 맞추고
반찬 한 젓가락 집고 눈 한 번 맞추며
늦은 점심을 먹는다
그러다 뭐라 뭐라 열심히 수화를 하고
미소를 끄덕인다
단 한 마디라도 사랑하는 이의 말 놓치지 않으려고
한 그릇 밥을 먹으면서 스무 번도 서른 번도 더
눈을 맞추는 아름답고 따뜻한 시간
나는 지금
천 마디 만 마디 말보다 향기로운 신성을 보고 있다
눈빛으로 사랑의 역사를 집필하는
이 시대의 사가史家
마음의 창문 열고 보여주는 찬란한 사서를 읽는다
잘 익은 과육 단내가
삭막한 서울 한복판을 점령하는 가을이다
무엇으로도 침해할 수 없는 신성이 어여쁘게
문명의 일상을 물들이는 가을이다.

젖은 눈망울에 대하여

복효근

그냥 통을 받치고 젖을 짜려 하면
별 소득이 없으므로
낙타 주인은 새끼 낙타에게 먼저 젖을 빨게 하다가
새끼 낙타를 떼어내고 마저 젖을 짠다

젖이 돌지 않다가도
새끼가 다가가면 유선에 젖이 돌기 때문이다
젖을 짜는 동안
새끼 낙타를 곁에 세워두는 것도 그 때문이다

새끼를 내려다보는,
어미를 올려다보는
여린 초식동물의 눈망울은 왜 그리 홍그렁 젖어 있는지

그저 풀이 자라서 이 사막에 낙타가 살아가는 것이 아니다
안쓰러이 울음 우는 어미 낙타가 있어
새끼 낙타의 젖은 눈망울이 있어
자갈과 모래뿐인 사막에 젖이 돌고 그나마 풀이 자라는 것이다

딱따구리 경전

서범석

굵은 소금 같은 딱따구리의 끌밥
눈 위에 눈보다 선명하게
검은 나뭇잎 위에도 새하얗게 뿌려놓은
땀방울같이 핏방울같이 고사목 아래 흩어진

얼마나 소중하면 거기에 하느님은 숨겨뒀을까
죽은 참나무 뱃속에 꾸물거리는 아기 벌레
너의 입이 오랜 시간 터뜨린 탄착점 속
죽이기 위해 살아가는 너의 목탁 소리를
아침마다 집으로 길게 끌고 오면서
엄청난 경전이나 새기는 줄 알았지

무서운 호랑이도 참새 한 마리 어쩌지 못하는 법
차원이 다르다는 거야, 를 헐값으로 가져와
없는 책상 위에 펼쳐놓고 흐린 눈으로 읽는다
기다리는 건 일찍 오지 않는다고 했던가

내 눈 속에 들어 있는 모기 같은 것
새털구름 같은 것
담배씨 같은 것
나는 어쩌지 못한다, 라고 뇌의 헛간에 심는 겨울

빗소리라는 철학서

서수찬

빗소리만큼
두꺼운 책도 없다
책 읽기 싫어하는 사람들은
아예 빗소리를 펼쳐
보지도 않을 것이다
라면이나 끓여서
그 위에 올려놓을 것이 분명하다
파리나 잡는 데에
간혹 사용할 것이다
빗소리 첫 장에는
이렇게 써져 있다
책 첫 장을 열 힘도 없는 자는
먹지도 말라
그런데 책 첫 장을 열 힘은
평생에 한 번 찾아올 것이다
역도 선수도 들지 못한
빗소리의 첫 장은
자동적으로 내려오는
내 눈꺼풀과 너무도 닮아 있다
어떤 때는 빗소리를 들고 서 있으면
경로석에서조차
자리 양보할 때도 있다

나이를 가늠하기 힘든
빗소리라는 철학서.

공연은 끝났는데

서종규

거꾸로 누워 하얀 배를 드러내는 것
누워 앞 지느러미로 배를 치는 것
둥글둥글한 입을 벌려 꾁꾁 소리 지르는 것
어여쁜 조련사 언니에게 달려들어 뽀뽀하는 것
솟구쳐 올라 조련사에게 농구공을 던지는 것
그리고 정어리 한 토막

세상은 바다의 색상이다. 사방 어디든지 갈 수 있을 것 같은
물장구를 치며 솟구쳐 올라 꼬리지느러미에 다시 한 번 힘을 준다.
그러나 유영이라야 사방 트인 바다색에 막혀
조련사 손짓 따라 돌고 돌고 정어리 한 토막에 돌고 돌고

공연이 끝나고 조련사는 양동이 들고 돌아가고
박수를 치던 몇 명의 관객도 돌아가고
울긋불긋한 복장의 안내원 한 명만 서 있다.

그래도 흰 고래는 솟구쳐 올라 농구공을 던진다. 안내원에게
농구공을 집어 수족관에 던져준다. 정어리도 주지 않고
솟구쳐 올라 농구공을 던진다. 꾁꾁거리며
계속 수족관으로 던져준다. 정어리도 없이

이내 안내원은 농구공을 도구함에 올려놓고

바다색 유리에서 멀어진다.
온몸이 하얀 벨루가는 꾹꾹 소리 지른다.
이젠 정어리도 없고 농구공도 없다.
더 높이 솟구쳐 오르며 더 큰 소리로 꾹꾹거린다.
꾹꾹거리는 소리가 내 마음 가득 차간다. 바다색에 막혀

숨어 있던 저 꽃들이

서홍관

지난겨울
오르내리던 저 산에

사월이 되니
안 보이던 진달래가 보이고

오월이 되니
눈에 안 띄던 아카시아 꽃이 피어나고

유월이 되니
숨어 있던 밤나무에서 꽃이 피고

세월호 억울한 젊은 넋을 위해
광화문에서 촛불을 들자

지난겨울 보이지 않던
분노와 함성이 이렇게나 많았던가.

커피숍 라다끄

석여공

낯선 동네 커피숍 2층에 앉아 무료하게 누군가를 기다린다

윗입술에 묻은 에스프레소를 맛보면서 노트를 꺼내 밀린 글 꼭지 제목을 정리한다

휴대폰 문자를 훑어보고 창밖 풍경을 찍다 그만둔다

젊은 처자 둘이 와서 스펀지 같은 빵을 먹더니 책을 꺼내 읽기 시작한다

책만 읽는다

한 처자 책장 다 넘어간 책을 덮더니 새 책을 꺼내 새로 읽기 시작한다

소설을 읽나 보다

옆 탁자에 퉁퉁한 사내 하나와 긴 머리 여자 하나 와서 갈 때까지 선배 이야기를 한다

그 선배 어떤 시인을 좋아하는데, 만날 때마다 시인이 쓴 시를 읊조리면서 좌석을 시시한 시판으로 만든다며 흉본다

옷 벗은 자작나무 어쩌고 암송하는 흉내를 내며 뒷말을 곱씹어 머리 긴 여자 앞에 놓는다

긴 머리 여자 가끔 사내가 보는 흉을 틈타 찻잔에 녹은 퉁퉁함을 한 모금씩 먹는다

그러다 가끔 싱겁게 웃는다

퉁퉁한 사내 자작나무 흉보다가 머리 긴 여자 앞세우고 커피숍을 나간다

기다리는 사람은 아직 안 온다

소설 읽는 젊은 처자, 몸을 이리 꼬고 저리 꼬면서 책을 읽는다

책 보는 다른 처자, 아직 꼿꼿하게 책 속에 눈 박고 있다

주황색 라벨과 연두색 라벨과 흰색 라벨 색색이 계단처럼 붙은 책을 읽는다

계단을 따라 올라갔다가 다시 계단을 내려온다

노트에 뭔가를 적는다

전화를 해볼까

내가 너무 일찍 왔다

알 수 없는 음악이 소소하다

아래층 한 무리의 사람들이 왁자하게 웃는다

바나나 생크림 빵 냄새와 커피 냄새가 올라와 2층을 떠돈다

커피색 긴 앞치마 입은 올린 머리 알바가 와서 퉁퉁한 사내가 버리고 간 흠을 치운다

화인 火印

석연경

백의수월도* 보려면
월출산 무위사 가야 한다
저를 끌고 다닌 신발
얌전히 벗어놓고
삼배로 머리에 인 마음
합장하며 내려야 한다

그러고도 그늘진 곳
돌아가야 만난다
시공 없는 벽화에서
시원始原이 보이고
무심無心히 흐르는 바람에
꿈틀대는 태기

영겁도 찰나라
등에 업힌 아이와 법당 나선다
천불암 동백나무
천수千手로 다독이고
천안千眼의 꽃눈 자리엔
우주 탯줄 맺힌다

동백꽃 어루만지며

화인火印 찍듯 내려오는 길
관음의 흰 옷자락에서
동박새 날아오르고
유심唯心꽃 전각 새긴 자리
동백 향기 짙다는데

* 무위사 극락전 토벽에 그려진 벽화. 관음이 흰 광배를 배경으로 넘실대는 바다 위에
  있는 보물 제1314호. 백의수월관음도白衣水月觀音圖라고도 한다.

일지춘실一枝春室*에서

설정환

일지춘실에서는
장지壯紙** 앞이 아니라
장지 뒤에 웅크린 채
하룻밤 붉은 꽃 석 점을
피우기에도 버거운
손 시린 돌부처가 산다

뒤에서 툭, 붉은 점을 찍자
앞에서 툭, 붉은 꽃이 핀다

하늘로 뻗은 묵은 가지에
홍매紅梅가 그렇게 소리 없이 핀다

동쪽으로 난 창문 밖 함박눈조차
그의 붉은 꽃잎을 덮지 않는다

매화나무 한 그루에
붉은 꽃이 피는 동안
세상의 소란함도 닫아둔 채
우이모필牛耳毛筆***이 닳고 있다

아무 일도 아닌 듯이

겨울밤만이 그저 하얗게 깊어진다.

그해 여름

성두현

    그해 여름에는 어떤 그리움이 환장하는 목마름의 실체가 되었는가 보더라 햇빛은 등 뒤에서 뚜렷한 그림자를 만들고 맑은 하늘 아래 숨을 곳 하나 없이 완전한 햇살 그물로 사방을 포위하더라 그래 가끔 꿈을 꾸곤 했다. 가위눌린 유년 시절, 우리들의 기억이 푸른 강물이 되어 먼 후일에 우리가 다시 만날 것을 약속해본다 했다.

    그해 여름에는 초등학교 삼 학년, 내 짝꿍이었던 빡빡머리 소년이 다리에 쥐가 나서 떠오르지 못하고 강과 하나가 되었던 뚜렷한 기억이 있다. 끝내 슬픔을 나누지 못했던 강물을 달아나듯 빠져나와 긴 울음을 들개처럼 울고 있는 강물 위로 저녁노을이 붉은 눈물을 뚝뚝 흘리고 있다.

코끼리 사냥법

성배순

노련한 사냥꾼은 코끼리 사냥을 할 때 늙은 암컷을 공격한다지?

무리를 이끄는 늙은 암컷을 공격하고 아기 코끼리들을 모조리 사냥한다지?

동물원에 끌려간 아기 코끼리들 흐엉 흐엉 코를 높이 들고 울부짖는다.

할머니! 여기는 사방이 막혀 있어요. 아기 코끼리들이 커다란 귀를 펼쳐본다. 할머니! 어떤 풀이 독이 없는 거예요? 할머니! 몸에 진흙을 발라야 하는데 흙이 안 보여요. 할머니! 할머니! 쉴 새 없이 떠드는 아기 코끼리들의 저주파 언어가 동물원 허공 위를 날아다닌다. 조련사의 불훅이 몸을 찌를 때마다 급하게 코를 들어 훌라후프를 돌린다. 붓으로 그림을 휘갈긴다. 할머니가 사라진 마을에서 아기 코끼리들이 혼자서 늙는다.

역사 사냥꾼은 늙은이를 공격해야 그 무리가 흐트러진다는 걸 알고 있다지?

밥만 축내는 쓸모없는 노인을 숲에 버렸다는 거짓의 역사를 그래서 만들었다지?

그런 줄도 모르고 우리는 얼마나 많이 고개를 숙였는지.

흰 한복을 곱게 입은 그 가수가 '꽃구경'을 부를 때에도.

마을에서 노인이 사라진 후, 골목을 서성이는 아이들, 주먹을 날리는 아이들, 구석에 앉아 검은 비닐봉지를 코에다 대는 아이들, 놀이터 그네에 앉아 혼자 늙고 있다는데,

노련한 사냥꾼은 사냥을 할 때 늙은 암컷 먼저 공격한다지?

마당에 암탉을 풀어놓고

성선경

이 바람 팔려 갈까?
매화꽃 피면 매화꽃 따라
진달래 피면 진달래꽃 따라
가슴에 뭉게구름
온 산을 감싸 안고 도는 이 바람
바람이나 팔려 갈까?
국화꽃 피면 국화주가
단풍이 들면 설악 홍엽에
온 산을 휘감는 이 바람
남도장이나 진해 벚꽃장
난전처럼 펴고 앉아
이 바람 사시오!
이 바람 사시오!
지나는 이마다 호객하며
이 바람 팔려 가면 어떨까?
지게 작대기만 한 기둥을 부여잡고
발정 난 강아지도 아니고
온 마당 뱅뱅 도는 이 바람
바람 사시오
바람 사시오
이 바람이나 팔려 갈까?
복사꽃 피면 복사꽃 따라

능금꽃 피면 능금꽃 따라
바람이나 팔려 갈까?

블러드 문blood moon

성향숙

진돗개 무리 속에
이따금 검은 개들이 출현하는 마을
붉은 달이 떠오르자
달이 떠오른 방식으로 오백 명 승선한 배의 선미가
항구 쪽을 향해 기울고
마침내 아귀가 맞아떨어지듯
여신 헤카테가 풀어놓은 저승의 개들
거리를 몰려다닌다
친밀함이 마지막 안식처라던 사람들
서로 눈을 부라린다

골목골목 검은 개들이 출몰하고
조용하던 사각의 창문마다 울음이 삐져나온다
아이 주검 앞의 사내는 등 돌려 창문 막고
주먹을 입속에 넣고 흐느낀다
나이키 운동화가 식탁 위에 차려지고
만 원만 더, 천 원만 더
쥐꼬리만큼의 넉넉함이 얼음덩이 손에 쥐어진다

아직도 어슬렁거리는 검은 개들
냉정한 눈알을 이리저리 굴리며 죽음을 탐닉한다
들판은 실제 푸른 것보다 묘사할 때 더 푸르고*

시체는 묘사할 때 더 처참하다
태양 빛을 받지 못한 주검들이 하얗게 바래가고
노란빛 애써 외면한 달 붉게 변할 때
마력의 바다에 대고 울부짖는
죽음은 끊임없이 발굴되어 떠오른다
구부리고 앉은 오금이 굳는다

다시 떠오를 것을 예약한 붉은 달과
검은 개들을 사육하며 히죽이는 헤카테
죽은 자들이 안부를 전해 온다

*『리스본행 야간열차』.

공空

손병걸

눈을 뜨고는 알 수 없는 말
단연코 볼 수 없는 말

시각장애인용컴퓨터 화면낭독프로그램 이야기다

꺼진 모니터에 펼쳐진 텍스트

검은 여백이 내어준
활자와 활자 사이
행과 행 사이

두 눈을 크게 떠도
아무리 두 눈을 부릅떠도
아무런 흔적을 찾을 수 없는

캄캄한 그곳 그곳에서
울려 퍼지는
빈칸 혹은, 빈 줄이라는 말

비어 있어서 명백히
비어 있지 않다는 드넓은 소리
밤하늘에 빛나는 시공의 소리

언제나 꽉 찬 공명
먹먹하게 환한
저 빈칸 혹은, 빈 줄이라는 말

耳順

손인식

질경이와 수제비에 삼십 년
하얀 이밥과 고깃국에 이십 년
콩나물 된장국 십여 년에
귀가 순한 깃털처럼
매일 아침 눈을 뜬다

시간이 되자 사람들은
반려동물은 가족인가 아닌가
갈가마귀의 둥지를 옮길 것인가 말 것인가
반짝이는 왜 반짝이지 않는지
전자키트의 회로도를 서로 점검하면서
사는 법을 찾고 있다

희망의 전령사 김자옥이 죽었다
세월호 피의자들 전원 상소했다
대표팀과 이란의 축구 시합은 졌다
북한의 특사가 친서를 갖고 크렘린에 들어갔다
꼬이고 설킨 것들 해법은 없을까

오래오래 보고 들어 할 말이 많아
더욱더 조심해라
耳順의 늦은 오후
석양처럼 묵은 먼지 털 일이다

먹기러기

손택수

달에 눈썹을 달아서
속눈썹을 달아서
가는 기러기 떼
먹기러기 떼
수묵으로 천리를
깜박인다
오르락
내리락
찬 달빛
흘려보내고
흘려보내도
차는 달빛
수묵으로
속눈썹이 젖어서

하염없는 봄날

송문헌

나른한 시간이 흐르는 한나절
햇살 가득 눈부시게 밀려드는 봉당에
하릴없이 쪼그리고 앉아 있으려니
꿈인 듯 졸음이 밀려오고

얼핏 스산한 바람이 댕겨가는지
덥수룩한 수염을 잡고 흔들며 히죽
담장 너머 옆집 목련이 좀 보라 하네

주책 같지만, 속없이 어제보다 더
희디흰 홑적삼을 열어 보이는 그가
벼락을 치도록! 오늘따라 여간 더
요염하지가 않아 보이네

꽃밭에서

송정섭

대중목욕탕에서 벌겋게 달군 몸이 노곤했다
소파에 길게 앉아 TV를 보다가
나비가 비를 긋는 꽃밭에서
깜박 잠이 들었는데
TV는 꺼져 있고
집 안은 텅 빈 듯이 고요하다

진공의 정적 같은 창밖으로
한 점 까치가
까만 빗금으로 떨어지고
까무잡잡한 맨발이 폴짝거린다
코 찢긴 검정 고무신 벗어 들고
고무줄을 감아 올린 무명 치마가 펄렁거린다
배 꺼지니 뛰지 말라는
층층 단발머리가 촐랑거린다

게가 어딘지 알 수 없는 아이가
베란다로 나아가
물때 낀 어린이 놀이터를 내려다본다
야윈 햇살 끌고 가는 아무도 없는 해거름에서
고무줄놀이 하는 아이들이 왁자하다

스콘에 딸기쨈을 드릴까요

송진

나는 소심해지는 내가 너무 좋아
축 늘어진 가방을 끌어안고
쭈그리고 앉아 서점 구석에 졸고 있는
지나간 내가 너무 좋아

나의 음부처럼 시커먼
아메리카노와

블루베리 피칸 스콘을 야금야금 덥석 먹는 게 너무 좋아

호텔 캘리포니아 흘러나오는
스피커의 굵은 손목이 너무 좋아

이게 나의 전 재산
이게 나의 자랑거리
너무 좋아
너무 좋아
나는 너무를 세뇌시키는 반죽 덩어리

빨간 햇살 게워내는 아침 햇살
비워진 접시 위 흘러내리네

(나는 소심한 내가 너무 좋아
서점 구석에 서서 지나간 세월호를 읽고 있는
지나간 내가 너무 좋아)

궁남지*

신강우

황산벌 부릅뜬 눈 목소리 먹고 큰다
눈물을 닦아주고 낙화암 아픈 꽃잎
가부좌
눈을 뜬 연꽃
하늘의 꿈을 딴다

춤추는 이파리에 산까치 날개 접고
저녁놀 속삭임 가득 담은 정자 하나
눈뜨고
파랗게 돋는
시심에 촛불 켠다

조금씩 일어난 꽃의 잔치 손 내밀고
창포가 긴 창 들고 사방에 길을 연다
달빛이
지키는 백제
방울 소리 울린다

* 부여에 있는 백제시대의 연못.

별을 찾아서

신경림

소백산 풍기로 별을 보러 간다

별과 별 사이에 숨은 별들을 찾아서
큰 별에 가려 빛을 잃은 별들을 찾아서
낮아서 들리지 않는 그들 얘기를 듣기 위해서

별과 별 사이에 숨은 사람들을 찾아서
평생을 터벅터벅 아무것도 찾지 못한 사람들을 찾아서
작아서 보이지 않는 그들 춤을 보기 위해서

멀리서 큰 별을 우러르기만 하는 별들을 찾아서
그래서 슬프지도 불행하지도 않은 별들을 찾아서
흐려서 보이지 않는 그들 웃음을 보기 위해서

사람과 사람 사이에 숨은 별들을 찾아서
사람들 사이에서 사람이 다 돼버린 별들을 찾아서
내 돌아가는 길에 동무 될 노래를 듣기 위해서

히말라야 라다크로 별을 보러 간다

별의 목소리

신남영

우주 비행사인 너는 지구에 있는 내게 메시지를 보낸다
네가 멀어질수록 메시지의 교환 시간은 그만큼 늦어진다

너는 이제 명왕성을 지나는 중이라 했다
지구의 시간을 그대로 가져간 너는 옛날의 너이지만
지구에 남겨진 오늘의 나는 옛날의 내가 아니다

우주엔 천억 개의 은하가 있고
한 개의 은하엔 천억 개의 별이 있다 한다
마음이 가닿을 수 있는 거리는 어디까지일까

사람이 죽으면 별이 된다는 말이 있지
네가 돌아올 때쯤은
난 별이 되어 있을지 모른다

메시지는 끊어진 지 오래이지만
마음에서 지워내지 못한 것들
한세상을 건너야만 들려올 별의 목소리

넌 차라리 안녕을 이야기하지만
사별보다는 나을지 모를
오늘의 단절을, 나는
멀어진 시간만큼 되돌아가야 하지 않겠나

연탄불을 간다는 건

신단향

사그라지는 불꽃을 끌어 올리기 위해서다.
휘청거리는 걸음도 걸을 수 없이
허옇게 늙어버린 불,

아직은 불꽃을 피워 올릴 수 있는데
반쯤 탄 연탄이
머리는 새카만데 불씨가 고개를 숙인 채
골다공증의 뼈들을 옹그린 밑둥치,

반나절 더 불꽃을 파랗게 피워 올려
가물거리다가
활짝 피기도 한 파란 불꽃으로,
식은 국물을 데워야 할 불이
까맣게 불꽃을 숨기고

끓는 국물을 떠올리는 국자마다 김이 뭉실거리도록
가슴까지 뜨거워지도록
살아 꿈틀거리는 독한 가스 냄새로
불꽃을 담금질할 수 있도록

아지랑이를 내뿜는 햇볕으로
붉게 달아오르는 꽃잎으로

봄날 아침 날아오르는 풍선의 가벼움으로
꺼진 연탄의 불씨를 피우려는 아침,

젊은 시인의 부고를 봤다.

다시 꽃처럼 웃는 그날까지
―세월호 아이들 영혼 앞에

신동원

목련이 지고
벚꽃이 지고
해맑던 아이들의 미소도 꽃잎처럼 지고
슬픈 대한민국의 봄

웃으며 수학여행길에 올랐던
아이들은 돌아오지 않고
아이들이 마지막 남긴 영상만 돌아왔구나

그들이 지상에 남긴 마지막 신호
살고 싶어… 난 아직 꿈이 있는데…
가슴을 후벼 파는 한마디

멍청하고 바보 같은 어른들은
그 간절한 손길조차 잡지 못하고
너희들을 허망하게 떠나보냈구나

꽃보다 어여쁜 300의 천사들
채 피지도 못하고 진 너희들의 꿈과 미소가
노란 리본처럼 흩날리는 슬픈 봄
눈물 속에 침몰하는 대한민국

신이 이 나라를 버렸구나
어찌 이 아이들을 저버리시는지
세월호가 침몰했을 때 이 땅도 침몰했고
너희들이 죽었을 때 희망과 믿음도 죽었다

17살 너희들의 너무 짧은 봄
너희들의 봄을 앗아 간 자들 절대 용서하지 말거라
눈물이 분노의 파도가 되고
노란 리본이 깃발이 되어 흩날리는
다시 꽃처럼 웃는 그날까지

民調詩 1
－如 如

신세훈

풀머리
깨어 있는
동녘 산자락 청시울가에,

홀로
나
잠드네.

달머리
잠빛 밝은
서녘 강허리 금물 목살에,

나 홀로
눈 뜨네.

그림자 나비가

신수현

팔랑, 나비 그림자 발끝에 떨어진다
든다 고개를
길가 낮은 축대로 날아오르는
하얀 날개에 어리는 빛,
감긴다 눈이

예보도 없이
돌풍 몰려오고 거센 빗줄기
우듬지 부러지고 삽시간
붉은 곰팡이가 널름
온 집안 점령해버리고
떼어낼 수 없던 공포의 혓바닥
뿌리까지 삼키고는 사라지고
먹구름 갈아들어
하늘 무겁게 주저앉고

햇살이 뜨겁게 어깨를 감싼다
눈을 뜬다
축대 튼 살을 비집고 핀 튀밥 같은 꽃무더기에
나비 날개를 접었다 폈다
앉은 자리가 꽃자리*
그림자 안 보인다

* 공초의 말씀.

아무것도 할 수 없습니다

신용목

이 방에서는 아무것도 할 수가 없습니다 배를 관통당한 미꾸라지가 차가운 바닷물에 미끼로 던져지는 것처럼 나는 죽음을 낚기 위해 캄캄한 방 안에 담겨 있습니다 어둠이 불어옵니다

흔들립니다

불안은 도대체 몇 개의 풍선을 불고 있습니까 고요라는 몸통의 가시에 찔려 빵 빵 빵 빵 터지면서

결국 너덜한 심장으로 뒹굴고 있습니다 물속에서 소리치면 물을 마실 수밖에 없는 것처럼 언젠가 어둠 속에서 익사한 내 목소리를 건져 바닥에 눕혀둡니다

팔딱팔딱 튀어오르는 시체들

시체가 될 시체를 물고 가장 큰 아가리의 시체가 되기 위해 헤엄쳐 오는 죽음들

이 방에서는 아무 말도 할 수가 없습니다

보고 싶다고 말하면 물속을 헤집고 들어오는 집어등 불빛처럼 어둠을 보고 싶은 만큼 마시게 되고 사랑한다고 말하면 차갑고 검은 죽음의 몸통이 미꾸라지로 몸부림치며 목구멍을 파고듭니다 알고 있습니다

사랑한다는 말의 아득한 끝에서 반짝이는 미늘들

꽉 깨물 때

이 방은 고요가 힘껏 불어놓은 풍선이었습니까 터지면서 터짐으로써만 고요해지면서 심장은 몸을 나와 몸으로 흔들립니까 낙엽입니까

한 장으로 떨어지는 바다

죽음이 죽음을 나와 허기가 되는 것처럼

가을입니다

　이 꿈에서는 깨어날 수가 없습니다 저 심장들은 바닥에서 다시 어디로 떨어져야 합니까 당장 아래층에서는 꼭 무엇을 본 것처럼 아기가 울어대지만 왜 시간은 결국 시체만을 수집합니까

착각

신정민

이미 불편하거나
돌이킬 수 없게 불편해진
불협화음 사이에 있는 각도

웃고 있는 눈물과 울고 있는 미소
그 간발의 차이

지상에 닿기도 전에
다섯 개의 뿔로 잡아당겨 진 별빛의 각도

기다림도 없이
너는 떠나고 나는 도착한
시각

25시 편의점과
고장 난 가로등 사이에서
콧잔등의 안경만 만지작거리고 있는 저녁과
나 사이에서 벌어지고 있는

예각보다 좁고 둔각보다 넓은 생각들

사랑 때문에 어긋난

그래서 좁혀지지 않는 찬란한 오해들

여행자에게 태양은 왜 그렇게 나쁜 동행인가
아직도 답을 찾고 있는 나의 질문들

C, 살 비늘이 된 여인

신진

그녀는 약간 웃었을 뿐
깨어진 건 순전히 이쪽이었지.
나는 조각조각 나부끼면서
목 안에 빨려들고 눈주름에 매달리었지

내가 미학을 배운 책 저자의 오누이인 듯
멀고도 낯익은 낯빛
문자처럼 낮고 또렷한 음성

출발선에 서지 않은 채
내달렸지, 숨 막히는, 넥타이만 풀고
이별에도 시작 없었네
끝도 시작도 앞뒤 없이 스며들었네

지구 밖으로 나선 것일까?
그가 간 길 멀 듯
내 삶도 내게서 먼 데를 떠돌았지

스무 해 더 지난 숨 가쁜 산길
헉헉대며 헤매고 오르던 중에
꺼낼 겨를이 없었네, 예비하지 못한 음성
낯선 여인, 나는 세 번 부인했네

바위 전망대에서 외투를 벗었을 때
지구에서 만나지 못했던 여인
날아간 음성을 타고 내려왔네. 내 몸
외투로 가린 동안 구석구석 내의內衣가 되었던 C

따라 웃으려 해도 웃지 못했네
따라 꺼지려 해도 꺼지지 못했네

모든 사랑의 역사가 슬프다 해도
C
그대가 지금 나누는 사랑 있다면
그 사랑 부디 슬프지 않았으면 하네

살 비늘처럼 시도 때도 없이 묻어 나오네
휘감은 외투도 마저 가리진 못하게 됐네
멀고 낯익은 낯빛 문자, 잔잔하고 또렷한 음성

C,
침묵은 침묵이 아니라 묵비처럼 소리 머금은
악기인 거 알겠다.
이제 내게도 슬프지 않는 사랑 있겠네
지구 바깥에 사는
그러나 살 비늘 되어 내 속살을 감싸고 있는 여인 C

아득한 나날

신현림

내 몸은 폐가야
폐가를 허물고 일어서는 목수가
망치를 들고 어디로 갔지 모두 어디로 가지
내 팔은 하얀 가래떡처럼 늘어나지도 않고
쓰다듬고 끌어안고 싶어도
사람들에게 닿지 않는다

사랑하는 당신, 어디에 있지
사랑하는 당신, 함께 나무 심어야 하는데
사랑하는 당신, 나는 몹시 춥거든 보일러가 고장 났거든
문마다 밖에서 잠겨 열 수도 없고
전등 아웃, 폰밧데리 아웃
러브밧데리 아웃
일어설 수도 없이
몸은 방바닥 밑으로 자꾸 가라앉는다

천천히 기도의 푸른 등불을 켜고
머리카락 한 올씩 차례로 불을 켜봐요

횃불 같애
나만큼 추운 당신에게 달리는 횃불
당신 얼굴에 비친 거리에 물고기가 날아다닌다

당신 얼굴에 비친 세상이 얼마나 눈물겨운지 나는 안다
당신 얼굴에 엎지러진 파란 하늘을 얼마나 그리워했는지 너는 아니

오늘도 둥둥 가슴북을 치며
당신 그리워
길 떠나는 횃불

아, 팽목항에서

신현수

우리들의 민낯과 치부와 거짓이 발가벗겨진
4·16 세월호 사건이 일어난 지
세 달이나 지나서
나는 팽목항으로 갔네.
시청 앞 대한문 앞에서 팽목항으로 떠나는
'기다림의 버스'를 탔네.
여름휴가를 떠나는 행렬로 휴게소는 인산인해인데
온 가족과 함께 휴가를 떠나는
보통 사람들의 소박한 꿈을
세월호 유가족들은 이제 영영 잃어버렸네.
여섯 시간을 달려 도착한 진도는
바람이 거세게 불고
마치 그날을 기억하듯 처연히 비가 내렸네.
유가족들의 얼굴을 바로 쳐다보는 일조차 송구했네.
동생과 여섯 살짜리 조카를 기다리고 있는 권승국 선생,
남편을 기다리고 있는 양승진 선생의 부인,
무슨 말이 그분들께 위로가 되겠는가.
말이란 얼마나 허망한가.
팽목항은 칠흑 같은 어둠에 싸여
아무것도 보이지 않았네.
그 많던 천막들은 모두 치워지고
바람은 서 있을 수도 없게

사정없이 몰아쳤네.
아직도 바다에서 돌아오지 못한 분들의 이름
양승진 사회 선생님~
고창석 체육 선생님~
2학년 1반 조은화 학생~
2학년 2반 허다윤 학생~
2학년 3반 황지현 학생~
2학년 6반 남현철 학생~
2학년 6반 박영인 학생~
51세 이영숙 씨~
52세 권재근 씨~
6세 권혁기 아기~
아직도 바다에서 돌아오지 못한 열 분의 이름을
밤 열두 시에 간절히 불렀네.

저 차디찬, 시커먼 바다 속에서
하루빨리 가족의 품으로 돌아오라고
밤 열두 시에 간절히 불렀네.

사고가 일어난 지 벌써 반년
사고 이후 달라진 게 아무것도 없는데
사고 이후 해결된 게 아무것도 없는데

이 사건이 왜 일어났는지
수습 과정에 무슨 문제가 있었는지,
이런 사고가 앞으로 다시 일어나지 않을 수 있는지
아무것도 아는 게 없는데
세상은 이제 그만하라고 하네.
한국전쟁 이후 가장 커다란 사건이 일어났는데
세상은 이제 그만하라고 하네.
삼백네 개의 우주가 날아가 버렸는데
세상은 이제 그만두라고 하네.

1반 열아홉 명
2반 열한 명
3반 여덟 명
4반 아홉 명
5반 아홉 명
6반 열세 명
7반 한 명
8반 두 명
9반 두 명
10반 한 명
세월호에서 살아 돌아온 아이들
2학년 7반은 단 한 명

2학년 8반은 단 두 명
2학년 9반은 단 두 명
2학년 10반은 단 한 명
세월호에서 살아 돌아온 아이들

지금은 그만할 시간이 아니라
끝까지 기다리겠다고
다짐할 시간
지금은 그만둘 시간이 아니라
끝까지 함께하겠다고
다짐할 시간

구름의 이별법

안명옥

기적적으로 당신을 사랑하다가
기적적으로 당신을 사랑하지 않게 된 것은
모두 구름의 방에서였지요
구름식 사랑과 이별법을 배웠지요

지옥에서의 한 철*을 보낸 후 흐린 날이었어요
구름은 날씨를 탓하지 않고
꽃은 그늘을 만드는 구름을 탓하지 않았어요

저녁 무렵 당신에게 갔지요
늘 당신이 마중 나올 때 환해지던 골목이
그날은 어둠이 안개처럼 내리고 있었지요

고흐의 별밤이 있는 테라스 구름방
심장 뛰는 소리를 계단처럼 밟고 허공을 올랐지요
랭보가 시 쓰기를 그만둔 날**을 손에 들고서

당신을 만나는 동안 늘 환한 뭉게구름일 순 없지만
먹구름 같은 당신의 표정이 공기를 짓누르더니
천둥 같은 말들을 쏟아내는 당신에게
속수무책, 나는 젖은 라일락나무 같았어요

정 떼려 작정한 듯 매몰찬 말의 빗줄기
젖은 꽃잎이 후두둑 떨어졌어요
당신이 라일락나무에 물 주어
그동안 아름다운 꽃들 피워놓았잖아요

꽃들은 구름을 모른다 그래서 사랑을 한다
당신을 정말 사랑한다면 왜 떠나겠냐고
그걸 모르겠냐고
지나가던 바람이 라일락나무를 흔들었던가요

아직도 당신을 원해요. 라는 말을 삼키던 저녁
누군가 하늘에서 이별을 하는지 눈동자가 붉어지고
다음 날 아침
구름 한 점 없는 하늘이 깨끗한 사막 같았어요
당신 없는 생은 사막과 같겠죠 사막은 깨끗해서 좋아요

* 랭보의 「지옥에서 보낸 한 철」 변형.
** 서동욱의 시집 제목.

삼천포에서

안성길

어머님 장택 고씨 살아생전 꿈으로나 밟던
삼천포시 서포면 다평리 보이네
오로지 방 한 칸 지상의 생애 가만가만 접던 날
끝끝내 가 닿지 못한 바다 삼천포도 저물어
나물섬 방아섬 개섬 딱섬
별학도 월등도 징검징검 건너면서
뭍으로 뭍으로만 길을 내던 그 하염없는 그리움도 접었을까
그날처럼 세상의 꽃나무들 다 비에 젖는
이 봄날 오후,
화약내 풀풀대는 일상은 저만치 밀쳐두고
그 바다 그 섬들 화안히 보이는 노산 언덕에 서서
봉긋한 살 비린내로 몸 단 바다 보네
무시로 생각을 헤살 부리는 소소리바람에
속절없이 흩날리며 언덕길 자옥이 널브러지는
물 젖은 그리움 한 잎 주워 가슴에 묻네
꽃나무마다 지등을 켜고 사람을 부르는 해 질 녘
나는 노산 언덕에 서서 삼천포 바다로 저무네

MRI 판독記

안영선

내 몸의 내면을 들여다본 적이 있었어

수많은 탐욕이 뼈의 후미진 곳에 더덕더덕 붙어 있더군
엑스레이 예리한 눈도 피한 비밀이었지
척추가 애욕의 촉처럼 기우뚱하게 휘어져 있었어
뭐, 그 정도야
4번과 5번 요추 사이가 발기한 성욕처럼 튀어나왔지
이건, 좀 흥미로운데
담당 의사는 내 몸을 보더니 짜릿한 전율을 느끼더군
그의 관음증이 내 몸의 이면을 훑고 있었지

속내를 드러내는 일은 자위를 들킨 것만큼 부끄러운 일이야
내 몸의 단면이 나이테를 닮았다더군
눈으로 새긴 것들이 차곡차곡 나이테를 채웠을 텐데
그는 발기한 것들을 요추추간판탈출증이라 부르더군
욕망은 잘라낼 필요가 있다고 하지만
내 질곡한 생의 흔적 오롯이 놓치기는 싫었어
더 이상 발기하지 않도록 신경주사를 맞으라 했지
이제 내 척추 일부는 식물인간처럼 살게 될 거야

참, 우습지
벌써 내 사랑도 무뎌지기 시작했어

자세를 말하다

안오일

허리에 이상이 왔다
은연중 취한 불편한 자세 때문에
딱딱하게 뭉쳤을 근육의 시간들
드러나지 않는 나만의 통증이 시작됐다

의사의 지시대로
바른 자세를 취해보는데
여기저기 어색한 힘만 주어지고
자꾸 더 틀어진 느낌만 드는데
언제부터였을까
불편함이 익숙해지고
차라리 편안해진 건

구부정하게 둘러앉은 회식 자리
적당한 기울기로 술잔을 부딪치고
예상 가능한 추임새가 익어갈 즈음
아픈 허리를 의식한 나는
몸 곧추세워 먹다가
밥도 도도하게 먹네, 라는 한마디에
이내 몸을 흐트러뜨리고 마는데

바른 자세를 위해선

용기가 필요하다는 걸
내 몸은 말하고 있는 것이다

세상의 각도에선
얼마나 위태로운 일이냐
바르다는 것이,
콕콕 통증으로 일깨우는 내 몸을 보며
질끈, 어리석게 틀어져 보기로 한다

모래 알갱이보다 작은 그 용기를 위해

미안합니다

안익수

못마땅한 끈을 풀어 왼손에 잡고
꼿꼿한 햇살을 오른손에' 다짐할 때
변두리에 풀들이 살아가는 것을
무지랭이가 텃밭을 지킨다는 것도
세상 판에 훈수를 두다
떼쓰는 말을 뜯어말리다가도
불꽃의 그러함이
그러했듯이
모세의 지팡이가 또 그러했듯이

밥상 놓고 편들지 않는다고
소문으로 들었는데
돌부리에 발이 접질려도
언어의 가시로 살아가야 할
누가 햇살에 흠집을 내고
누가 막걸리 잔에 둘러앉아 핏발을 세우는지
누가 파랑새 소리를 꺾으며
누가 뻔뻔한 주둥이로 귓속말을 하는가도
누가 알 실은 개천에 삽질을 하는가도
누가 달밤의 풍금을 뜯는가 보라
미안합니다

겨울이 내 살을 만진다

안주철

우리 집은 노을이 필요하지 않다.
일을 끝내고 집에 돌아와 저녁을 먹고 나면
끓는 물을 대야에 붓는다. 저리 가.
겨울을 피해 방으로 들어온 늙은 개 워키가
구석에서 새끼를 낳는다. 낳다가 좁은 방을
돌아다니며 피를 흘린다. 몇 마리일까?

워키가 낳은 새끼 등에서 꼬물거리며 수십 마리
물고기들이 천장을 향해 헤엄을 친다.

소금 한 줌을 대야에 뿌리고 나는
물이 뜨거운지 뜨겁지 않은지 엄마에게 말해야 한다.
물이 식는 속도를 센다.
물고기를 세는 방법으로
물고기가 더 이상 도망가지 않을 때까지

엄마의 발가락을 감고 있던 붕대가 풀리자
피가 쏟아진다. 엄마는 등을 돌린다. 나는
저 등을 좋아하지 않는다.

등 너머에 엄마의 발가락이 보인다.
발가락 끝이 벌어지고 뼈 한 마디가 톡

대야에 떨어진다.
대야에 붉은 꽃잎이 한 장 두 장
오래도록 펼쳐진다. 한 송이가 될 때까지

물을 버리기 위해 대야를 들고 밖에 나가
엄마의 허연 뼈 한 마디를 들고 서서 고민한다.
누구에게 엄마라고 불러야 하지?

거울 속에 다시 노을이 끓는다.

나는 내 살이 어디까지인지 알 수 없다.

새조개

안학수

그리도
보이고 싶지 않았나 봐
붉고 여린 부리

날개 속에 여태
얼굴을 묻고 살아온 새

마음이야 늘
다른 새들과 놀고 싶겠지만
단 한 번도 날아보지 못한 새

행여 누가 들춰볼까
꼭꼭 여미다
부리보다 단단해진 양 날개.

고향

양문규

비둘기가 온새미로 우는 숲의 아침 안개와

꾀꼬리가 예그리나 날개 치는 한낮 햇살과

사슴벌레가 그린나래 펴는 초저녁 개똥벌레와

또랑 건너 늘솔길 도란도란 걷는다

꿈속의 고향은 다 이러한가

소리개가 늙으면 가파른 바위산에 둥지를 튼다고 하는데

젊은 중한테 쫓겨나는 나는 어디로 가야 하나

여여산방如如山房 드는 길 무참하다, 그지없다

매스게임이 시작되자 아이들은 사라지고

양안다

식목일에 나무를 심을 때 줄 맞춰 심는 일은 중요하다 나무에게도 질서가 있는 법이니까. 식물의 규칙을 지키는 동안 마을은 축제로 떠들썩했고 펄럭이는 만국기가 나뭇잎보다 잘 흔들리고 있었다

그렇게 생각되진 않아도 그렇게 생각되기도 했다

남자들은 깃발을 흔들거나 호루라기를 불었다 호루라기를 부는 남자의 볼이 호루라기보다 먼저 터질 것 같다는 생각에 깃발을 흔들어야 잘 늙을 수 있구나, 고개를 끄덕이면서 시소 타는 것에 집중했다

여동생은 마을 축제에 가려던 나를 나무 밑으로 끌고 가면서 왜 축제는 여름에 하는지 모르겠어 너무 축축하잖아, 동생의 흰 무릎이 그늘 속에서 더 희게 보이는 오후. 동생이 더위를 싫어하는지 축제를 싫어하는지 파악하고 싶었다 동생은 나를 빤히 쳐다봤고 구멍 뚫린 나뭇잎들이 계속 떨어졌다

낮게 늘어진 나뭇가지에 머리를 부딪치지 않으려면 키가 작아야 한다 내가 아는 어른들은 나보다 키가 컸기 때문에 이 말은 꿈속에서 들은 것처럼 느껴졌다 아버지도 친구도 다섯 살 어린 이웃 동생도 나보다 컸다 신발을 작게 신어서 그런가 보다 큰 신발을 사야겠다, 당연히

그렇게 생각되진 않아도 그렇게 생각되기도 했다

훌리건의 밤

　혼자서 타는 시소, 밤에도 축제는 계속되고 시소는 제대로 움직이지 않았다 놀이터에서 왜 시소만 둘이 타야 하는 걸까 어른들에게 물어보고 싶었지만 모두 훌리건. 나는 맞아 죽을 바엔 외롭고 싶었다 훌리건은 다 어른들이고 어른들 때문에 여름밤이 더 더운 것처럼 느껴졌다 호루라기 터지는 소리, 흔들리는 깃발, 점잖은 할아버지도 축제에 가면 훌리건

　혼자 시소 타는 것이 힘들어서 화내고 싶었지만 화낼 일이 아니었다 나는 모든 일이 억울했는데

　그렇게 생각되진 않아도 그렇게 생각되는 생각들이 계속되었다

　새벽이면 옆집으로 이사 온 신혼부부가 싸우는 소리를 들었는데 나는 걸레년, 이라는 욕이 생소하게 느껴져서 청소를 잘하는 여자라고 이해했다 물건을 던지고 깨지는 소리가 계속 들렸지만 걱정하지 않았다 청소를 잘하는 여자라고 억지로 나를 이해시키면서

　여자가 매우 아름다운 여자라는 걸 떠올리는 동안에도

　훌리건의 밤

여동생은 또 나를 그늘로 끌고 갔는데 자꾸 내 손등을 간질여서 시소를 타려면 싫어하는 친구와도 탈 줄 알아야 한다고 말했다

축제가 끝나갈 때 매스게임이 시작되었는데 아이들은 보이지 않았다

텃밭을 일구다

양원

괭이를 들어 땅을 찍었다
무릎 넘어 자란 쑥대밭
한 평만 일구어볼 요량이었다
괭이 날이 땅에 박혔다
흙 속에 묻혀 있던 돌의 비명
쇠와 돌이 엇갈리며 내는 섬뜩한 소리
괭이를 내리칠 때마다
마음속에 박혀 있던 돌멩이들
하나둘씩 햇볕 속으로 튀어나온다
내 속에 숨어 있는 깨져 날 선 돌조각
드러나는 날
내 속을 둘러치고 있는 단단한 돌 울타리
무너지는 날
비로소 나는 한 평 밭을 일구고
먼지 같은 상추씨를 뿌릴 수 있으리
고랑을 깊이 파서 물을 빼내고
뿌리를 덮어주는 북을 돋우어
마음속에 푸르게 자라는
무성한 상추밭을 가꿀 수 있으리

꽃망울 편지

양윤식

내 안엔 가득, 너에게 보낼 편지가 있다
지나간 날 캄캄한 뿌리로 줄기로 그 추운 겨울로 너를 기다리며
준비해놓은 그 낱말들
며칠 전 끙끙대던 꽃샘추위까지 환하게 담아놓은

우선 투명한 공중을 읽어대는 새들이나 곤충족도 쉽게 읽어낼 수 있
도록
낱말과 문장을 가다듬는다
그들의 입술은 물론 발바닥에 맞는 키스까지 준비한다
그리고 자꾸자꾸 지워지기만 하는
바람의 편지지에도 담을 수 있는 향기를 준비한다

어느 날엔가 거친 모래 틈에서 찾은 낱말들도 끌어 올린다
하지만 바람은 그것을 종종 황사와 혼돈할 수도 있다
더군다나 요즘 바람은 별도로
'향기'라는 낱말과 '발톱'이라는 낱말을 결박하지 못한다

비록, 낱말과 문장이 좀 흐트러질지라도
편지지에는 꼭 배어 있게 여며야 한다
겉봉에는 햇살과 별들이 보내온 우편번호와 주소를 적는다
어떤 비바람에도 지워지지 않아야 한다

무명 산악회

양정자

서로 만난 지 어언 스무 해도 넘은
글쟁이 늙은이들 모임인 우리 '무명 산악회'
'술 산악회' 아니 '중턱 산악회'라는 별명 붙었지요
매주 일요일 북한산 두어 시간 찔끔 오르고
거기서 시작되는 술판이 하산 후에도 이어져
'한 잔만 더, 딱 한 잔만 더' 하면서
늦게까지 2차 3차 하지요
80년대 서슬 푸른 군부독재 시절
제 깜냥껏 그래도 용기백배 싸우다가 우리 중에
감옥 갔던 사람, 매 맞았던 사람, 도망 다녔던 사람. 밥줄 잃었던 사
람들
그 독한 울분 술로써 삭였지만
이제 이빨 다 빠진 호랑이들처럼 늙어가
지금 우리 산악회 중요한 이념이라면
'산행은 짧고 여흥은 길다'라나 뭐라나
우리 그럭저럭 사이좋게 지내는 사이이지만
지난주 북한산 수풀 속 반짝 눈뜬 샛노랑 꽃
양지꽃인가? 노랑제비꽃인가? 뱀딸기꽃인가?
정말 오랜만에 피 터지게 싸웠어요
싸우다 싸우다 우리 중대한 결론에 이르렀지요
'그래도 봄 되면 노랑꽃은 피어난다'라는

빈방에 대한 기억

양해기

불을 켜지 못한 방

학교에서
먼저 돌아온 동생들이 울고 있던 방

잠들 때까지
엄마가 오지 않던 방

늘 이불이 깔린 방
치워지지 않는 밥상을 가진 방

서러운 생각에
혼자 많이 울었던 방

이상한 왕국

엄원태

아니, 이 신성한 자본주의 민주공화국에서 웬 제왕? 하고,
일찍이 난 의아해서 거의 미칠 뻔한 적이 있다
돌이켜 보니 막 청춘이 무르익어 가던 서른셋 시절이었다
그땐 참 느닷없고 터무니조차 없다 싶었지만,
그 엉뚱하다 싶은 왕국의 충실한 신민이 되기까진
사실, 그리 오래 걸리지 않았다

왕은 먼저 내 두 발을 묶었다
여행의 자유는 허무할 정도로 간단히 박탈당했다
이후, 일상처럼 조공 바치기를 게을리하지 않았으나
왕국의 수탈은 가히 한 경지를 이룬 것이어서
내게 한 줌 쌀을 쉬이 허락하지 않았으니
고기나 신선한 야채는 엄두조차 못 냈음은 물론이다

왕국의 사자들은
여느 저승사자들처럼 검은 도포나 갓을 쓰진 않았지만
좀체 맨얼굴을 드러내는 법이 없었다
때로 정신이 번쩍 들 정도의 매서운 손맛, 혹은
헤드록이나 코브라 트위스트 같은 전설적 신공에다
암바나 트라이앵글 초크 같은 필살기를 걸어오는
엄청난 근육과 힘줄의 강인함으로만 몸에 각인되곤 했다
간혹 뼈마디가 으스러질 것 같은 중압감으로

내 온몸은 정신을 거의 놓고 가물가물, 진땀으로 흠뻑 젖기도 했다

그러곤 그 가공할 괴력에서 잠시 놓여나는 때의
나른한 행복감(?)에 편안히 빠져들곤 하는 것이었다
그때 내게 허락된 얼마간의 평온이란, 참으로 소중하고 값진 것이어서
때로는 흑진주 같은 빛을 발하기도 했으니,
그렇게 난 그 이상한 왕국의 신민이 되어갔던 거다

이제 와서 고백건대,
그걸 굳이 스톡홀름증후군이라고 할 거까진 없겠지만
나는 왕국의 신민이란 사실에 묘한 자긍심(?)마저 느끼곤 한다
그 왕국은,
'고통'이라 불리며 세상 사람들로부터
경원시당하기 일쑤인 이상한 제왕이
보이지 않는 얼굴로, 완강히 지배하는 나라이다

가벼워라

오영자

허공보다 깊은 화물차가
짐을 가득 싣고 멈춰 섰다.
노란 아카시아 향기가
허공을 가로질러
꽃 걸음을 재촉하며 걸어간다.

잠시 멈춰 선 나의
발걸음은 어디쯤서 멈춰 선 것일까?
얼마나 명확한 걸음이었을까?

소리 없는 소들이 생애의
무게를 가늠하지 않고 걸어가고
강아지, 오리, 닭, 사람들이
무게를 가늠하지 않고 지나간다.

나는 인도보다 무거운 걸음을 걷고 있었고,
사람들은 무게를 보내며 걷고 있었다.
멈춰 선 시간이
나에게서 나를 향해 다시 돌아가고
있음을 본다.

가벼보지 못한 발걸음
생애 최고 인도 시간이 된다.

찔레꽃

오영호

오름 자락 돌담길에
별빛 담아 만개한 찔레
지난밤 몽정을 한 벌 나비 날아들어
껴안은 암술과 수술
5월 한낮 오르가즘.

그 어떤 지극함으로

우미자

그 어떤 지극함이 있어
이토록 아름다운 꽃들을
나무들은 봄마다 피워내는 것일까

그 얼마나 간절한 원願이 있어
나무들은 해마다 저토록 수많은 이파리들을
하늘을 향하여 손 내밀게 하는 것일까

그 얼마나 지극한 사랑의 힘으로
대지는 꽃잎을 거두어 가고
향그러운 열매들을 열게 하는 것일까

동물 열전
—손바닥 시*를 위한 습작 2

유강희

여우

너희들에게
기쁘게 잡아먹힌
옛집의 하얀 밤을

돼지

세종대왕에겐
돼지 콧구멍도
용상龍床이시니

닭

암탉이 시를 쓰면
시인들이란 기껏 찜이나
프라이 정도 만들 뿐

소

선배들의
육체노동이 더

행복했을 수도

쥐

네 발자국을
기억하지 않는 쥐
쥐구멍만 찾는 쥐

개

실어증을 앓는
노란 달과 우물
털보**와의 대화

고양이

아기로 죽은
푸른 원혼들이
너를 빌려 운다

거위

나는 게 귀찮아
목청만 키웠으니
날개보다 큰 비명!

염소

인제는
이 고집쟁이 영감과도
황혼이혼 해버릴까 보다

호랑이

동물원에 갇힌
우리 산신령님부터
얼른 구해드립시다!

* 한 줄은 너무 짧고 넉 줄은 너무 길다는 생각. 시조의 3장 구조를 바탕으로 한 3행의
  짧은 시를 '손바닥 시'라 이름 붙임.
** 어릴 적 집에서 기르던 개의 이름.

붉은 장마

유순예

　제자리에가만히있으라고그랬어요.어영부영하다침몰해버린'세월호'에갇힌지금도,제자리에가만히있는중이에요.'아빠'는괜찮아요?이곳은너무춥고깜깜해서잠만자고있어요.벌써한달째굶고있지만,배고픈줄을모르겠어요.어디선가종종,엄마,울음소리가들려요.수학여행이수중탐구학습으로어긋나버린,오늘이며칠이죠?꿈에서든생시에서든,귀가한친구들소식좀전해주세요.짠물을너무많이마셨나봐요.배가불러요.엄마,이제그만선잠에서깨어나고싶어요.제자리에가만히있기만하는'큰엄마'를,이제부터는우리가맡을게요.선장없는선실은딱질색이에요.사랑해요.엄마!

　　비리비리 비리 비……,
　　풍랑주의보도 손사래를 치는
　　비가 내리고 있어요
　　세월아 네월아……,
　　새벽인지 대낮인지 모르겠는
　　밤이에요
　　무정무정 무정 부……,
　　빗소리들이 수막을 두드리고 있어요
　　새끼들을 잃고 넋을 잃은
　　빗방울들이 북위 34 동경 125 바다로 뛰어드는
　　세월, 세월이 온통 깜깜해요

　물개처럼빠져나온선장은두눈시뻘겋게뜨고꾸물대고있어,선주는사방

천지에허풍을치고,고무줄놀이를하다가발칵이났어,'전언이있어요,꼭해
야할일들이있어요,살,려,주,세,요'정신나간선체를두들겨패던,주먹을펼
쳐봐,빠진손톱들은새순처럼돋아날것이야,앙다물었던입을쑥내밀어봐,
비리비리한선실문을걷어차고,나와봐,잠든모습이라도끌어안고,목청이
라도찢어보자,선장있는선실로이사가자,419,518언니오빠들,눈부비며
선잠에서깨어날라,젖한번물린적없는'큰엄마'는죽었어,단연코,붉은이
장마가쉽게그칠것같지는않구나,그만,나와봐,따듯하고환한,아가야,아
가들아!

취생몽사

유용주

한 삼백 년은 너끈히 지나갔을라

저 광활한 먼지 속으로 흩어져 버린
중호 형님 모시고 마포나루 후미진 뒷골목
한쪽 어깨 기울어진 함바집에 들렀을 때다

마침 일필휘지, 마른 붓 휘둘러 새경을 받은 친구가
앉은뱅이 냉장고를 기웃대다
육덕 푸짐한 주모한테 한 방 맞았다

―썩을려러느 것들, 뭔 안주를 찾았싸!
  주는 대로 처먹을 것이지……

시퍼런 마음속 구만리 장천 파도를 숨기고도
친구는 허허 웃었고

라면에 소주와 탁배기 잔 어지러운 공사장 인부들
똥내 풍기는 이쑤시개 던지고 떠난 탁자에서
또 우리는 갈 데 없는 천것들이었다
전생, 후생 모두 합쳐 뿌리 없는 떠돌이였다

생전, 명천께서는 족보 없는 술 멀리하라 그리 당부했지만

무정할 손 세월이었다

입적한 지 삼천 년도 넘은 중호 형님,
사리 모신 부도탑에 이끼 깊어 산새 소리 그윽한데
하늘 가득
목젖이 보이도록 크게 웃으며 단숨에 잔을 뒤집는다

마포나루 붉은 노을 한 짐 걸머지고
서쪽으로, 서쪽으로
날아가는……,

내비 아가씨에게 묻다

유진택

옛날부터 찾기로 한 어무이의 고향을
그녀에게 묻기로 했다
흐릿한 기억을 들춰내도 알 수 없는 곳
살구꽃이 폭죽을 터뜨리는 곳인가도 싶고
벼랑에 연등 같은 암자 한 채 매달린 곳인가도 싶지만
그곳은 꿈결처럼 아슴한 곳
아홉 살 치매 걸린 어무이는 이미 그곳을 지워버렸고
밤길 따라 촐랑촐랑 따라온 누야도
그늘진 달빛만 생각난다는 곳
별빛 앞서 가면 속 박박 긁어대는 돌밭이고
낮달 따라가면 얼키설키 마음 옭아맨 칡밭인데
아, 어쩌나 막막한 길
되돌아올 수도 없는 길
예라, 모르겠다
시동 꺼놓고 살구꽃 분분한 강가에 앉아 졸다 보니
저 멀리 강둑이 피안이구나
그녀도 더 이상 길을 알려주지 않는
내 마음의 극지極地

유골

유홍준

당신의 집은
무덤과 가깝습니까
요즘은 무슨 약을 먹고 계십니까
무덤에서 무덤으로
산책을 하고 있습니까
저도 웅크리면 무덤, 무덤이 됩니까
무덤 위에 올라가 망望을 보았습니까
제상祭床 위에 밥을 차려놓고
먹습니까
저는 글을 쓰면 비문碑文만 씁니다
저는 글을 읽으면 축문祝文만 읽습니다
짐승을 수도 없이 죽인 사람의 눈빛, 그 눈빛으로 읽습니다
무덤을 파헤치고 유골을 수습하는 사람의 손길은 조심스럽습니다
그는 잘 꿰맞추는 사람이지요
그는 살 없이,
내장 없이, 눈 없이
사람을 완성하는 사람이지요
그는 무덤 속 유골을 끄집어내어 맞추는 사람입니다
저는 그 사람이 맞추어놓은 유골
유골입니다

생가生家

육근상

작은아버지에게 빼앗기고 밤새껏 어루만지다 새벽별에 흘려보낸 툇마루라서

일어나 한 발 두 발 밟으면 허름한 등짝 같은 마룻장 소리는 왜, 안방 들어서며 흐느끼던 엄니 눈물 소리로 부엌 쪽으로만 뻗어가는가

지금은 아무 연고緣故 없이 바람만 휑한 남의 집이라 아버지처럼 뒷짐 지고 마당 한 바퀴 돌아볼 수 없지만 헛간 달그락거리며 쇠스랑 하나 일으켜 세울 수도 없지만 대청에 올라 헛기침으로 서러운 가래 삭이려는 것인데 창방唱榜 노래기 떼는 멸문滅門으로 향한다

꽃띠 누님 2

윤경덕

망백望百, 또는 일백 세
푸르르 떠는 손끝에서
꽃띠 누님의 체온을 느낀다

미망迷妄, 혹은 비망非望*
떨어져 나간 11월
미처 그리지 못한 일정표를 채운다

이 세상에서 더 이상
머물 곳이 없다고
끝까지 찾아달라는 마침표

품 안에 움켜쥔 것들을 다 남기고
곱디고운 꽃길을 간다
아주 먼 길을 간다

차마 남기지 않은 말,
꽃향기 풍기며 걸었던 길마다
나만을 위한 생生이라니……

느리고 더디게 가던 길이 한 숨이다

* 최승자의 시 「미망未忘 혹은 비망備忘」에서 변용.

사해死海

윤동재

유대민족이 로마제국에 끝까지 항전한 곳
이스라엘의 마사다를
김 교수와 같이 올랐네
마사다에 올라 보니 사해가 한눈에 들어왔네
김 교수는 사해死海를 가리키며
사해死海가 왜 사해死海인 줄 아느냐고 내게 물었네

누구는 사해死海가
지표면보다 4백 미터나 아래에 있다고
그래서 여기에 오면
자기를 낮출 줄 아는 것을
배우라고 하지만
그게 전부는 아니라고 했네

사해死海의 뜻이 뭐냐
죽은 바다 아니냐고
요단강 물을 넙죽넙죽 받기만 하고
자기 것은 단 한 방울도
남에게 줄 줄 모르니
죽은 바다가 되지 않았느냐고 했네

사해死海에 와서는

다른 것 다 제쳐두고
사해死海가 애써 가르쳐주고 있는
죽지 않는 길을
배워야 한다고 했네
그걸 배워 돌아가야 한다고 했네

오폭설 씨

윤범모

사랑은 포근하게 오는구나
하얗고 부드러운 손길
그대가 있으므로
더욱 아름답구나

인간 세상 말도 되지 않는 꼬락서니
자꾸 자꾸 반복하니
보기 싫어, 보기 싫어
드디어 화가 난 그대
여린 손들 뭉치니 거대한 힘으로 바뀌는구나
교통지옥 만들어 도시를 마비시키고

민초도 뭉치면
세상을 바꿀 수 있다고
한 수 일러주는

오, 폭설 씨

밥값은 했는가

윤석홍

아침에 밥을 먹으며 밥값을 생각했다
더운 김 모락모락 나는 밥 냄새
밥과 값이란 이분법 앞에서 갈등한다

삶에 우연히 이루어지는 일은 없고
밥을 먹으며 또 다른 인연을 맺다
각자에게 주어진 각본대로 살다 간다

행복과 불행이 넘치는 탐욕의 경계 너머
치열하게 살기 위해 오늘도 밥을 먹는
맨얼굴 사람들 모습에 밥값이 떠오른다

밥값은 참으로 어려운 숙제 중 하나다
쌀 한 톨이 일곱 근 나가는 무게라는데
지금 밥값 못 하면 다음에 밥값 할 수 있을까

밥값을 해야 한다 반드시 밥값 하고 살아야지
스스로 다짐하고 되새기며 밥을 먹는다
그래, 꼭 밥값은 하고 살아야지 암 살아야지

저녁에 다시 밥을 먹으며 밥값을 생각했다
더운 김 모락모락 나는 밥 냄새 맡으며
사람이 밥이고 밥이 사람이다라고 써본다

저 좋아 하는 일이

윤요성

라디오에서 흐르는 소리에
'참으로 노래 잘한다' 한다
'가수잖아요?' 하려다
그것밖에 할 줄 몰라
그거라도 열심히 할 수밖에 없는
사람이라면

아무 말 할 수 없었다
어떻게 詩가 설레이게 하는 풍경인지
궁금해하는 사람 앞에
'괜히 시인이겠어요?' 하려다
나 모르는 또 다른 사연 있을까 싶어
역시 말문을 닫고 만다

저 좋아 하는 일로
밥 먹고 술 마시며
시가 노래가 되면
고마울 수밖에
조용히 한 生을 견디는 소리
듣는 것만으로도 좋다

은행나무 그늘 아래

윤인구

시월이지만 아직도 한낮 볕은 따가워
내 차는 은행나무 그늘 아래로 찾아든다

사르르 은행잎이 유리창에 떨어져 지구가 조금 흔들리고
잠깐 낮잠이나 자보려는 심사를 건드렸으나 개의치 않았다

꿈속에서 나는 수척한 얼굴로 누군가와 이별을 했고
오동나무 정원이 있는 아담한 집을 한 채 지었는데

툭, 이제 꿈 깨라는 듯
은행 한 알 떨어져 죽비처럼 뒤통수를 친다

그래 지금은 누군가 마디 굵은 손으로 한 해 농사를 거두고
또 누군가는 벤치에 오래 앉아 이별 얘기를 해야 하는 자리

어디에든 오래 머무르지 못하는 습성 때문에
내 행적은 늘 고달팠겠지만

이젠 있어야 할 자리보다
비워주워야 할 자리에 더 마음이 쓰이는 시간

잠깐 쉬었으면
어디로든 또 가봐야지

서촌

윤임수

서촌에나 갈까나
문득 쓸쓸하다고 느껴지는 날
주위에 아무도 없다고 여겨지는 날
이슬비 촉촉한 겨울 한 자락을 싸들고
아무도 모르게 서촌 골목길에나 스며들까나
육십 년도 넘은 오래된 책방 대오서점에 가서
포크송대백과나 히트가요대전집을 뒤적거리며
추억의 옥수수빵이나 자근자근 씹어볼까나
누구나 잘 통할 것 같은 통인한약국에 들러
바람 사이 약초 냄새나 품어볼까나
그러다가 아예 바람처럼 훌쩍
삼십 년 모범업소 형제이발관에 들러
유치한 장식과 소품에 아랑곳하지 않는
내공 가득한 가위질이나 조용히 바라볼까나
하염없이 바라보다 슬슬 출출해지면
반쯤 눈을 감고 통인시장으로 내려와
옛날 기름 떡볶이나 한 접시 먹어볼까나
오래된 친숙함을 속으로만
오직 속으로만 되새기며
참 좋은 하루였다고 가만 말해볼까나

사과 속의 달빛 여우

윤정구

베어 문 사과 속에 달빛 한 입 묻어 있다

고향에서 보내온 풋사과 맛의 골짜기 어디쯤
길이 끊기고 멸악산 갑자기 높아져서
캉캉 여우 울음소리가 하늘로 퍼져 올라갈 때

사과나무도 분명 그 날카로운 여우 울음소리를 들었으리라
한낮에는 댑싸리 빗자루보다 더 길고 풍성한 꼬리를 끌고
부드럽게 보리밭 끄트머리로 걸어 나오던 그 여우의
송곳처럼 날카로웠던 울음소리

잡목 우거진 여수골의 밤 달빛이 얼마나 고혹적이었는지
밤길을 잃어버려 본 사람들은 안다

눈 속에서 낙엽 속에서 녹음방초 속에서 여우는 그렇게 숨어서 울었
지만

사람들이 그 여수골 입구를 일구고 사과나무를 심어나가자
여우들은 마침내 마지막 울음을 남기고는
나무 사이 푸른 달빛을 타고 멸악산 등성이를 넘어갔다

달빛 묻은 사과를 한 점 베어 먹는다
손전등처럼 반짝이던 두 눈, 황금빛 여우가 보인다

약속

윤중목

그대 떠나는 빈자리에
우리 한 그루 나무를 심자.
센바람에 더욱 빛 고운 꿈을
가슴속 깊이 심어 간직하자.
그래서 그대 돌아올 먼 날,
궁근 땅에도 잎새 우거진
그 늠름한 나무를 노래 부르자.
푸르러진 가슴을 열어 우리
못다 한 꿈을 다시 피우자.

모항 母港

이강산

바다는 모두 떠나보내고 일몰만 남겨두었다
바다는 잘 익은 감빛이다

겨울 바닷바람에 떨며
나는 저 바다의 숲 왼쪽 모퉁이에 감나무 한 그루 서 있었으면 좋겠다는 생각을 한다
감나무 아래 장독대가 있고 앞바퀴가 휘어진 자전거 옆에 쭈그려 앉은 사람이 어머니라면 좋겠다는 생각을 한다

그러면 나는 방바닥으로 뚝뚝 햇살 방울이 드는 붉은 기와집, 옛집 풍경의 갯벌 속으로 빠져들 것이고
그러면 엊그제 마지막 남은 앞니를 뺀 어머니가 나를 향해 무어라 중얼거릴 것이다

보일 듯 말 듯, 한 번도 골짜기를 보여주지 않는 바다
한 번도 골짜기를 들여다보지 못한 어머니

그러나 뒤꼍 귀뚜라미 울음 같은, 그 어렴풋한 말이 무슨 말이든 나는 다 알아들을 것이므로
짐짓 못 들은 척 감나무만 바라보다가
나 홀로 서해까지 달려온 내력이라도 들킨 것처럼 코끝이 시큰해지다가

우우우,

원순모음이 새나오는 어머니의 닭똥구멍 같은 입속으로 피조개빛 홍시 몇 알 들이밀 것이다

　—마포에서 탈출한 곰소 남자, 생의 절반을 잘라냈어요
　—지금쯤 청양 외딴집의 여자 가수는 밤바다를 노래하고 있을 거예요
　—다들 감나무만 바라보고 있을 거예요

바다는 일몰마저 떠나보내고 혼자 남았다

나는 저 바다의 숲 어딘가 틀림없이 감나무 한 그루 서 있을 것이라 생각한다.

지렁이들

이경림

가을비 잠깐 다녀가신 뒤
물기 질척한 보도블록에 지렁이 두 분 뒹굴고 계십니다
한 분이 천천히 몸을 틀어
S?
물으십니다
그러니까 다른 한 분,
천천히 하반신을 구부려
L······
하십니다. 그렇게 천천히
U?
하시면
C······
하시고
J?
하시면,
O······ 하시고

쫴한 가을 햇살에
붉고 탱탱한 몸 시나브로 마르는 줄도 모르고
그분들, 하염없이 동문서답 중이십니다

그사이, 볼일 급한 왕개미 두 분 지나가시고

368

어디선가 젖은 낙엽 한 분 날아와 척, 붙으십니다
아아, 그때, 우리
이목구비는 있었습니까?
주둥이도 똥구멍도 있었습니까?

그 진창에서 도대체 당신은 몇 번이나 C 하시고
나는 또 몇 번이나 S 하셨던 겁니까?

가을 하늘

이대흠

당신 생각으로 가득 차서

텅 빈 가을 하늘

높은 하늘

이도윤

간지러워라 나의 귀
불쌍하여라 눈물이 말라버린 나의 시린 눈
마늘과 쑥으로 진화한 오늘
이제 나는 서서히 사람이 되어가는 중이다

무엇으로 나를 씻을 것인가
눈에 보이는 것은 너무 가까웁고
부질없는 결심은 너무도 멀다
무엇으로 나를 웃을 것인가
그래도 사랑해야지 내 눈에 보이는 거룩한 것들
잔인한 선과 악, 나는 지금
나의 털을 벗고 너의 가죽을 둘러쓰는 중이다
위태로워라 나의 옷이여
나는 언제까지 이런 거짓말을 부끄러움 없이 할 것인가
차라리 침묵하라 낡아버린 살들이여
지상의 언어는 입을 열자마자 모두 하늘로 올라가고
아침의 이마를 시커멓게 눌러 찍은 활자
해는 기러기를 날려 그 말들을 세상 밖으로 끌고 간다

해를 먹은 새*

이두의

뼈끝 죄 녹여내는
속울음 참아가며

뒤틀려 출렁이는
파도를 달래주는,

잉걸 해
발겨서 먹는
가슴 큰 새 한 마리

나에게 날아들어
깃털 뽑아 둥지 튼다

비바람 천둥 번개도
어르기 나름이다

들끓는
따뜻한 고요
우주가 다 환하다

* 김기창 화백 작품 「해를 먹은 새」 제목 차용.

봄은 더디고,

이명희

　서슬 푸른 이마 자랑하던 겨울이 물러가나 보다 하얀 눈 이마에 얹고 점잔 빼며 앉아서 멀리 남쪽으로 달아나는 자동차 꼬리를 물며 해찰하다 해 저물면 동동 떠오른 달을 맞이하는 일상, 닳은 무릎으로 끊어지는 시간을 버티고 있다 모질어질까 마음부터 단단해지던 겨울이 물러서고 물씬물씬거리며 피어오르는 봄기운 빙그르 화색이 도는 것인지 흰빛 날카롭던 이마 점점이 연초록으로 물들어 갈 부푼 꿈 들썩이는 것인지 진즉 열린 봄의 입구, 아이 몇을 업고 달아난 폭설의 우수절雨水節 상처를 덮고 아릿한 봄맛 혀끝에 굴리며 심장이 뛰기는 할 것인지 무거운 어깨 털고 일어날 수 있는 춘절春節 오기는 온 것인지 마음은 자꾸만 욱신거리고 무릎은 허방을 딛고 자꾸만 툭툭 꺾이는데 신발은 자꾸만 뒤축이 벗겨지는데

겹

이민숙

기대한다 오늘을 양파!
즉시 나를 속이고 너는 뻥,
차버리더라 골문을 비켜 날아가는 축구공처럼
보이지 않던 속살 썩고 또 썩었다
안으로 들어갈 수밖에 없는데, 지독한 냄새
순간, 권태가 시작된다
의심한다 양파!
너는 또 속이고 뻥,
말간 속살 눈물샘을 휘젓는다
거짓 없이 쏘는 하루의 정결이 여기 있다
겹의 눈, 잠자리처럼
심오의 날개를 사는 네가 좋다
마냥 허락하지도
마냥 배반하지도 않는다
까뒤집을수록 하냥 새롭다
축구공처럼 오르던 뭉치의 욕망
두근거리는 시간을 타고 사라진다
희망은 피폐와도 같다
겹겹 쌓인 마음, 산수국 헛꽃의 허망만 벗기면 그만이다
벽과 벽 사이의 홑저고리 앞에 속수무책이다
투명이란 별것 아니다
온몸으로 껴입을수록 낭자하게 벗겨진다

스스로는 결코 벗는 법을 모르는 양파를 벗기다가
잠시 속아서 시라고 끄적일 때,
너의 몸으로 담근 장아찌를 씹을 때
드디어 억 겹 뼈까지 벗어 패대기치고 싶을 때
사랑, 너!
솜사탕 같은 섹스처럼 하르르 속아주는 것밖에, 별것 아니다

12시 정각에 서 있다

이병룡

밤 12시를 넘는 순간은
주술로 문을 열고 나가는 벽이다
하루도 빠짐없이 밤 12시를 보내며
정각 12시 투명한 벽 앞에서
나는 한 방향으로 주술을 한다
빛바랜 수채화 같은 시간을 닫고
정각 12시에 주문을 외며 문을 연다
12시의 벽이 두려운 밤 12시가
투명한 경계에 다리를 걸치고
정각 12시 미지의 기운에 흔들리고 있다

시각장애인이 사진을 찍기 위해
한 번도 보지 못한 실상을 만져보는 것처럼
나는 밤 12시와 정각 12시,
억겁 분의 일 초 사이에서 투명의 벽을 만져본다
하늘마저 느끼지 못할 정각 12시 간극에 서 있다
소름 끼치는 초현실의 찰나에
습한 빛의 순간이 제 살을 말리며 출렁이고 있다
손에 와 닿은 것은 흔들리는 눈썹의 바람이었다
밤 12시와 정각 12시 두 문을 수호하는 야누스가
가만히 귀를 접고 새날의 진동을 무겁게 기다린다
열어야 할 문이 아직 남아 있다

저 벽을 건너려고 맨발로 허둥지둥 살고 있다
얼마큼의 문을 열고 벽을 건너야 12시가 가벼워질까
내생 안에 주술의 힘을 빌리지 않고
창틀에 느긋이 기대어 12시 정각을 바라볼 수 있을까

후계

이병률

태풍의 활을 당겨서 이으리라
지구의를 왼쪽으로 돌려서라도 이으리라
곧 괜찮은 번개를 맞아 고백을 하게 되리
말을 못 알아들으면서 두 개의 언어로 말하는 이가 있다는 것과
스스로도 모르게 손을 뻗어 거짓말을 만지는 이가 있다는 것과
세상 수많은 것들의 충돌하는 감정까지 이으리라
찾고 찾아서 나의 생각이 이렇다는 것을 전하게 되리
힘이 모자라서 뚝뚝 끊기던 어제의 식물들과도 나란히 이으리
용광로에서 떠낸 쇳물을 손으로 받아 이으리
그래도 된다면 어떤 피에 대한 안 좋은 기억까지도 받아 이으리
지금까지의 모두는 공명한 것으로 물러나기를
꼭 한 번은 울어야 하는 사람
머리 위에 붉은 기운을 띠고
지금은 아무것도 아니라고 말하는 사람에게 전하노니
그 사람도 나에 대해 아무것도 종이에 적지 않기를
마지막인 듯 열차가 열차를 끄는 힘으로
인간에서 인간으로 잇겠지만
그리 이은 다음에도 엄청난 파도가 덮칠 거라는 것
영하의 정오가 은밀히 한 세계를 얼릴 거라는 것
믿음으로 믿는다
처음이며 끝이며 그리하여 뼛속까지

흘러간 노래처럼

이병승

다시, 김수영을 읽는다
별게 없다
우울한 청년 기형도
문학이냐 혁명이냐 하던 시절 몰래 듣던 핑크 플로이드도

꼬리에 꼬리를 물고,

하루키와 분신한 열사와 건달과 눈이 맞아 살림 차린 이대 나온 여자
와 나를 갈구던 선배와 시장 바닥에서 쫓겨 다니던 어머니의 눈물과 나
를 놀래키고 나를 압도했던 것들이
　생각난다, 흘러간 노래처럼

그 컸던 것들이 작아졌다
내가 훌쩍 컸다

거대 초록 물고기

이봉환

애들아, 너희 요즘 진도 앞바다에 떠돌고 있는 이런 소문을 혹 들어 알고 있니?

언제부턴가 진도 앞바다 맹골수로에 이상한 물고기가 출현한다는데, 더 수상한 것은 그 물고기 꼭 특정한 이들한테만 발견된다는구나 거차군도와 맹골군도 사이를 서성이며 세월호 참사로 가라앉아 버린 사람들이 혹 떠오르진 않나 하고 오늘도 뱃전을 안타까이 기웃거리는 어부들이나, 진도실내체육관 스티로폼 바닥에 몇 달째 몸을 부리고 팽목 쪽으로 귀를 열어 소식 애타게 기다리는, 간절한 마음이 하루에도 몇 번씩 산산조각 나는 가족들한테만 바다 깊이 숨죽여 유영하는 이 물고기가 보인다는데,(최근 인도네시아의 술라웨시 섬에서 백악기에 멸종된 줄 알았던 실러캔스라는 물고기가 잡혔다고 한다 1938년 살아 있는 개체가 처음 발견됐는데, 고대생물학자들은 지느러미로 걷기도 한다는 이 실러캔스가, 강이나 호수에서 육상으로 올라와 땅을 네발로 딛고 공기를 호흡한 첫 육상동물인 실러캔스가 언젠가 다시 바다로 갔을 것으로 추정하고 있다) 바다로 다시 간 그 실러캔스였을까 팽목항에서 발만 동동 구르는 엄마, 아빠, 아내의 간절함이 세월호 격벽 속에 갇혀 있는 이들에게 찬란한 해살 비늘 돋아나게 하고 부레를 부풀게 하여 기어코 부활시켜냈을까 그 물고기 실은 올봄 이후 비늘이 하나둘 생겨나 점점 큰 물고기로 성장했다는데, 아직 바다 속에 갇혀 있는 목숨들이 육지로 먼저 건져 올라간 죽음들에도 숨을 불어 넣어 합쳐진 것이라는데, 이 거대 물고기 올봄 내내 맹골수로 근방을 어슬렁거리다가 여름이 다 되어서야 팽목항 근처 철망을 타고 넘어 야산을 초록, 초록, 거슬러 오르기 시작했다는데, 이 물고기를 보지 못하는 사람들 자동차를 쌩쌩 몰아 아스팔트를 질주하니 길 건너던 물고기의 모가지가 더러 짓이겨지고 잘라지기도 한다는데, 그럼에도 뭍으로 오르고 또 올라 거대 초록 물고기가 되어 어딘가를 향해 헤엄쳐 가고 있다는데, (그가 그토록 향하려는 곳은 어딜까) 칡덩굴 비늘을 단 이 물고기 가을이 깊어지면 점점 수명을 다할 거라는, 겨울이면 거슬러 오르기를 멈추고 뼈만 앙상히 남은 채 산정에서 고고히 육탈할 거라는, 걱정 마 이 물고기 내년 봄에도 비늘 무성히 돋아나서는 다시 또 온 힘 다해 그 어딘갈 향할 거라는 묵묵한 소문, 소문들

애들아, 포유류가 다시 어류로 역진화했다는 이 기괴한 소문 혹시 들어보았어?

어린 여우
―어린 여우가 강을 거의 다 건너자마자, 그만
  꼬리를
  물에 적시고 말았다(易經 64괘-'未濟' 편 괘사)

이산하

그곳으로 가는 길에는 강이 하나 있다.
어린 여우가 건너기엔 가라앉지 않을까 우려되는
깊고 물살 센 강이 하나 있다.
그 강을 건널 수 없다는 것을
어린 여우는 이미 알고 있었다는 듯…
나에게 붉은 꼬리를 흔들어 보인다.
그러나
내 눈에는 그 꼬리가 찬란한 깃발처럼 보인다.

이른 새벽,
나는 강 앞에 쭈그리고 앉아
어제 먹은 것들을 토해낸다.
부서지지 않은 밥알들이 나를 빤히 쳐다본다.
이젠 밥알 하나조차 변화시킬 수 없는
내 안의 마지막 배수진마저 무너진 것 같아
강물에 떠내려가는 지푸라기에도 큰절을 한다.
어차피 마음밖에 건널 수 없는 강
그 너머 또 다른 무엇이 존재할지 몰라도
결코 지금의 여기보다 더 허무할 수는 없겠지.

제아무리 달음박질쳐도 끝내 닿을 수 없는 곳

닿더라도 지나온 길이 다 무너져야만 시작되는 곳
지금도 꼬리를 높이 치켜들고
부지런히 강을 건너가는 어린 여우여
네 남루한 깃발이 흘러간 아름다움이 아니라면
물에 적신들 가라앉기야 하겠느냐.
가라앉은들 빛이 바래기야 하겠느냐.

그곳으로 가는 길에는 강이 하나 있다.
어린 여우가 건너기엔 가라앉지 않을까 우려되는
깊고 물살 센 강이 하나 있다.

평양

이상국

순안공항을 선회할 때 벌거벗은 산들이 보였다

나무들이 부끄럽겠구나

그리웠다 고조선아

대동강은 유유히 서쪽으로 흐르고

능수나 버들은 곳곳에 늘어졌다

거리에는 낡은 전차들이 달렸으나

흰 저고리

붉은 스카프를 한 소년 소녀들

산도라지 꽃 같다

양각도 호텔에서 현대조선문학선집 몇 권과

들쭉술을 샀다 그리고 슬그머니

북한산 비아그라를 샀다

우리 것은 좋은 것이다

어매

이상규

어머니의 사투리 준말
과거를 불러와 이름을 기억해본다
추억을, 그리움을, 슬픔과 기쁨을
그 무엇이라도 금방 불러다 주는 힘을 가진
어매
그래서 과거이면서 현재이기도
미래이기도 한

안구에 눈물 가득 채워 언제든지
철철 넘치게 하는 진한
어머니의 사투리 준말

사월死月, 대지와 바다의 열쇠를 훔쳐 간

이설야

거대한 관이 인양되는 먼 시간에도
수선 공장 재봉틀은 계속 돌아가고
그림자들이 폐수처럼 흘러간다
한 집 걸러 한 집, 돌아오지 않는 아이들
덜거덕거리는 찬장 위 그릇들이 말을 하기 시작한다

오직 수천 년 동안 부르튼 입과 입들을 틀어막기 위해
누군가 하늘이라는 단어를 만들었나
그 많은 귓속에 못을 박기 위해 열쇠를 훔쳤나
눈 속에서 해바라기를 빼 가기 위해 해를 숨겼나

봉인된 탈출구
서류를 감춘 바람
절대시계의 시간 속으로 사라진 아이들
수십억 눈 속으로 배는 아직도 침몰 중이다

죽음을 담지 못하는 관은 가장 멀리 있는 진실
아이들의 아직 태어나지 않는 먼 아이들과 함께 실종 중이다

우산을 거꾸로 쓴 박쥐들이 빨간 구름을 모으는 저녁
별들도 두려워 눈을 질끈 감는다
아이들의 젖은 그림자를 훔쳐 간 사월死月이 가지 않는다

걸어 다니는 목소리

이성자

엄마 목소리에는
발이 달렸을까

문방구 앞에서
무얼 사 먹을까 고민하는데
─불량식품 사먹지 마!

친구들과
공 차며 노는데
─빨리 학원 안 가고 뭘 해?

계속 따라다니며
이래라, 저래라
간섭을 한다

목도 안 아플까
발도 안 아플까
하루 종일 걸어 다니는
엄마 목소리.

호외 號外

이소암

그러하니

조간 석간 할 것 없이
활자 없는
백지 신문 만들어야겠네
백지 신문
고이고이 품에 안고
오성산*에 오르겠네
오성인五聖人**께 무릎 꿇고,
부끄러운 마음으로
백지 신문 올리겠네

오성인 말씀, 계셨으면 좋겠네
금강錦江을 들었다 놓듯
호령하는 말씀도 좋고
미풍이 억새꽃 어루만지듯
나긋나긋 타이르는 말씀도 좋겠네
말씀만 계시오면, 그 말씀
낱낱이 받아 적어
세세히 옮겨 적어
어느 새벽
호외로 내보내겠네

목이 터져라 외쳐보겠네

* 전북 군산시 성산면에 있는 227m의 산.
** 당나라 소정방이 백제 침략 당시, 짙은 안개 때문에 길을 잃어 백제의 수도 사비성
으로 가는 길을 물었으나 적에게 길을 알려줄 수 없다고 거절하여 죽임을 당했다는
다섯 노인. 소정방이 사비성을 점령하고 돌아오는 길에 다섯 노인의 충절을 높이 사,
그들의 시신을 거두어 오성산에 묻어주었다고 전해진다.

사랑은 아직 발명되지 않았다

이소율

에디슨이 전구를 발명하여 온 세상이 대낮처럼 밝아도
전기가 들어오지 않은 내 고향 맞다실은 캄캄하였다.
明子와 나는 반딧불이로 손전구를 만들어 좋아라 좋아라
대숲으로, 수수밭으로 뛰어다녔다.

달빛으로 포샵 처리된 明子와 나 사내아이들이
달밤 하모니카 소리처럼 쫓아왔다.
어느 아이는 '딜라일라'를 불러 한 번도 열리지 않은
숫창문을 애타게 두드렸다.
낮이 되면 주근깨 많은 明子와 나를 사내아이들은
흘끔흘끔 먹다 남은 보리떡처럼 밀어냈다.
달빛 악몽을 떨쳐버리듯…

明子와 나의 사랑전구는 필라멘트가 툭툭 끊어지고
익기 전에 벌레 먹은 개복숭아처럼 사랑이란 말을
멀리멀리 던져버렸다.
아무리 강한 사랑 인플루엔자가 돌아도 사랑의 감기에
걸리지 않았다.

싸리꽃에 홀리고, 찔레 향에 마음을 빼앗겨
러브체인을 훌훌 벗어 던져 버렸다.

그러므로
사랑은 아직 발명되지 않았다.

그래도··· 괜찮다

이숙희

고향집에 들러 상추를 뽑는데
내 처지를 아는
아랫집 아재가
아이들은 잘 크제?
몸 건강하면 된다.
걱정할 것 없다.
팔십 나이에 농사를 지으며
아들 손자 다투고
등 돌리고 외면하며 살아가는
온갖 꼴 다 보고도
내게 걱정할 것 없다고
위안을 주는 아재
삶은 끊임없는
다둑거림의 연속이다.

울돌목

이순주

조류 흐름이 빠른 이 손으로 얼마나 많은 일들을 물리쳤을까
손가락 마디마다 물살이 소용돌이치는 울돌목이 있다
하루는 바다 위에 뜬 한 척 배이고
그것은 당신 손에 달려 있었으니
급물살로 일생 몇 척의 배를 띄워 보냈을까
밀물과 썰물에 따라 조류 방향이 바뀌고
그때마다 소용돌이 위치가 변하는 이곳에서 해가 뜨고 지고,
일상이 오로지 높아진 수압으로
유속이 10배 빨라진 울돌목 위치에서만 가능하였으니
세월이 지나갈수록 격렬히 아픈 소리를 내는 물목,
오늘도 배는 운항을 잘 마쳤을까
불거진 손마디마다 울어
잠 못 이루신다, 어머니

상처와 육신 사이에서

이승철

그렇게도 많은 술잔들과 저 뻔뻔한 거리를 에돌아
지난날 잃어버린 옛 상처 하나를 되찾기 위해
은밀한 꿈 하나를 안고, 오늘 난 목포 앞바다로 왔다.
오포가 울렸던 산정에 올라 어깨를 곧추세웠지.
다시는 너 때문에 참담히 무너져 내리지 않겠노라며
끝없이 에쎄온을 피워댔고, 거기 지금 누가 울고 있었다.

시린 바람결 속으로 목쉰 얼굴이 야무지게 흘러간다
耳順의 길목 앞에 못 잊힐 앞가슴이 출렁거렸고,
사월의 성난 바다 속으로 침몰하던 숱한 물방울들.
천지간 가로질러 꽃잎 지듯 수직으로 휘달려 간 너여.
새하얀 숫눈송이 되어 오늘 사금파리처럼 반짝이고
언덕배기 황량한 햇살들만 마구마구 떨고 있었을 뿐.

멀리서 혹은 아주 가까이서 끝 모를 흐느낌 소리들아.
폭발처럼 와자하다가, 일몰처럼 서서히 잠들어 갔나.
썰물 져 가는 서해 바다 그 서늘한 눈빛을 생각했어.
이내 한 목숨이 왜 이토록 길어야 하는지 반문했어.
그 세월 속에 파묻히지 않으려고 발버둥 친 너희들과
고향땅 튽兄의 낯설고, 어설픈 행보를 어찌할 것인가.

허나, 입때껏 가슴에 쌓아둔 삿된 욕망과 미련마저

스스로 삭이지 못한, 날 먼저 용서치 말아야 옳았다.
질척거리는 갯벌 너머로 잠들지 못한 거룻배 몇 척
저 바다를 품지 못한 육신은 왜 저리도 허허로울까.
내 곁에 머문 상처를 끝끝내 갈무리 못 한 얼굴들아.
첫입은 알싸하도록 야문 맛이었다가, 이내 거슬렸다.

그러다가 끝내, 種馬처럼 암내를 풍겼던 기억들이여.
내 늑골 속에서 포효하는 살과 피를 어찌해야 하나.
이젠 돌봐야 할 식구들이 없는, 저 썰렁한 빈방들아.
내 침묵의 돌멩이는 저만치 어디로 휘달려 갈 것인가.
육통 구멍에 들숨 하나 모셔 살기, 이리 힘든 나날아.
저 먼 바다 위로 넘실대는 뼛가루는 누구 흔적이련가

식탁의 목적, 물컵

이승희

너무 먼 끝은 끝이 아니어서 식탁 끝에 앉아 있는 당신은 내게 없는 사람. 나는 물잔을 쓰러트린다. 물이 흘러가지 못하고 해안선처럼 머뭇댄다고 편지를 쓴다. 편지들이 식탁을 지나는 동안 식물들은 골목마다 나와서 햇살에 몸을 늘인다. 온몸을 벌겋게 악화시킨다. 너무 빨리 지나친 것들이 있지. 구부러진 숟가락이 그렇지. 바닥에서 떨어진 오래된 두 발이 그렇지. 국경을 넘지 못하고 여름을 맞은 편지들이 있지. 말라서 죽은 편지들의 마지막 문장이 그렇지. 나는 다시 얼굴에 가득 별을 쏟아붓고 식탁의 끝을 바라본다.

늙어가는 우리가 전속력으로 달려 맞지 않으면 안 되는 것들. 이 기울기를 따라 쏟아져 버릴 것. 식탁 끝에서 내리는 비가 그렇지. 아직 쏟아지지 않은 물 아래에 나는 있고, 식탁 어디에도 나를 기다리는 것은 없지. 나는 기울어진 채 존재하지. 그건 비가 오는 일과 같아서 꿈은 깊어지고 물컵엔 물이 조금 기울어 있다.

호야네 말

이시영

이렇게 비 내리는 밤이면 호롱불 켜진 호야네 말집이 생각난다. 다가가 반지르르한 등을 쓰다듬으면 그 선량한 눈을 내리깔고 이따금씩 고개를 주억거리던 검은 말과 "애들아 우리 호야네 말 좀 그만 만져라!" 하며 흙벽으로 난 방문을 열고 막써래기 담뱃대를 댓돌 위에 탁탁 털던 턱수염이 좋던 호야네 아버지도 생각난다. 날이 밝으면 호야네 말은 그 아버지와 함께 장작 짐을 가득 싣고 시내로 가야 한다. 아스팔트 위에 바지런한 발굽 소리를 따각따각 찍으며.

물고기 화장술

이여원

이집트 여자들의 눈꼬리는
나일 강 쪽으로 나 있다
눈꼬리를 따라가다 보면 강을 만난다
나일 블루 말라카이트 물감들은
짙은 녹색의 눈 그늘 같지만 물고기 꼬리가
얼굴을 슬쩍 빠져나가는 것을 볼 수 있다

공작석의 녹청을 눈가에 스치니
눈동자의 방향은 오리무중
커튼 뒤의 음모처럼 표정을 숨기고 있다
검은 지느러미를 매단 채
건조한 풍경을 헤엄쳐 가는 여인들

뻐금거리는 두 눈
두 마리 물고기가 서로 바라보는 얼굴들
사막에서 유영할 수 있는 것은
눈 속에 물고기가 살고 있기 때문이다
고래를 찾으러 사막으로 가는 붉은 망토 행렬
그들의 뺨과 고운 입술엔 적토가 나붓하다
손바닥과 발바닥은 그날의 징조가 있고
헤나의 가루들은 붉은 재물로 흩날린다

사막을 뒤집어쓰고 있는 죽은 여자들의
눈에서는 물줄기가 흘러나온다
나일 강이 범람하는 첫 달부터 넷째 달까지
사천 년 전의 여인들이 마중을 나간다
사막의 사유 그늘은 부호들의 소유물이다
여자들은 넓고 비옥한 그늘을
눈 밑에 두고 있다

수학여행 다녀올게요
─유령 6

이영광

4. 16. 08 : 59–10 : 11

살고 싶어요……를 지나는 시간입니다
수학여행 큰일 났어요 나 울 것 같아요를,
죽을 수 있을 것 같습니다를 지나갑니다
걱정돼요, 한 명도 빠짐없이, 아멘……을 기억하는 시간입니다
실제 상황이야 아기까지 있어 미치겠다가
가만히 있으세요 절대 이동하지 말고가, 기다리세요가 사라졌습니다
기울어지고 기울어지고 기울어지고가 지나갑니다
잠깁니다 잠기고 있습니다 잠깁니다
무섭습니다 무섭습니다 무섭습니다
이제 없어, 가자고가 가버립니다
오지 않았습니다 들어오지 않습니다 쳐다보며,
안 보았습니다 우리는 여기, 없습니다
마지막 기념을 엄마 보고 싶어요를, 사랑해
사랑해, 나가서 만나를 잃어버렸습니다
내 동생 어떡하지? 아직 못 본 애니가 많은데,
난 꿈이 있는데,
내 구명조끼 네가 입어가 우릴 놓아버리고
끝났어 끝난 것 같아가 끝납니다 사라집니다
검은 물이 옵니다 물 샐 틈 없는 물이 왔습니다
끝났습니까 끝났습니다 끝났습니까……

4. 16. 11 : 18-

아니요…… 끝나지 않았습니다
아니요…… 이제 시작입니다 우리는 여기, 있습니다
아니요…… 죽임이 나타났습니다 사선 뒤의 사선이 나타났습니다
뉴스가 꺼지고,
카톡이 안 되는 시간입니다
스마트폰이 숨 거둔 시간입니다
기다려라 기다려나 봐라 기다려버려라, 없어진
우리는 천천히 오그라듭니다
고통이 너무 많이 천천히, 천천히 옵니다
우리는 천천히, 천천히, 천천히 죽임이 옵니다
우리는 천천히, 천천히, 천천히 죽임이 만집니다
우리는 천천히, 천천히 죽임이 알아봅니다
우리는 다급히…… 죽음을 모릅니다
헤어지지 않습니다, 버려졌으니까 네 손과 내 손을
묶습니다 정말 없어질지도 몰라, 입 맞춥니다
젖은 몸을 안습니다 젖었으니까 안습니다 웁니다
그칩니다 웁니다 어둡습니다
무섭습니다
미끄러지고 뒹굴고 떨어지고 부딪히고 처박힙니다
떱니다

찢어지고 흘립니다 움켜쥐고 끊어지고 긁습니다
부러집니다 꺾입니다 그리고……
어둡습니다
우리는 너무 많이 숨을 안 쉽니다
우리는 너무 자꾸 피에 젖습니다
모면하고 모면하고 모면합니다 실낱같이
가혹해집니다 희미하게 희미하게, 살아집니다
고통이 너무 많이 번개처럼 옵니다
고통이 너무 많이 번개처럼 옵니다
살고 싶어요를…… 죽고 싶어요를 눌러 죽이는 시간입니다
아픕니다 아팠습니다 아팠던 것 같습니다
아프고 있습니다
끝났습니까 끝났습니다 끝났습니까 끝났습니까……

4. 17–

아니요…… 아무섯노 끝나지 않았습니다
아니요…… 끝없는 끝이 왔습니다 죽임 뒤의 큰 죽임이 왔습니다
아니요…… 끝나고 싶습니다 뭉개지고 부서지고 흩날리고 싶습니다
다른 것이 돼버리고 있습니다
흐르지 않는 이 시간의 급소와 통점은 무엇입니까

숨결을 갈가리 뜯어 먹는 이 캄캄한 짐승의 엄니는 무엇입니까
어느 하느님의 적들이 보냈습니까
어느 사랑의 원수들이 길길이 풀어놓았습니까
아무도 오지 않았는데 이것은 어떻게 왔습니까
이것이 왔는데 왜 아무도 오지 않습니까
내가 왜 이것에게, 있습니까 나는 열여덟,
칼을 숨 쉬었습니다 나는, 몸이 벌렸습니다 나는
물에 끓고 있습니다 암전되었습니다
그렇다면 이 암전 뒤의 암전은 무엇입니까
암전 뒤의 암전 뒤의 이 암전들은 또 무엇입니까
물이 비명을 잡아먹은 시간입니다 신음이
뽑혀 나간 시간입니다 내 숨은 어디로 사라집니까
숨 막힘은 어디로 가라앉았습니까
이, 저며지는 시간의 꽃잎들은 무엇입니까
시간이 없는 시간입니다 시간이 너무 많이
없습니다 물이 우리를 씹고 있습니다 우리는
새까맣게 물에 탔습니다
이것은, 너무도 천천히 우리를 먹는 것입니다
나이기가 어렵습니다 나일 수 없습니다
기도합니다 기도하고 싶습니다 기도할 힘이
없습니다, 기도하지 않을
힘이 없습니다

다른 것이 되고 있습니다
끝났습니까 끝났습니다 이제 정말, 다 끝났습니까

4. 18-

아니요…… 아무것도 끝나지 않았습니다
아니요…… 다른 것이 되었습니다
아니요…… 몸이라는 헛것을, 헛것을 빼앗겼을 뿐입니다
우리는 왜 이유가 없습니까
이유란 대체 무엇입니까
우리는 왜 우리 몸에서 쫓겨났습니까 터져 나왔습니까
봄꽃이 봄에 피는 것 같은 대답은 어디 있습니까
가을에 가을 잎이 지는 것 같은 이유는 어디 있습니까
이 외롭고 무서운 삶은 무엇입니까 죽었는데,
우리는 왜 말을 합니까
난 살아 있습니다 하지만 날 닮은 이,
조용한 아이는 누굽니까 손톱이 빠졌습니다
친구들도 살아 있습니다 하지만 친구들과 똑같이 생긴
이 아이들은 누굽니까 손가락이 부러졌습니다
말을 안 합니다 엄마, 아빠, 나는 누구세요?
우리는 도대체 누구세요?

죽었는데, 우리는 왜 자꾸 말을 합니까?
이, 이상한 형체를 보아주세요
이, 불가능한 몸을 만져주세요
타오르는 진짜들을 느껴주세요
우리는 더 이상 죽지 않는 것이고 말았습니다
고통을 모르는 고통입니다
오직 삶이라는 것만을 아는 것이 되어버렸습니다
나타날 수 없는 것이 돼버렸습니다

4. 20-

아니요, 나타납니다…… 나타나고 나타나고 나타납니다
아니요…… 떠는 손과 무너진 몸, 찢어지는 가슴들에 젖고 있습니다
아니요…… 구조 없는 구조를, 그저 귀찮고 귀찮고 귀찮아 죽겠다는
표정들을,
썩은 돈다발을,
통곡과 능멸의 항구를 떠다닙니다
행진을 가로막는 도심의 장벽을 봅니다
슬픔을 내려치는 칼 위에 앉아 있습니다
우는 누나와 굶는 아빠와 얻어맞는 엄마를 안고 있습니다
망각이 되자고 날뛰는 기억들을 기억하고 있습니다

물속에서 기억합니다, 무사하지 말아요
슬픔을 비웃는 얼굴들을, 기쁜 슬픔들을 보고 있습니다
어떤, 거짓을 보고 있습니다
악마라 부를 거예요
교통사고야 조류독감이야 미개한 국민이야를
물속에서 듣습니다 아무도 무사하지 말아요 놓아주지 않아요
몰려옵니다 유가족이 벼슬이야가 이제 그만이
사방에서 습격해 옵니다, 말해주세요 물의 철벽에 허공의 콘크리트
속에
말을 넣어주세요, 피 속엔 피를 흘려 넣어주세요
도대체 왜? 도대체 왜? 도대체 왜?
떠나보낸 겁니까…… 악마의 뱃속에서 기어 나갈 거예요
땅끝까지 기쁜 악마들을 추적하는 아우성이 될 거예요
안을 수 없고 만질 수 없는 몸이지만 나타날
힘이란 없지만, 나타나기 직전의 발버둥으로
허공인 두 손으로, 그대들을 움켜쥡니다
허공인 두 발로 그대들에게 매달리고 있습니다 긁습니다
허공으로, 그대들에게 엎드려 빌고 있습니다
도대체 왜? 도대체 왜? 도대체 왜?
오지 않은 겁니까…… 우린 죽지 않았습니다 그대들은
살지 않았습니다
수학여행, 가고 있었습니다 수학여행 가고 있을 뿐입니다

우리가 죽어야 그대들은 살아요
그대들이 살아야 우리는 죽어요, 어서
죽여주세요, 어서 우리를
말해주세요 살려줄게요, 말해주세요
살려줄게요…… 살려드릴게요

0. 00. 00 : 00

초록 바다 수평선 너머 먼 곳에 수학여행 가야 해요
수학여행, 가고 싶습니다
수학여행 보내주세요

아니, 아니…… 돌아가야 해요
예쁘고 미운 친구들과 괴롭고 즐거운 학교와
인사하던 골목길과 상점들에게로 그렇고 그런 사람들에게로
돌아가야 해요, 꿈꾸고 꿈꾸고 꿈꾸면 괜찮아지던 곳으로,
끝내 와주지 않던 그, 나라라는 곳으로 가야 해요
무엇보다, 숨어 우는 엄마에게로
숨죽여 울어야 하는 아빠에게로
집으로,

돌아가고 싶습니다
수학여행 다녀오고 싶습니다
수학여행 다녀올게요
수학여행 다녀올게요

치매 걸린 꽃병

이영림

이 액자가 누구 것인지 알 것 같다
왜 정면을 향하는지도 알고 있다
왼쪽을 돌리지도 않고
오른쪽을 기웃거리지도 않고
한곳만을 바라보다 빛바랜 어머니
요양병원 벽에 모서리로 좁은 네모난 어깨
한때 형형색색으로 칠했을 속 너른 평면같이
봄부터 한쪽으로 주름진 방향만 남았다
향기도 없이 물기도 없이 자글자글 빗살무늬 꽃병
하늘처럼 쳐다보던 아들 손자도 모른 채
낮달 걸어놓은 점심 되어
먼지 섞인 온몸이 환하다
희미해진 윤곽 위로 더 이상 그려질 것 없어
구멍 하나 동그란 얼굴에 붙어 있는 이밥꽃잎 하나

사이버 무덤

이영수

나는 떠돈다 앞으로도
나는 떠돌 것이다
존재하지도 않는 공간에서
내 생전의 음성과 집을 손질할 것이다
눈동자도 움직일 것이다
나의 무덤은 발광하는 화면
안방에서 더 잘 보이는 나의 십자가
젊어지는 나의 영정
나를 불러낸 방에서의 쓸쓸함을 바라보는
그것이 나를 힘들게 할 것이다
밤이나 낮이나 쓸쓸함이 나를
부르면 나는 나타날 것이다
나의 영정 뒤나
나의 십자가 위에서
유서는 읽지 않을 것이다
나의 죽음이 부활하기 전에
내 무덤을 제발
꺼주세요

노자의 무덤을 가다

이영춘

한 줌 흙으로 돌아가는 사람을 보았다
한 줌 바람으로 날아가는 사람을 만났다

지상에는 아무것도 없었다
지상은 빈 그릇이었다

사람이 숨 쉬다 돌아간 발자국의 크기
바람이 숨 쉬다 돌아간 허공의 크기
뻥 뚫린 그릇이다, 공空의 그릇.

살아 있는 동안 깃발처럼 빛나려고
저토록 펄럭이는 몸부림들,

그 누구의 그림자일까?
누구의 푸른 등걸일까?

온 지상은 문을 닫고
온 지상은 숨을 멈추고
아무것도 없는 아무것도 아닌
그릇,

빈 그릇 하나 둥둥 떠 있다

노을

이영혜

맨입으로 먹어야 제맛을 알제
구순이 넘은 외할머니
달그락거리던 틀니를 빼고
합죽합죽, 오물오물, 쪽쪽
홍시를 드신다
애써 오므린 쪼글한 입술 사이에서
가끔씩 검버섯 같은 씨앗이 똑똑 떨어진다

저녁 해, 늘어진 괄약근이 움찔움찔하더니
터진 홍시처럼 좍 벌어지고
우듬지 까치밥 몇 알 더 붉어진다

단지 그 물맛이 아니었으므로

이원규

전라선 밤기차를 타기 직전이었다
단지 물맛이 그 물맛이 아니었으므로
서울역 파출소 앞 지하도에서 세상의 가장 얇은 이불
98년 5월 8일자 신문지 한 장을 덮어쓰고 누웠다가
벌떡 일어나 생수병에 담긴 맑고 찬 소주를 마셨다
사표를 던지고는 빙하기의 바퀴벌레 더듬이를 세운 채
서소문 빌딩 8층 내 의자에서 아주 잘 내려다보이는
서울역의 노숙자로 스며든 지 열흘째 밤이었다
이만하면 됐다, 시인 박봉우 식의 서울 하야식!
환멸의 도시를 떠나는 게 아니라 나도 나를 못 믿겠으니
제발이지 불귀불귀불귀 주문을 외며
하나 남은 더듬이마저 담뱃불로 지져버리고는
구례구행 막차에 올랐다 바로 어젯밤 같은 17년 전의 일
나이 들수록 단지 물빛은 그 눈빛이 아니었으므로
겨우 맑은 물 한 모금 마시러 지리산까지 왔다
어릴 적 날마다 밤마실 나가던 청상과부 어머니
고향 하내리의 참샘에서 맨 먼저 길어 와
장독대 위에 올리던 하얀 사발 속의 정화수
바이칼 호수의 만년설이 녹은 물
그 차고 맑은 물 한 모금의 눈빛은 아니더라도
고운 선생의 세이암 아래 두 귀를 씻고
달빛 어른거리는 당몰샘의 천년고리 감로령수

생니 시리도록 마시고픈 해발 1320미터의 임걸령 옹달샘
빗점골 폭포수와 칠불사 찻물 한 바가지
첫 햇살 받으며 똑똑 떨어지는 서출동류 석간수
그 물 한 방울의 목소리를 들으러 섬진강까지 왔다
큰 산 푸른 숲의 배꼽에 얼굴을 묻고
입술 부르튼 고라니가 마시고
혓바닥이 마른 산새들이 먼저 와서 마시는
맑은 물 한 모금이 되려고 17년 전 전라선 밤기차에 올랐다

아이의 동굴

이원준

동굴로 들어간 아이가 역시 강에서 시체로 발견됐지만 아무도 놀라지는 않았다 깃털이 모두 뽑히고 심장을 감싸 쥔 채 모래펄에 걸려 있는 아이 구경 나온 사람들 간격에는 아까시 꽃잎이 어지럽게 날린다 심장이 아직도 꿈틀대며 피를 내보였는데 눈길들은 예상대로 사타구니가 잘려 나간 사실에 더 관심을 두었다 어둠이 와도 수습하지 않아 눅눅한 가마니만 밤새 달빛에 마른다 천천히 동굴은 또 습관으로 폐쇄되어 한 달 정도 지탱해줄 적당한 크기의 푯말이 몇 번 망치질에 세워진다 서성이는 자식의 팔목을 찾는 어머니들 머리 위로 소금 같은 꽃잎이 계속 흩날렸다 마을 큰 어른이 베푼 잔치에 불려 간 아버지들은 아침이어도 돌아오지 않았다 강줄기 따라 물새가 날며 긴 울음을 남기는 동안 4月처럼 떠는 아이는 동굴에도 사람이 산다고 남은 몸으로 중얼거린다 허전한 삶의 기억을 어루만지며 흐르는 강물에 서서히 풀어지는 증언은 바람결 따라 떠돌 준비를 하고 저기서 벌써 동굴을 향해 다음 아이가 자분자분 걸어오고 있다

액자 얼룩

이월춘

팔 년 만에 이사를 간다
먼지 없는 세월이 어디 있나 싶어도
낡은 후라이팬 손잡이 같은
오십사 평방미터 오 층짜리 연립주택
벽에 생긴 액자 얼룩이 시리다
저건 분명 희로애락이 발효된 것
식구들이 뿌린 숨결의 기승전결과
사고四考의 그림자를 스스로 익혔던 시간들
차오르는 눈물냄새처럼
슬프고 아름다운 복종의 메아리다
몇 개 미지수가 섞인 방정식을 풀지 못한
내 생의 숟가락을 보는 것 같다

딸꾹질

이윤하

세월호 분향을 하고 온 날, 딸애가
뜨개질을 하며 노래를 흥얼거린다.

"고요하게 밝아오는 아침 호숫가에서
이제는 일어나면 어떻겠냐고
뻐꾹 뻐꾹… 뻐꾹뻐꾹… 딸꾹!
뻐꾹… 하다가 딸꾹질을 해댄다. 다시
뻐꾹… 딸꾹… 뻐꾹딸꾹… 딸꾹…"

겨우,
한 뼘 자란 노란 목도리
뻐꾹 딸꾹질 장단에 어깨를 들썩이고
털실에 걸터앉아 따라 부르던
애기햇살도 출렁인다.

흔들려라, 딸꾹질 장단에 맞춰
가만히 있지 말고, 더 세차게 흔들어야
가락에 겨워 균형이 오고
끝끝내 가야 할 방향이 온다.

오후의 불안

이은봉

어느덧 여름이 끝나가고 있는 금요일 오후다 오늘 오후에는 우울보다 먼저 불안이 마음을 흔든다

어떻게 해야 하나 세상이 자꾸 뒷걸음질을 치고 있기 때문일까 생각지도 않은 문장이 입가를 맴돈다

우두커니 아파트 창밖을 바라보던 불안이 차츰 제 몸을 일렁이기 시작한다 잠시 머뭇대다가 불안이 손목을 잡고 이끄는 대로 길을 나서본다 어디로 가야 하나 불안도 딱히 갈 곳이 없다

불안을 따라 길을 나서더라도 양치질은 좀 해야지, 세수는 좀 해야지, 잠시 망설이는 사이 불안이 성큼성큼 앞장을 선다

불안이 내 손을 잡고 도착한 곳은 기껏 한 권의 시집 속, 늦여름 오후에는 불안도 그냥 무료한가 보다

침대 위에 배를 깔고 누워 불안을 따라 몇 편의 시 속을 떠돈다 떠도는 중에도 거듭 마음을 흔들어대는 불안, 시 속의 주인공도 마음 둘 곳이 없기는 마찬가지다

땅거미가 밀려오더라도 TV는 켜지 않기로 한다 TV는 역사를 거슬러 달리기 시작한 지 이미 오래다

갑자기 설거지부터 해야지, 세탁기부터 돌려야지 하는 아내의 목소리 먼 데서 들려온다 집안일부터 해야지, 빨래부터 해야지, 그래야 깨끗한 옷 갈아입지

불안에 쫓기는 오후의 내 마음도 세탁기 속에 집어넣고 빨 수는 없을까 옷가지를 집어넣고 세탁기의 버튼을 누른 뒤에도 불안은 내 손목을 잡고 시집 속으로 들어가고 싶어 안절부절못한다

불안이 끝내 나를 끌고 간 곳은 스마트폰 속의 뉴스들, 시리아는 화학무기로 또 수백 명의 국민들을 죽였다고 한다 흰 수의에 쌓여 있는 수많은 주검들

문득 1980년 5월이 떠오른다 이런저런 상념 속으로 나를 밀어 넣는 오후의 불안, 그렇지 이 나라에서도 죽음은 끊이지를 않지

걸핏하면 죽음을 불러들이는 사건 사고들, 죽음을 향해 몰려가는 사람들, 이 나라 사람들도 위험에 처해 있기는 마찬가지이지

아내도 왼쪽 갈비뼈와 오른쪽 손가락이 부러져 벌써 일주일째 병원에 누워 있다 자전거를 타다가 낭떠러지로 굴러떨어진 거다.

늙은 며느리의 시중을 드느라고 더 늙은 시어머니가 고생을 하는 중에도 이리저리 나를 끌고 다니는 불안, 불안이 또 나를 낭떠러지로 밀어 넣을 것만 같아 나는 그만 다시 또 안절부절못한다.

저만치서

이인범

냇가에 앉아, 밤이었다
안개꽃 같은 잠든 것들의 영혼들이
냇둑에 하얗게 모여 밤바람을 쐬고 있었다
세상은 안개 자욱한 고요의 새벽녘이었고
내 머릿속은 바람 부는 날 서걱이는 댓잎이었다
술기운에 왠지 화가 치밀어 홱, 손을 뿌리쳤다
순간, 벗어 들고 있던 윗옷이
저만치서 냇물에 하늘하늘 떠내려가고 있었다
딱 알몸만 남고 모든 것들이 떠내려가는 듯

형이 호스피스 병동에 누워 있다
창문으로 밖을 내다보면 저만치서 항상
음식물 쓰레기차가 지나간다 창문은 닫혔는데
썩어가는 것들의 냄새가 진저리 난다
썩어가는 것들에 저만치 밀려나는 정신은 가분할까?
형은 이미 저만치 비애의 인연을 끊고 있는데
사람들은 찾아와 섣부른 슬픔과 희망을 먹이고 있다

어린 날 형과 함께 시골 마을
한 달에 몇 번씩은 빈틈없는 어둠의 밤이 찾아왔다
빈틈없는 어둠은 어둠뿐이어서 신비의 뚫린 공간이었다
저만치 알 수 없는 세계와도 우리는 소통할 수 있었다

다른 세상, 죽음 저편의 소리들까지도 들을 수 있었다

깊은 밤 마을 정자나무 꼭대기 저만치서
하늘의 뺨을 치며 우는 소쩍새
그의 붉은 혓바닥도 볼 수 있었다

노 저어 가다

이잠

잉어 향어 붕어 살찐 몸 뒤척이는 가을밤
마음 돌아갈 곳 없는 사람들 지하 실내 낚시터에 앉아

잡았다 풀어주고 잡았다 풀어주고

지상에서 끝내 잡을 수 없었던 것들
손끝에서 놓쳐버린 너
축축하고 미끄덩하고 서늘한 것이 가슴 한복판을 유영하고 있었다

고인 물비린내 젖은 손 마른 수건에 닦으며

잡았다 풀어주고 잡았다 풀어주고

한 코 바늘에도 선뜻선뜻 걸려드는 물고기
입언저리엔 얼마나 많은 생채기가 남아 있을까

버리고 떠나온 사람들의 토분에는 아직도
자스민이 피고 있을까

바닥에 떨어진 야광찌가 꺼지지 않고
밤새 물살에 쓸려 다니는 동안

캄캄한 저수지를 노 저어 가는 지느러미, 지느러미

악기점

이재무

몸속 우후죽순 들어선 악기점

저마다의 빛깔로 악기들은 울어댑니다

세상 소음들을 밀어내려고

쟁쟁쟁 배고픈 악기들이 울고

나는 음을 조율하는 악사가 되어

자꾸만 칭얼대는 수많은 나를 달래봅니다

설중매雪中梅

이정록

　우리 집 진돗개 이름은 개다. 이름 부를 수 없을 때를 위해, 이름 없음을 이름 삼았다. 개란 이름은 언제 어디서나 계속 태어나니까.

　진돗개 똥구멍엔 검은 매화 한 송이 활짝 피어 있다. 개의 가슴에도 사철 바람이 이는지, 꽃잎 살랑거린다. 개뼈다귀 같은 세상! 담배 연기 길게 내뿜는데, 제 이름 부르는 줄 알고 뒤돌아 검은 매화 보여준다. 개도 눈길 받는 구석을 안다. 욕하는 입은 꽃이 아니야, 매화가 옴찔옴찔 속삭인다. 그가 꽃잎을 땅바닥 가까이 대니, 뒤꼍도 매화틀*이다. 울 밑도 매홧간**이다. 네가 왕이다. 개가 왕후장상이 된 적 벌써 오래지 않은가.

　깨끗한 뒤끝, 사람이든 짐승이든 내남없이 한 송이씩 피어 있구나. 몸이 화분이구나. 눈발 날리는 새벽, 오래도록 찾아 헤맨 현묘玄妙를 들여다본다. 가슴속 회오리가 거꾸로 처박힌 매화의 꽃대구나. 씹고 뜯고 으르렁거리는 일들이 섣달 눈 녹은 물을 좋아하는 매화나무 뿌리 때문이구나.

　억만 송이 흰 매화꽃이
　검은 매화 한 송일 만나려고, 현현玄玄 밤하늘을 뛰어내린다.

---

* 궁중에서, 가지고 다닐 수 있게 만든 변기便器를 이르던 말.
** 뒷간을 달리 이르는 말.

숲

이정민

나무들 서 있네

저마다 시퍼런 외로움

등짐처럼 둘러메고

외로움 겹치는 곳이

푸른 그늘이네

그 서늘한 그늘 아래

초록 이끼 번지고

개미들의 정치를 벤

들고양이 홀로 낮잠에 드네

나 같은 사람도 잠시 외로움 내려놓는

숲에

나무들

불가촉천민처럼

푸른 등짐을 지고 있네

시래기를 삶는다

이정숙

잘 말라 건드리면 부서지는 시래기는
조심조심 맹물과 만나야 한다.
잎새마다 줄기마다 팽팽하게 날 선 구석
살그머니 축이고 펴줘야 한다.

지난가을, 겨울과 봄이 물과 불을 만나며
무성했던 초록의 여름을 되살려낼 때까지
시래기는 끓는 물에 온전히 제 몸을 맡겨야 한다.

말라비틀어져툭스치기만해도바스라지던…… 몸을
춥고끈질겼던바람에깡그리말라버린…… 물기를
펄펄 끓는 불과 물에 삶고 삶.아.지.며.
진갈색의 시간들을 토하고 토.해.내.야. 한다

겹겹에 배인, 켜켜이 스민, 묵은 시간들, 다 내뱉고
물에 헹구고 또 헹구어, 바래고 시든 시간들이
여름날 장마처럼 물렁하고 눅진해질 때
시래기는 맛깔난 나물로 된장국으로 감자탕으로
춥고 허기진 겨울 녘이러 따끈하게 살아날 것이다.

방울꽃

이제향

너른 들판은 한없이 넓어서
잘난 꽃도 없고
못난 풀도 없단다
은근히 시샘하는 소문만 있을 뿐,
하다못해 바람 한 점도
나름대로 스치는 까닭이 있지. 그러니 애야,
도망가지 말고 거기 멈춰 서서
없어져 버린 방울꽃 소리를 들어보렴
단단해진 너를 만나기 위해
다시 바람이 불고 종이 흔들리는 순간을

유언

이종수

사랑하지 않았다
미워하지 않았다
사랑과 미움을 갈아
지옥에 다녀왔다
주검을 일으켜 불을 태웠다
사랑하였다 미워하였다
사랑과 미움을 꺾어
지상 한 칸 집을 지었다
마지막 숨을 터서 창을 열고
문을 지웠다
팔다리를 다 잘라 너에게 주었다
꽃피웠다
지옥에서 품어낸 기적이여
살아남아서 불을 끈 색깔들이여
저며 저며 슬픔을 이긴 칼날이여
물의 얼굴로 가르는 얼굴이여
사랑은 아픔이란 꿀에 재운 신탁
끝끝내 배신의 얼굴이어서
홀연히 떠나가는 유언
죽음은 늘 유언을 놓치고 운다
사랑하지 않겠다
미워하지 않겠다

죽음을 여의고
사랑을 여의고 미움을 여의고
뼈를 추스려 걸어가겠다

동백 몸을 풀다

이주희

집 밖에서 하루 자고 들어온 사이
베란다에 동백꽃이 한 송이 피어 있었다

봉오리도 못 본 것 같은데
얼마나 볼록해졌나 언제쯤 꽃이 피려나
맏딸의 산달을 기다리는 친정 엄마처럼 살필 새도 없이
불빛마저 없는 텅 빈 집에서 꽃을 피워낸 것이다

힘에 겨워 진땀을 흘렸을 텐데
입덧 때문에 때로는 몸이 으슬으슬하기도 했을 텐데
아무도 눈길을 주지 않는 사이
스스로 불을 지펴 몸을 데우며 이겨낸 것이다

미혼모가 혼자 낳은 아이를 여관방에 버리고
도망쳤다는 뉴스가 떠올랐다
손잡아 주는 이 없이 여관으로 향하는 걸음은
살 맞은 노루처럼 허청거렸을 게다
포대기와 배냇저고리 들고 달려올
친정 식구도 없이 얼마나 두려웠을까
아이 아버지와 연락이 닿지 않아 얼마나 서러웠을까
아기의 첫울음에 얼마나 막막했을까

스스로 불을 지펴 몸을 데우며 피워낸 동백꽃

그래도 힘내야 한다고 밑동을 보듬어준다

식어가는 식탁

이지호

1
이제 와 후회막급, 입맛이 없다
상다리 되어 침묵이라도 잡을 수 있다면

서둘러 가버린 길
챙기지 못한
무너지는 억장과 사랑을 풀어놓는다
장조림과 잡채도 가득 담았다

기막힌 울음이 다녀가고
지독한 죽음의 냄새가 덮어버린
팽목항 밥상엔 갈매기도 기웃거리지 않는다

자본주의의 거인이 아이들을 잡았다
나사 잃은 회전목마처럼, 사람의 여울목

식기 전에 밥 먹어라, 이것아

오지 않을 미래가 식어간다

2
노탐*은 없었다

한 쌍의 젊음이 결혼식을 올리던 미사일은
언제부턴가 재난을 알리는 단어가 되었다

교과서에서 아직 죽음을 공부한 적 없는
수십 명의 어린이는 꿈의 비행을 했을 뿐이다

편식쟁이 손녀가 잘 먹던 케이크와 파인애플을 차렸다
지난여름 웃음 가득 담긴 코알라 인형도 준비했다
죽음의 맛이 무호흡으로 몇 숟가락 기울어져 있다

여덟 살 생일 파티가 격추되었다

오지 않을 미래가 식어간다

3
싸이렌은 대피 신호가 아니라 학살 경고다
피의 가자지구가 일상어가 되었다

갈가리 찢겨 분명치 않은 소매를 잡고
배고픈 어둠의 아우성을
야채 스프 하나로 견딘 지난밤이
마지막 만찬이었다

신의 땅에 신은 없고
폭탄과 총성은 깨진 시간도 휩쓸고
암묵적 동의는 어린이의 목숨값으로 표출되었다

라마단, 금식을 올린다

오지 않을 미래가 식어간다

* NOTAM : 항공기의 안전 운항을 위하여 승무원에게 제공하는 여러 가지 정보. 항
공 · 운항 업무 및 군사 연습 따위의 정보가 제공된다.

검은 콩

이진욱

소반에 서리태를 쏟고 쭉정이를 고릅니다

뙤약볕에 타들어 간 콩
벌레에게 먹힌 콩
딱새에게 쪼여 반만 남은 콩
채 자라지 못하고 말라버린 콩

못난 콩이 눈에 먼저 들어온다고
침침해진 손으로 뒤집을 때마다 실한 콩은 달아나기 바빴습니다

콩을 고르다 문득,
며칠째 아랫목을 지키고 있는 아내가 눈에 들어왔습니다
콩꽃 같은 모습은 간데없고
호미에 이끌려 타버린 아내가
쭉정이처럼 누워 있습니다
물이 들지 않을 만큼 단단하던 저 몸속으로 나는 차마 들어갈 수 없었습니다
손댈 수 없을 만큼 푸석해져 버린 아내

내 손에 까만 물이 들도록 콩을 고릅니다
쭉정이라고 생각했던 콩도 함부로 버릴 수 없습니다
눈물이 까매지도록 고르고 또 고릅니다

넌지시 말을 건네다

이춘우

어제 우리는 사막과 같이 거친 이 땅에다
몇 그루의 소나무를 심었습니다.
그 소나무는 곧게 자라
가지를 크게 뻗고 넓은 그늘을 이루어
많은 새들이 날아와 깃들고 둥지를 틀었습니다.
또 많은 사람들이 찾아와
맘껏 뛰노는 큰 동산이 되었습니다.

그 소나무는 짙은 솔 향을 내뿜으며
넌지시 우리들에게 말을 건넵니다.
지나온 세월
어찌 말로 다 할 수 있고
어찌 글로 다 쓸 수 있겠냐마는
이제 지난 옛 얘기 그만하고
할 일 많은 오늘을 얘기하자고 그럽니다.
또 내일을 말하자고 그럽니다.

하동 포구

이한걸

오늘은 하염없이 하동 포구를 걷는다
얽히고설킨 시름 떨쳐내고 싶지만
평생 일했던 철강공장이
매각된다는 뉴스가 나를 슬프게 한다
이름뿐이었던 노동조합이
거대 자본의 거래 막을 수 있을까

부분 매각 반대 투쟁하던 1997년 겨울
벌써 17년이 흘러가 버렸다
삼미 특수강에서 포스코 특수강
다음엔 또 무슨 특수강으로 바뀔까

검은 먹구름, 한바탕 소나기 내리려나
다리 절며 먹이 찾는 물새 한 마리
저 흰 갈매기는 분신자살한
어느 해고 노동자의 환생일지도 모른다

경상도와 전라도
이처럼 확실한 경계 이룬 강 또 있을까
광명시와 하동읍
이처럼 정겹게 마주 보는 도시 또 있을까

빚의 민주화*

이한열

1
여간한 재산과 지위가 없으면
엄두도 못 내던 신용카드를
아무에게나 척척 만들어주고,
어지간한 살림살이는
모두 할부로 장만토록 도와주는 나라
철마다 갈아타도록 유혹을 자아내는
2년 약정의 휴대전화를
온 국민이 마련토록 밀어주는 나라

2
해마다 나라 빚은
눈 덩어리처럼 불어나는데
위험수위를 이미 넘긴
국민 혈세로 가까스로 지탱하는
파산 직전의 공기업 부채 속에
사원들 연봉은 가볍게 1억이 넘고
대표이사님은 당당하게
20억, 30억씩 받아 가는 나라

3
다른 나라 금융은

해외에서 수익을 잘도 올려
자국민의 삶을 기름지게 하는데
이 나라 은행들은
대출이자 장사로 서민의 목줄만 비튼다
나라 믿고 저축은행에
평생 뼈 빠지게 벌어 맡긴 돈을
권세의 그림자라는 것들과 작당하여
행복의 불씨 키우는 가족들을
파산으로 내몰던 작폐
피눈물 쏟은 그 민초들은
지금 어디서 엄동설한을 건너고 있을까

4
프랑스 혁명 같은 시절이
다시 한 번 이 나라에도 온다면
모든 국민이 공평하게
빚더미로 대를 이어 허덕이도록 만든,
하늘 무서운 줄 모르며
법을 깔아뭉개던 권력 쓰레기들,
서민을 담보 잡아
배 불린 금융 도둑들을
모조리 잡아 엮어

단두대에 매다는 데 앞장서서 춤추리라.

* 2013. 7. 20. 〈경향신문〉 26면 오피니언 문화비평 계원예술대 서동진 교수의 칼럼 제
목 및 내용 일부 인용.

442

가을비 오는 밤엔

이해리

가을비 오는 밤엔
빗소리 쪽에 머릴 두고 잔다
어떤 가지런함이여
산만했던 내 생을 빗질하러 오라
젖은 낙엽 하나 어두운 유리창에 붙어
떨고 있다
가을비가 아니라면 누가
불행도 아름답다는 걸 알게 할까
불행도 행복만큼 깊이 젖어
당신을 그립게 할까
사랑이라 부르던 것이 눈물이었다 해도
이별이라 부르던 것이 축축한 미소였다 해도

선제타격의 무기

이해웅

산골짜기에서 흐르는 물둠벙에 철없는 개구리가
무더기무더기 알을 슬어놓았다
시대여 철없는 계절을 누가 먼저 밟고 올 것인가
지금 반도엔 시샘하는 추위가 세상 어디보다 심해
거리 곳곳에서 동사자가 속출한다
입만 벙긋해도 엄동설한에 새빨간 꽃이 도처에서 피어나고
그 포악성은 약육강식의 동물 세계보다 더욱 극악하다
수수꽃다리보단 라일락이 달착지근 입맛에 맞는 우리는
사랑을 너무 헐값에 팔아넘긴 청맹과니들
구운 생선은 찢어발겨야 골고루 나눠 먹듯
갈등이 무성한 계절 반도엔 밤낮없이
동족을 찢어발기고 있다
교황은 용서를 말하고 갔다 그것도
일흔일곱 번의 용서를 하는 자만이 화해에 이룰 수 있다고
미움이 산더미처럼 쌓여가는 한반도
고요한 아침의 나라는 여태 미몽 속을 헤매는데
오늘도 남과 북은 새로운 무기 전시에 여념이 없고
시샘하는 꽃추위가 기승을 부리는데
위정자의 입에서 종북과 좌빨과 빨갱이가
이 시대의 선제타격의 우수한 무기가 되고

빛의 순간

이향지

내 손바닥 위
모래 한 알

한순간
무척 빛나던
광채,

삐끗하는 순간
수많은 모래알 중
한 알이 된

삐끗하는 순간
무수한 평범 속으로 숨어버린
빛 없는
빛

또 다른
영롱,

노팬티

이혜미

사소한 약속들을 모아 쥐느라 발자국을 놓쳤다 오늘은 코르크 빠진 와인병처럼 증발하며 끈적해지고 난간이 놓친 빨랫감들 도처에서 얼룩지며 펄럭였지

빨아 널어두어도 금세 더러워지는 꽃잎들 어떻게 팬티 한 장 없이 이 봄을 건너나, 입술로 초록을 더하고 손끝마다 일렁이는 벚꽃 잎 내어주면 그 얇고 허망한 직물을 엮어 속옷을 짓던 손이 있었다 옅은 바람에도 온몸을 뒤집어엎는

봄이라는
계절의 안감

속옷이 필요 없는 계절이었지 혼자만의 혁명을 저지르는 왕국에서, 떠나는 요일들 투명해지는 발자국들 취한 눈으로 사랑과 거부를 동시에 말할 때 벗은 종아리가 수치에 떨었다 그러니 우리는 꽃 그릇에 손을 담근 채 증발하는 자, 치마를 까뒤집었던 꽃들이 태양의 먼 어깨 위로 투신한다 나무들이 입던 속옷을 벗어 깃발처럼 흔드는 정원에서

봄은 가고 꽃은 쉬 지리라

이흔복

쓰르라미 이마와 나방의 눈썹, 눈같이 흰 살과 꽃 같은 얼굴이면 색색의 얇은 모슬린 옷을 입고 그린 듯이 앉아 있어라 당신, 경성드뭇한 그림 완성되는 날 없으되 따로이 알면 알 듯도 하다.

지금 거우듬한 햇덧에 가도 봄날, 봄이 무르익는다.

당신은 미인이다.

당신은 언제나 신의 뜻에 거스른다. 치명적인 그림자에 놀라고, 그림자의 품 안에 돌고나 돈다.

당신의 아름다움에 달이 돌연 구름 뒤로 숨고, 꽃도 수줍어 고개 숙였다던가. 물고기가 헤엄치지 못하고 가라앉았다던가. 기러기가 날갯짓을 잊고 내려앉았다던가.

당신은 당신의 삶에 가로세로 얽혀드니 어여쁘기보다 수심에 그늘졌다. 존재 그 자체로 고독하다. 오 울고 있는, 울고 가는 물소리…… 운명이여, 행도 불행도 없다. 신 이외는 아무도 진실을 알지 못한다. 어떻게 생각는가, 그저 그러할 따름?

붉게 타는 이름

이희섭

겨울의 호명으로 불려 온 눈이
오후 풍경을 지워가고 있다
거침없이 달려드는 겨울의 속도를
미처 피하지 못하고 여자는 먼 곳으로 떠났다
작은 틈을 비집고 들어온 통증의 씨앗이
한 삶에 뿌리내려 죽음을 움켜쥐고 있었다
흐린 향기를 머금은 국화꽃 사이에
환한 웃음을 남기고서야 죽음은 완성되었다
슬픔의 절반은 내 서러움의 몫인데
절을 하는 내내 눈물조차 흐르지 않았다
나뭇가지마다 바람을 묻히고 돌아서는 계절
눈은 어떤 수식어도 거느리지 않고
오직 명사로만 내리는데
새들은 어디에서 이 추위를 견디고 있을까
화장터 전광판에는 죽음에 흡수되지 못한
여자의 이름만 남아 붉게 타오르고 있다
사라지기에 아쉬움이 남는 눈처럼
습기의 날에는 작은 바람에도 풍경이 통째 흔들린다
집으로 돌아와 냉장고를 열자
먼 곳으로 떠났던 눈물이 갑자기 쏟아져 내린 건
여자가 담아준 김치를 본 순간이었다
찬밥에 물을 말아 먹으면서

맵지도 않은 김치에 자꾸 눈물이 고인 것은
포기 사이사이마다 들어 있는 붉은 이름 때문이었다
떠나고 나서야 기억되는 흔적들
때로 맛으로 다시 기억되는 이름은
얼마나 가슴을 먹먹하게 하는가
겨울은 하얀 이름들을 호명하며
마지막까지 눈을 기억해낼 것이다

폴라로이드 카메라

임경묵

오이도 철강단지 옆 공터에 텐트를 치다가
속도와 마주쳤네
너무 일찍 도착한 속도 때문에
난 어떤 동작도 갖치 못하고
왼발을 든 채
돗자리를 옆구리에 끼고 그 자리에 서 있어야 했네

오랜만의 외출이라
셔터의 작동법을 잊어버렸나
아내는 유모차에 아이를 태우고
방파제 위를 오락가락하다가
긴 머리카락이
서쪽에서 동쪽으로 휘날리는 줄도 모르고
그 자리에 멈춰 있어야 했네

방금 배달된 프라이드치킨 한 조각을 집으려다가
팔베개를 하고 풀밭에 누워
느티나무 이파리 사이
분분한 햇살에 가늘게 눈을 맞추다가

여보, 잠깐만 그대로 멈춰봐
그대로 멈춰봐보다

먼저 도착한
찰칵!

방금 인화된 싱싱한 주말 가족이야
어때, 행복해 보이지?

칸나

임동확

언제나 나의 바깥에서 들려오는 목소리, 그러나 실상 벌거벗은 침묵의 한가운데 오직 관대한 처분만을 기다리며 무방비로 서 있다. 마치 이세상에 속하지 않은 듯, 늘 나의 예감과 기대를 배반한 채 그때마다 낯설고 전적으로 다른 얼굴들. 원치 않아도 이미 다가와 있는 계시처럼 넌하나의 신비이자 경고처럼 다가오고 있다.

어떤 망각이 허락되지 않은 그 어디선가 하나의 요구이자 명령처럼 바람이 불어오고, 온몸을 마비시키며 발작처럼 밀려오는 고독과 불의에도 쉽게 굴하지 않으려는 듯 마구 키를 늘리고 있는 너의 오후. 무례하게도 넌 나의 주인처럼 단 한 번도 허락한 적 없는 사랑의 약속을 독촉하고 있다.

오, 거부할 수 없는 매혹과 이유 없는 두려움으로 이내 활짝 피어난붉은 칸나여. 이제 보이지 않는 너의 음성에 그저 귀 기울이는 것밖엔다른 대책이 있을 리 없다. 결코 감당할 수 없는 무한의 깊이로 다가오는 너의 위엄을 감당하기 위해선 더 단순하게 노래할 수밖에 없다.

Q를 처리하라

임수생

Q는 비밀장부를 가지고 있다
Q가 입을 열면
조직이 몰락한다
비밀장부를 회수하고
Q를 쥐도 새도 모르게 처리하라
지령을 받은
전문살인청부업자는
비밀장부를 탈취하고
Q를 쥐도 새도 모르게
사체로 처리한다
지령을 내린 조직은
권력을 총동원
고강도의 술수와
고강도의 음모로
진실을 교묘하게 은폐하고
밤낮으로 거짓을 창안해
Q의 죽음을 미궁으로 몰아간다
조직을 위해
Q를 처리하라

동행

임술랑

여름 장마는 설악산 꼭대기 그 심중이 으리으리한 흰 바윗돌을 씻고 씻어서 용대리 백담사 앞개울을 콸콸콸 흘러가고 있습니다. 만해마을 앞 사방보 시멘트 구조물 물구덩이로 세차게 흐르는 그 차가운 물이 빠르고 빨라서 작은 인간의 마음을 물레방아 돌리고 또 돌리고 있습니다. 소슬한 바람 한 줄기 지나가고, 물 통로 이쪽과 저쪽 난간을 만약에 뛰어서 건너야 된다면 나는 어찌어찌 발돋움으로 건너뛸 수가 있겠습니다만, 당신은 건너지 못할 것 같습니다. 세찬 세상의 풍파가 먼 데서 울리는 종소리처럼 오고 가는 속에서 당신이 이 내를 건너지 못하므로 나도 그냥 여기에 있을 것입니다. 오 여기에 있을 것입니다. 그러므로 우리는 여기에서 흙먼지가 되고 바람이 됩니다. 솔바람이 됩니다. 냇물에 닳은 돌멩이가 됩니다. 그래서 이 땅을 떠날 수 없습니다. 당신과 함께 여기 이 감옥에서 해골이 될 것입니다.

탁구장

장석남

심야
두 송이의 불꽃

잉잉대는
교합

몰려오는 안개
빛나는 돌고래 떼

그러나
엣지

풍선 인간

장수라

사람 숲으로 오갈 데 없는 신촌 사거리에서
'꽁짜폰' 선전에 사지를 뒤틀며
풍선 인간은 길이 열려 있다고 유혹한다
온몸을 흔드는 일이 자신을 지키는 일이라는 듯
누구를 위해 춤을 추는지
무엇이 저토록 허리를 꺾어
관절조차 끊어 엎드리게 했을까
공짜도 모라라서
텅 빈 허울을 둘러쓴 채
출출한 빈속도 아랑곳 않고 막춤을 춘다
흔드는 세상 속에서만이 현실을 제대로 볼 수 있다는데
하늘 높이 날아 지친 몸을 아물 수 있게
날개를 다는 퍼포먼스일까
"저를 통째로 드립니다!"
"주머니가 빈 분일수록 우대합니다!"
목적지를 가르쳐주지 않는 먹장승처럼
설탕으로 혀끝을 마비시키는 버블 빵처럼
마지막까지 털어놓지 않으면 안 될 것 같은
이제는 명목도 없이 흔들리게 되었다고
일부러도 흔들려야 한다고
바람이 머물러서가 아니라
스스로 바람을 만드는 일이라고

홀로 향기를 채우는 일이 오직 날 위해 추는 춤이라고
밤낮없이 삐에로가 되는 몸짓이어야 한다고
혀를 버리고 몸을 버리고 그대로 따라하기만 하면 된다고

꽃잎 한 장 지는 일이

장시우

느리게 걸으며
한 호흡을 아껴보니
그 숨길이 달고 깊다

밥 한 톨 천천히
꼭꼭 씹어보니
그 맛이 깊고 따뜻하다

한 순간, 매 순간
세상에 펼쳐지는 일들을 헤아리니
얼마나 많은 사건들이
분과 초를 다투며 일어나는 것일까?

사람이 세상과 이별하는 마지막 순간
21그램의 영혼이 빠져나간다는데
그때 걸리는 시간이 일 초의 몇 분의 일이라던데
살아온 일생이 파노라마로 펼쳐진다는데

우주의 먼지보다 작은 내가
느리게 가라앉는다는 일이 얼마나 중요한 일인지
떨어지는 저 꽃잎을 보고 알 것 같다

달팽이

장옥근

큰 달팽이 한 마리 이사 갔나 부다
자작나무 가벼워진 잎 털어내듯 마른 풀 숲에 빈집 부려놓고
몸 바꿔 길 떠났나 부다
시곗바늘 동그라미 그리듯 돌기가 새겨진
집 안 깊숙이 들여다보아도 흔적 없고
귀 열어봐도 아무 소리 들리지 않는다
눈 닫고 귀 닫고
두 개의 더듬이로만 세상 읽기
오로지 냄새와 감촉만으로 가늠하던 언덕을 지나
어둡고 축축한 곳만 골라 디딘 수많은 발걸음 모아
안거에 들어간 수행자처럼 투명해서
상추 먹고 초록색 똥을 당근 먹고 주황색 똥만 싸는
큰 달팽이 그 연약한 집도 버거워
젖은 빨래처럼 뼈 없는 몸
곤봉딱정벌레 뱃속으로 옮겨 갔는지
꽃개똥애벌레 입속으로 기어들어 갔는지
사리 한 과도 남기지 않았나 부다

삼랑진 2

장유리

오 남매의 막내인 내가
출생 시간을 물을 때마다
너는 통근열차 올 때쯤 낳았을 게다

삼랑진역 앞에는 향다방이 있고 백마다방이 있고
그 건너 로반다방이 있었다
김 선생 장모가 운영하는 백마다방은
지하 계단을 내려가야 있다

"아버지, 엄마가 멀리서 손님이 오셨대요."
"알았다."
정치학과를 나온 아버지는
선거 때만 되면 후배다 뭐다 다방 출입이 잦았다
무슨 암호 같은 지령을 아버지께 전하고도 한참을 기다려야 했다

바깥을 떠도는 기차가
늘 작은 역에 도착했고
지금은 쏜살같이 지나치는 KTX를
놓쳐버리는

아직 시침도 분침도 찾지 못했지만
내 태어난 시간만은 생생히 기억해주는 나의 작은 역이여

우울 씨의 낭만적 시간

장유정

모든 시계들은 태양의 일출과 일몰에 맞추어
째깍거리도록 조정된다
어둠 속을 섬광처럼 지나치는 무엇
진침로처럼 정전 혹은 그보다 짧은
불이 들어오기까지의 일 초나 혹은 일침

시간은 기준과 어떤 약속이 움직인다

허블렌즈 속 자동설정처럼 눈 밖과 눈 안의 주파수를 맞추듯
임의로 만들거나 다루기 위한 시간도 있다
속보가 곳곳 터지고
시간이 없는 시간들이 발견된다

1초 벌었으니 1초 더 쓸 고민 하는 시간
1초만큼 더 오래 커피를 내릴 거라는 우울 씨의 낭만적인 이야기는 불
규칙성으로 파장으로 번진다

정확하게, 정한 시간에
정한 위치에 존재하는 시간은 쉽게 기계들을 떠날 수도 없다
절대 움직일 수 없는 시간을 향해 달려가는
규칙적인 호흡들
심호흡하듯 더하거나 빼는 1초

태양과의 연계 문제는 크게 신경 쓰지 말라는 의견처럼
시간은 시간 자체의 문제일 뿐
국제지구 자전 좌표국의 통보에 따라
오전 9시를 기점으로 양(+)의 윤초를 실시한다고 발표했다

이름 모를 꽃들과 잡초들 심장 뛰는 소리들
나무들 사이로 바늘 같은 잎사귀들 햇빛 속에 반짝이고 있다
정밀기계 같은 숲엔
시간의 침이 빽빽하게 움직이고 있다

부자

장인숙

지난 토요일 시골 가서
쌀 한 말 감 한 박스 사과 한 상자 들여놨다

낱개는 늘 살림 사는 사람을 목마르게 하더니
상자째기는 눈으로만 보아도 배가 부르다

아침저녁으로 감 볼때기 살살 주무르며
곳간이라도 생긴 것처럼
쓰지 않는 작은 방을 들락거린다

미소가 저절로 번진다
올겨울은 보일러 좀 적게 돌려도
춥지 않을 것 같다

말랑말랑한 독

장재원

간밤 첫서리에 퇴출된 낙엽들이
길가 배수구 위로 마구 떨어져 쌓인 간석 오거리
다섯 마리 긴 뱀의 대가리가 한 곳에서 얽히고설킨 가운데
두 운전자가 네가 비키라며 차에서 내려 드잡이하고 있다
잔뜩 발기된 다른 독들은 사방에서 짖어대고
땡감처럼 딱딱해진 독기는 기어이 발목을 묶는 사슬이 되고 말았다

동시, 빈 내 조수석 쪽 차도 옆 보도에서는
아직 사슬을 모르는 어린 강아지 두 마리가
치킨 조각을 사이에 두고 재밌게 가댁질하고 있다
투명을 통과한 햇빛이 눈부신 평화 백신을 접종한 화사한 아침
놀이하듯 말랑말랑한 독을 물고
잽싸게 도망가던 놈이 휙 유턴도 하고,
뒤쫓던 놈은 잠시 딴전도 부리고,
다시 물고 물리다가 어느 놈인지 모를 목구멍으로
꿀꺽 골인되었다

어쩔 수 없이 임시 자동차 전용극장의 관객이 되어
멀뚱히 지켜보던 내 안의 딱딱한 독들도
주연보다 나은 천진한 조연들의 막간 연기로
시나브로 조금은 말랑해진 월요일 아침이다

달그림자

장진숙

차마 뽑지 못해 녹슨 대못 하나
드디어 뽑아냈다

철철 피 흘리던 휑한 자국이
휘영청 푸른 달이 되어
걸어가는 밤

박하사탕 녹아들듯
화안해져서

괜찮다

바람 불고
가랑잎 져도

아프지 않다

세레나데를 위하여

장현숙

새소리가 그립다
창밖엔 어둠이 웅크리고 있을 뿐
밤새 새는 울지 않는다
침묵이 묵언 수행하듯 지나가고
새벽 세 시 시계 소리만 거실 가득하다
새는 어딜 갔을까
메마른 사막 위를 날고 있을까
모래언덕을 넘어
오로라가 흐르는 계곡을 지나
냉기 가득한 남극의 방점을 찍고 있을까
돌아오기 위해
깃털 가득 냉기를 털어내며 날고 있을까
늘 검은빛이 흐르던 아침
한 번도 환하게 창문을 밝힌 적이 없다
서성이던 어둠만 기억을 세뇌시킬 뿐
목청껏 울어보지 못했다
어둠이라서 어두워서
울음소리를 낼 수 없었을지도 모른다
아니다 아주 가끔은 가느다란 틈 사이로도
햇살이 보이곤 했었다
그것이 신기해 먼지처럼 비쳐 들던 그 빛들을
손끝으로 만져보곤 했었다

466

손가락 사이로 빠져나가는 빛들을
잡으려 이리저리 쫓던 때도 있었다
새소리는 햇살이 비치는 어딘가에
신비로운 목소리로 산을 울리고 있을 것이다
숨이 턱에 차오를 때까지 뛰어가다가
녹초가 되어 되돌아오곤 했다
이 새벽
가슴 가득 터져 나오는 울음소리를 듣고 싶다
환히 울려오는 세레나데를

서울 처용가

전기철

나는 백만 송이 밤 속을 걷는다.
출근할 곳은 없지만 퇴근해야 하는 밤
쫓기는 밤
꿈속인 듯 시커먼 사내가 따라온다.
멀어지다가 가까워지다가
처음엔 한 사람이었는데
두 사람, 세 사람, 일곱 사람, 일흔일곱 사람,
그리고 다시 한 사람

백만의 도시 백만 송이 밤이다.
뒤따라오던 시커먼 사내가
앞서다가 어느새 나란히 걷다가
머리 위로 날기도 한다.
숨었다가 나타나고 다시 숨고
커졌다가 작아지며
높은 빌딩에서 뛰어내리기도 하고
바닥을 기기도 한다.

나는 전쟁터의 겁먹은 병사처럼 허공에 공포를 쏜다.
하늘은 포연으로 가득하다.
한숨으로 연막을 치지만
다시 나타나 앞서거니 뒤서거니

한 사람이었다가 일흔일곱 사람이었다가

백만 송이 밤 속에서
사내는 나를 가장하고 집으로 갈 테지.
그리고
내 비밀을 고해바치고
아내의 베개를 뜨겁게 달구겠지.
일흔일곱 사내가 아내를 안고 잘 테지.
내 마음이 아무리 아내의 가슴을 쿵쿵 쳐도
아내는 깨어나지 못할 테지.

아, 일흔일곱 사내를 속이기 위해
나는 백만의 도시
백만 송이 밤 속을 떠돌며
제웅처럼 빼빼 말라간다.
문밖에서
문밖에서

겨울 볕 2

전홍준

밤새 웅크렸던 꿈들을

담벼락에 골고루 말립니다

문간에 들여놓았던

고드름 달린 언 살이 어느새 녹는지

달그락달그락 햇볕 다녀가는 소리가 납니다

애들 등록금 아내의 건강도

덤으로 쪼그리고 있다가

다닥다닥 붙어서 봄날을 기다립니다

봄 이야기

정가일

겨울을 건넌다는 건
천 길 낭떠러지를
위태하게 건디는 것이겠지요
그렇다고 다 건널 수 있는 것은 아니겠지요.
깊은 수렁에 내면의 소리를 드리우고
무거운 침묵을 기다려야 하겠지요.
그러다 그러다가,
저기, 뒤뚱거리며 찰찰거리며 걸어오는 봄이여, 라고 누군가 부르면
예쁘지도 않은 꽃들이
서러운 줄도 모르고 피어나는 거겠지요
늙은 어머니가 좋아하던 꽃처럼
숨을 몰아쉬며 말이지요.
이제야 알겠지요.
모둠으로 둘러앉은 어름한 눈망울 사이로
봄은 그렇게 오는 것이겠지요.

삶

정공량

시냇물은 강물로,
강물은 바닷물로 흘러가 커지고 싶은 일이
우리들 철없이 삶을 건너는 일이다
조금도 멈추지 않고 돌아보지 않고 걸어온 길이
지금 내 앞에 서 있는 나의 오늘이다
힘에 부쳐 쉬다가 또는 잠시 졸다가
해 기우는 것조차 모르고 오늘이 가고 있다
하늘에 구름이 생겨나 흐르는 일이나
바람에 나뭇가지 흔들려 시간 재촉하는 일이나
막연한 세월을 가만히 두지 않고
우리가 삶을 건너고 또 건너는 일이다
지친 사막에서
혹은 거친 풍랑의 시간 속에 갇혀서도
캄캄한 밤 환한 별빛을 쳐다보는 일이 삶이다
내일의 희망을 찾아 건너고 건너는 일이 삶이다

세탁기

정미

반지를 잃어버린 노인들이, 케케묵은 세탁기 그 통 큰 여자를 밖으로
끌어낸다 여자는 큰 덩치의 안간힘으로 버티다 빗물 질척이는 바닥에
팽개쳐졌다 대성통곡하듯 입이 벌어졌는데 울음소리는 들리지 않았다
눈물인 양 땟물만 흘러나왔다 반지를 어디에 숨겼지? 통이 커도 여간
큰 게 아니라며 은혜의 집 노인들이 함부로 뒤진다 속엣것을 모두 게우
게 했다 몸의 저 밑바닥에서 나온 동전과 단추 몇 개 금 간 사랑 잃어버
린 세월 밤마다 찾아오는 허리 통증과 어깨 결림…… 지독하다 아무리
찾아도 반지는 없다 오지랖 넓은 가슴통이 빗물로 축축하다 굵어지는
빗줄기에 진저리 치며 노인들 돌아섰다

　고물 수거차가 왔다, 녹이 슨 밑동
　횅하니 가슴을 드러낸 통돌이 세탁기를 들어 올린다
　벌컥벌컥 맹물을 마셔대던
　홑이불이며 빨랫감을 한 아름 받아 안던
　비정규직 밀양댁을 부축해 구급차에 태우듯

밥에 대한 질문

정선

가자꾸나 막달라 마리아

지금은 상사화처럼 찢어진 네 옷을 벗을 때 당신의 울음은 쇼윈도에 물음표꽃으로 피어나고

소주는 초콜릿 너머 새벽으로 온다

마음은 둥글게 쓰다듬어야 자라는 법

살바도르 당신의 시간은 헝클어져서 좋아요 누가 하루를 스물넷으로, 일 년을 삼백육십오로 나눴을까요 쓸데없는 시간이 쓰레기처럼 뒹구네요

나는 남녘에서 온 사람

북녘 방식으론 성이 차지 않아

알 수 없어요

바닥과 구름의 겹겹을

뚝배기와 스파게티의 간격을

돼지국밥과 꼬리곰탕의 의뭉을

그럴 수도 있고

그럴 수는 없고

분리가 되지 않는 밤

그런 겨울밤이 오면 샤갈의 마을이 불편하다

난 헬륨을 마시고 넌 산소를 흡입하고

때때로 고립은 보호장막

백신스키 거푸집처럼 단단한 당신의 뼈에 내 몸이 둥지 틀 수 있도록 내 손을 잡아줘요 아직도 세상은 괜찮아요 곳곳에 사고 다발 지역

도 있고
  브루클린으로 가는 비상구에 매달린 사람들
  착한 섹스로 하루를 위안받는 연인들
  모르핀 순간에 태양은 떠오르고
  옷은 또 다른 의미를 생성하지
  예스 하나로도 사랑은 충분하고
  우린 결코 밥에 대한 질문을 벗어나지 못할걸
  수십 년 감상적인 질문으로 나를 죽였던 거지

영화관 앞 흔들의자

정선호

아이얀몰* 영화관 입구에 흔들의자 몇 개 있다
휴일에 그것은 어김없이 노인들 차지다
노인들은 의자에 앉아 젊은 시절을 회고하거나
손자들 자랑으로 영화 관람을 대신했다

항상 불편한 거동과 언제 올지 모르는
죽음의 순간을 흔들의자가 지탱해주었다
달 분화구처럼 거친 피부를 한 채
흔들리면서 스크린을 오물오물 씹었다

정오의 나른한 시간이 되자 몇은 잠들었는데
한 무리의 나비가 그들 몸에서 빠져나왔다
나비들은 영화관 안으로 들어가 날아다니다가
끝내 영화 화면 속으로 들어갔다

나비는 화면 속에서도 나풀나풀 날아다녔으며
그들 손자들은 나비를 잡으러 뛰어다녔다
나비는 날아 달에 도착했으며 달의 토끼들도
마찬가지로 나비를 쫓아 뛰어다녔다

영화가 끝난 후 나비들은 화면 속에서 나와
다시 노인들 품속으로 들어갔다

노인들 피부에 달 분화구가 한 개 늘어났다

* 필리핀 수빅 시에 있는 대형 쇼핑센터.

이별에 부쳐

정성태

너와 헤어진다는 것은 두렵지 않다.
네게서 잊혀진다는 것 또한 두렵지 않다.
다만 어느 순간이라도 불쑥불쑥
절절한 사무침이 어느 때까지 모르게
내게서 기억된다는 것이 두려울 뿐이다.

태풍

정세훈

소멸을 위한
지금은 투쟁의 시간

불의한 날 앞에
무릎 꿇고 참아낼 것인가
돌팔매질을 할 것인가
고민의 시간은 지났다

오직
거침없는 진로 따라
피 터지게 싸워야 할
길 앞에서

순응하지도 않고
싸우지도 않는
길 또한 있다고
섣불리 말하지 말라

투쟁의 시간이 지나고
드디어 소멸이 되면

맑은 하늘
다시 볼 터이니

염낭거미

정소슬

고래의 몸통을 파, 그 속에 거미집 짓고 번쩍번쩍 가구들 들여놓고 샹들리에 늘어뜨린 대리석 식탁에 앉은 그들은 파낸 살점으로 날마다 산해진미의 잔치를 벌인다 그렇게 날마다 잔치가 벌어지건만

그들 뱃가죽과 함께 나날 늘어나는 괴이한 식성이 시중 고리 사채 못잖아 감당할 길 막막해진 그들은 금세 또 집을 갈아치우고야 마는데 그래서 고래 등을 빼닮은 아파트값이야 내리막길을 알 턱이 없는데

생태도시를 슬로건으로 내건 어느 도시에선 아파트 벽면마다 고래를 그려 넣었다 파도가 꿈틀대는 바다 위를 유영하는 고래의 모습 실감이 난다 너무 실감 나서 그 앞을 지나가는 이마다 군침이 마르지 않는다

아파트 벽면마다 주르르 흘러내리는 군침, 군침들…… 그 군침 위에다 잽싸게 진을 친 포장마차, 고래의 살점이 노릇노릇 익어가는 불판 앞에서 젓가락 휘적이며 뜬금없는 안부를 묻는다

―별고 없으시냐고
―이번에 부친 용돈은 받으셨느냐고
―차 바꾸느라 좌식 화장실은 올해도 힘들 거 같다고

지금 바다에선
껍질만 남은 빈 통의 고래들이
난파선 되어
둥둥 떠다니고 있다

480

파도만이
그 빈집을 노숙자처럼 드나들고

예순

정안면

인생의
푸른 열차를 타고
내 오늘 여기까지
단숨에 달려왔다

산 넘고 강 건너
사랑을 하고 집을 이루고
밤낮없이 일하고
오늘 여기까지 살아왔다

이제 다시 인생의 푸른 열차는
또 숨 가쁘게 달음박 치며
생의 푸른 깃발을 달고
오늘 어디로 달려가는 것일까

삼솔 뜨기

정영주

1

가장 깊은 그늘을 꿰매는 거야
깜깜한 무늬와 질감을 찔러
실로 음각을 뜨는 거야
흰 머리카락을 뽑아 바늘에 꿰어
깊은 우물 속, 두레박이 새지 않게 물을 깁는 거야
바느질이 목숨이었던 어머니, 실 떨어지면
명주 올처럼 길고 흰 머리카락을 뽑으셨지
어룽이다 꺼져가는 그늘과
찢어진 가족의 무늬와 식탁을 바늘로 이어가셨지

2

어머니가 가셨던 길처럼
한 올 한 올 바늘로 쪽빛 모시를 꿰맬 때마다
멀리 떠난, 더는 깁을 것이 없는 어머니를 떠올리지
평생 바늘과 옷감을 놓지 않으신 어머니
그것으로 가족을 기워 둥근 띠를 엮으셨던 어머니
아버지 없는 둥근 밥상에 오글오글 새끼들만 모여
밥상까지 통째로 먹는 허기진 아이들
명주에 들어간 바늘이 실을 끌고 다닐 때
천이 제 몸들을 꼬옥 껴안지 못하면 바늘은
성글게도 허공과 손가락만 꿰매놓곤 했지

둥근 밥상 앞에서도 새끼들 입에
당신 몫까지 다 내어주고 등 돌려 바느질만 하시던 어머니,
그 시린 등을 이제사 껴안고 난 쪽빛 모시 안으로 들어가고 있어

서투른 다정

정용화

사람독이 묻어오는 날에는
저녁이 되어도 쉽게 어두워지지 않는다

내가 지옥의 시간을 음악으로 바꾸려고 했기에
물고기들은 잘 때도 눈을 감지 못한다

어둠에서 풀려 나오는 무늬를 이해하는 밤
먼 곳이라는 말은 슬픔을 동반한다
모든 소리들이 사라진 곳에서
수요일은 시작되고

알코올이 없는 맥주를 마셨기에 밤에도 무지개가 뜬다

시들은 꽃들을 버리지 못해
용의 혀를 닮은 용설란은 사막에 발을 담근 채
집요한 고요를 견딘다

오래 건너지 않은 건너편처럼
우리가 버린 말들이 누군가의 귓속에서
농담으로 피어난다면
슬픔은 어떻게 편집될까

모서리에 자주 부딪히는 구름의 언어가
내 안에서 살고 있어
너는 푸른 눈동자를 지니게 되었다

팽목항

정우영

야위어 밭은목을 놓아
물의 문을 밀었다.

남현철님 박영인님 조은화님   허다윤님
이영숙님 고창석님 양승진님 권재근님 권혁규님
여깁니다. 이리로 돌아오세요.

물에게 안테나 달아놓자
저녁놀이 뜨겁게 타올랐다.
부르튼 입술 같았다.

뭍의 촉수 바닥까지 펼쳐
다만 한 음절의 말이라도
소환하고 싶었다.

창졸간의 소멸 거부하고
저 경계에서 놀 켜든 사람들

위하여.

* 애초에는 열 분을 호명했으나 황지현 님이 응답하고 돌아왔으므로 그 자리는 비워둡
  니다. 아홉 분들마저 다 돌아오시면 이 시는 소멸됩니다.

민낯

정운희

삼 년의 사랑을 끝내고 돌아와
화장을 지운 거울의 민낯을 마주한다

월요일엔 로즈마리 향수를
비 오는 날엔 보라색 마스카라를
화장에도 산맥이 있어
천 개의 색깔을 모으면
뜨거워지는 천 개의 유리였다가
천 개의 바람으로 흩어지곤 했다

우리의 사랑은 여기까지야
마치 여기까지 물이 멈추고
여기까지 숲을 사용하고
여기까지만 허락된 눈빛처럼 그렇게
여기까지만으로 화장을 지운다

환하게 드러나는 샘물이다
샘물에 떠 있는 달이다
달 속에서 흔들리는 너의 두 발
가만히 들여다보면
밤을 풀었던 꽃잎이 떠 있다
달의 뺨이 얼룩져 있다

빈 나무처럼 세워진 화장품들
동그랗거나 길쭉한 나뭇가지가 흩어져 있다
계절을 다시 써 푸른 잎들이 돋아나면
허공으로 사라진 집 한 채 다시 세우고
담장 가득 나비들을 풀어놓아야겠다
나비의 계단과 골목에 골몰한다

어머니의 주민증

정원도

어머니의 경로당 연세는 실제보다 일곱 살이나 많아서
당신보다 위인 할머니들도 깎듯이 형님 하며 따르는데
어찌 그리 정정하실까 다들 탄복하지만
어머니 나이가 더 많아진 사연은 발설할 수가 없다

식민지 시절 행방불명된 언니와
해방 후 사라진 오빠를 사망신고 한다는 것이
첩첩산골 머나먼 길 면사무소 직접 가지는 못하고
면서기 아는 인편에 부친 것인데
어머니는 언니 이름으로
남동생은 오라버니 이름으로 잘못 정리된 탓이다
죽었을 거라던 언니는 해방이 되자 되살아 나타나
부득이 쌍둥이로 둔갑이 된 것이라는데
그 이모 식민지 어디로 끌려다니다 돌아오셨는지는
일절 내막을 밝히지 않으시고
아무도 묻지 않는 것이 공공연한 예의가 되었다
사라진 외삼촌은 언제 다녀가신 줄도 모르게
온 식구 전쟁 통에 피난 갔다가 돌아와 보니
외할아버지 빈소에 고기 국, 쌀밥 한 고봉과
인민복 한 벌이 정갈하게 올라 있어
외할머니 퍽퍽 속눈물 쏟으며 큰아들 다녀간 줄 예감한 즉시
남의 눈 피해 그 군복 불사르고 절대 함구했다는데

사라진 외삼촌 때문에 외할아버지 생시에 해거름 어딘가로 붙잡혀 가서는 밤새 무슨 곤욕을 치르셨는지조차 가슴에 다 묻고 떠나신 것인데

외삼촌은 형님의 이름으로 산판을 다니고
어머니는 언니의 이름으로 남의 집으로 전전
뒤늦게 되살아 온 언니는 집에서 부르던 이름으로 다시 살고
위안부라는 말이 무엇인지는 아무도 모르는 척 이모는 밭고랑 호미질로 구순 코앞까지 잘도 견디어오신 것이다

경례

정일관

네모난 강당에서
천장 높은 체육관에서
모두가 일어나 한곳을 바라보며
국기에 대하여 경례를 할 때,
나는 흘러내릴 듯 처져 있는 청홍 팔괘에서
슬그머니 고개를 돌려 창밖으로 간다.
찬연히 쏟아져 들어오는 햇살에 대하여 경례.
저 파란 하늘과 둥근 구름을 향하여 경례.
살구나무와 배롱나무에게 충성.
나무 사이를 날아오르는 새들에게 단결.
멀리 아득하게 흐르는 산줄기와
천천히 감고 구비 돌아가는 강물,
논두렁 밭고랑 닮은 주름을
웃음 위에 올려놓는 아버지와 어머니들께
받들어 경례. 경례.

스카이댄서

정지윤

묶인 일들은 풀어버려요 원피스는 바람과
함께 추는 브레이크댄스
과장된 스텝이 우리를 살게 하죠

문자로 날아오는 해고 통지
부은 내 얼굴을 깎아요

나는 새우깡에 길들여진 갈매기처럼 날아요
출렁이는 지갑
때론 팔 수 없는 계약들이 있죠

흔들릴 때 호명해요 껍질 속의 휘파람
영안실에 두고 온
이력서들을 불러볼까요

터질 듯 가벼운
통지서가 우리를 춤추게 해요
더 가벼운 것들로 허기를 채우는 우리는
밀폐된 입을 가진 댄서

닿을 수 없는 몸 안에 갇혀 흔들리며
끝없이 증식되는 그림자들

녹이 슬었다

정진혁

십정동 골목 옛집 철제 대문 앞에 걸터앉아 어제를 기다리다가 구멍 뚫린 녹의 냄새를 맡다가 감꽃이 똑 떨어지는 골목에 쇠망치처럼 앉아 있다가 희미한 시간에 대해 물어보다가 압정 같은 대답에 온몸을 찔리며 빨간 노을을 따라가다가

철판 같은 당신의 이름에 녹이 슬었다 녹은 습기 쪽으로 치우쳐 하지 않은 말을 피워내고 있었다 녹을 감추기 위해 파란 페인트를 두껍게 칠해놓았다 기억은 우툴두툴 보기 흉했다 어딘가 존재하지만 부를 수 없었다 꽃은 잠깐 왔다 갔지만 녹은 한 번 와서는 혼자 가지 못했다 내 손에는 녹을 닦아줄 그 무엇도 남지 않았다

녹은 차가운 쇠에 입혀진 무늬 당신 속의 녹은 아마도 내 입김이 다녀간 시간이다

누군가를 다시 부르는 일은 녹슨 대문을 밀어보는 일 저 안의 풍경이 삐그덕 소리를 냈다 닿는 것마다 녹물이 들어 지워지지 않았고 피 같은 비린 냄새를 풍겼다 녹은 소리도 없이 조용히 왔다 종아리가 가려워 벅벅 긁었다 뻘건 녹 가루가 땅에 떨어졌다 온몸에 녹이 슬었다

왼손은 모두 안다

정하선

집 울타리를 수리하다가
망치로 못대가리를 맞추지 못해
왼손을 내리쳤다
아뿔사
벌겋게 부어오른 왼손이
쉬지 않고 욱신거리더니
결국 시커멓게 피멍이 들었다
오른손이 하는 일
왼손이 모르게 하라고
아니다
오른손이 하는 것은
모두 왼손이 안다
사과를 깎다 베인 것도 왼손
못질하다 피멍 든 것도 왼손
제 손으로 제 손을 내리쳤는데
네 짓을 네가 모른다고?
4·16 세월호,
일곱 시간의 청와대 공백
네 짓을 네가 모른다고?

가을의 시

정희성

이 자본주의 사회에서
살아 있다는 것만으로도
가을은 얼마나 황홀한가
황홀 속에 맞는 가을은
잔고가 빈 통장처럼
또한 얼마나 쓸쓸한가
평생 달려왔지만 우리는
아직 도착하지 못하였네
가여운 내 사람아
이 황홀과 쓸쓸함 속에
그대와 나는 얼마나 오래
세상에 머물 수 있을까

골프장에서
―혈서

조광태

무지한 영혼을 깨우는 꽃이다
하늘과 땅이 토해내는 통곡의 눈물이다
노동자의 억울함이 핏물 되어 흐르는 강이다
물어뜯는 아픔이고 세상 꼬집는 피의 강이다
삼천리 방방곡곡 이 땅에 흐르는 피의 강이다
살아 있는 목숨으로 쓰는 노동 해방의 절규이다
함께하는 함성이 온 누리 노동자의 눈물을 닦는 피다
노동자의 마음을 모아 사람답게 살게 하는 빛이다

물매화

조길성

녹은 쇠에서 나온 것인데
그 녹이 쇠를 먹어치운다*

　다리 저는 짐승들이 시방 집으로 들지 못하고 한데 잠을 청하고 있습
니다

　사하라
　바람이 잠든 밤에는 지구가 스스로 도는 소리를 들을 수 있다고
　독한 담배 불 하나 이승을 떠났다

　네 눈빛이 내게로 오다가 얼어붙어 툭 부러져 내린 뒤에

　이제는 술 먹지 않고도 울음이 네 발로 기어 나오는 나이
　헛소리처럼 꽃이 피었습니다
　죽은 친구가 귀신을 쓰다듬고 있는 골목 귀퉁이 누군가 쓰다 버린 물
감을 개어 바른 누런 창에 비치는 얼굴

　네 눈에 숯불을 넣어주랴

* 법구경에서.

풍경

조달곤

풍경은 길 위에 있는 것
사이 공간을 만드는 것
발뒤꿈치를 들고 바라보는 것
만나는 순간 꽃처럼 피어나는 것
반짝이는 물비늘처럼 눈시울에 젖어드는 것
쌓여서 만개한 눈꽃송이처럼 설레는 것
시시각각 영원한 것
조금은 비릿한 것
내 그리움인 것

삶에 수를 놓는 일

조덕자

햇살 맑은 날 푸른 물소리 깊게 배이도록

욕조 속에 들어서서 온몸 후줄근할 때까지

발로 밟아 광목천 속에 물길을 만들어

빨랫줄에 널어놓았더니 날아가던 새

하늘에 수놓기 부끄러웠는지

새하얀 광목천에 아이의 손 같은 도장 하나 만들어놓았다

바람이 많은 날을 피해 햇살이 길일이라고 믿었던

내게 또 다른 반전의 우주가 있음을

하늘에 세 들어 사는 새들이 깨우쳐주고 있다

가난한 풍경

조동례

외롭다는 이유로
세상 등지고 싶은 사람 하나
식당에서 우연히 만난 건
그도 배고프고 나도 배고팠던 것
세상을 등진 그가
나에게 한 발짝 다가오면
벼랑을 등지고 사는 나
물러설 곳이 벼랑이어서
벼랑이 한 발짝 가까워지는데
아는지 모르는지
간절하고 절박한 마음 하나로
물러설 곳도 나아갈 곳도 잊고
주머니에서 풀씨 몇 개
비상금처럼 털어내고 있다
하마터면 나도 외롭다는 말을
탈탈 털어놓을 뻔했다

피나물꽃 보다가

조문경

고요한 계곡에서
노랑꽃 군락 봤다

몰려 있는 노랑꽃은
아주 오래된 외면外面 그 뒤에서
멀미하듯 울렁이다가
조용히 터져 나온 슬픔
하나하나 보면 한없이 보드랍고 순하고 꽃술까지 노오란
앳된 눈웃음

사월 어느 날 입 벙그러져 소풍 떠났던 아이들
죄다 여기 노란 송이송이인데

어쩌자고 이름은
도무지 어울리지 않는 피나물인가
저—

소리 없이
떠들썩한

바다로 가는 철로

조성래

철로는 제7 부두 앞을 지나 바다로 뻗어 있다
노숙자의 자세로 길게 누운 철로는 남쪽 바다가 집이다
화물열차가 지나간 기억조차 아득한 철로는
부두 담벼락을 돌아 나간 세월 위에 녹슬어 있다
밤마다 낡은 꿈을 바다 밑으로 실어 나르지만
자고 나면 언제나 냉동 창고와 보세 창고 옆
미처 옮기지 못한 꿈의 박스들이 가득 쌓여 있다
그 앞을 지나치는 주민들은, 철로가 바다를 끌어당겨
풍경 사진의 배경이 되어준다는 착각에 빠진다
그러나 철로는 부두의 끝을 보여주지 못한다
크레인들의 껑충한 키가 시야를 가린 탓이다
가끔 바다를 벗어나 내륙으로 달리고 싶어도
어느덧 관절이 노쇠했다고 생각한다
하여 잡초 돋아난 저쪽으로 전쟁의 과거를 품고
의식이 쏠리는 각도만큼만 몸을 휘었다
주민등록지가 남쪽 항구인 철로는 오늘도
제7 부두 앞을 평행선 그으며 바다로 간다

오지奧地

조수옥

산 첩첩 눈 끝을 향해 달려오는 산맥 허리마다 누군가 휘갈긴 비백飛白 사이로 뾰쪽 내민 산의 이마에 적막이 깊다 내 등뼈를 타고 몰아치던 그해 겨울 눈보라 비칠거리는 능선 한가운데서 적설은 내 허벅지까지 친친 붕대를 감아댔다 흔적은 흔적을 지우고 그 아스라한 경계에서 나는 산이었다가 나무였다가 아무것도 아니었다가 사방은 온통 눈 첩첩 거대한 북극곰들이 으르렁거리며 진을 치고 가쁜 숨을 내쉬었다 더는 갈 수 없는 내 몸의 오지 등뼈 그 골짜기 거제수나무 껍질에서 저문 바람 소리가 들렸다 웅성거리는 곳에 귀 기울이면 사무치는 것은 그대를 향해 뛰어가는 발자국만은 아니었다 다만 그곳에 짐승처럼 웅크리고 있을 그대의 거처가 궁금했으므로 아직 봉인되지 않은 그리움이 겨울을 나고 있으리 외진 바람으로

여행자 숙소

조숙

레인보우 다리로 국경을 건너는 방법은
자동차에 탄 채 여권을 건네며
몇 마디 질문에 답하는 것
여행이 목적이며, 뉴욕을 떠나왔으며
나이아가라 폴과 퀘백에 일주일간 머물 거라 말하면
국경을 넘을 수 있다

미국에서 캐나다로 넘어오는 나이아가라 강물은
질문도 안 받고 여권도 없다

도시를 뒤덮은 폭포 소리
패트릭이 운영하는 게스트하우스는
심야전기를 쓰고 있어서
4층까지 걸어 올라가야 한다
대신 아침마다 싱싱한 과일과 머핀을 주고
짐도 4층까지 운반해준다

두리번거리는 여행객들은
날마다 배낭을 메고 들뜬 얼굴로 찾아들었다가
다시 짐을 싸서 떠났다

침대와 베개, 시트와 수건,

505

샤워 시설과 화장실, 먹을 것과 물을 구하는 숙소들은
현지 사람들이 운영하는 곳이다
패트릭의
일상의 고단함이 이어지는 곳이다

나도 집에 그런 것들을 두고 떠나왔다

패트릭은 그곳에서 산다
나이아가라 폴도 거기서 흘러간다

바람만이 아는 대답
—Blown With The Wind

조영옥

서걱대고 먼지 날리는 돌자갈 초원길
어쩌다 만난 사각 진 깊은 우물
가던 길 멈추고 물을 길어
긴 홈통에 부으면
낙타, 말, 양 떼들이 몰려와 물을 마신다
낙타가 먼저 마시고
말은 저만치 밀려나 있고
양들은 말할 것도 없다
낙타는 큰 덩치만큼 마실 만큼 마신 뒤
천천히 뒤로 물러나 먼 하늘 보고
어슬렁거리던 말이 다가와 물을 마신다
먹을 만치만 먹으니 너도 나도 먹는구나
시커먼 뱃속 우리는
누군가 한없이 배를 채우려
비켜설 생각이 없으니
누군가는 배를 주려야 한다
발에 채여 들이댈 틈도 없이
먼발치서 기웃거려야 한다
어울려 함께 무리 진 낙타와 말과 양을 보면서
서로 밀치며 물을 마시다
물끄러미 하늘을 보거나
먼 곳을 향하는 낙타의 눈과

긴 목을 보면서
나의 뱃고래는 얼마나 큰지
흠칫 정신 차리고 비켜서기나 하는지
문득문득 하늘을 바라보기나 하는지
산다는 것이 물음으로 가득해지고
바람은 쉴 새 없이 불어 간다
바람만이 아는 대답인가.

모악산에서는

조영욱

신들이 어우러진 모악산에서는
감히 신을 입에 담지
않기로 했다.
묵언하기로 했다.
저절로 옷깃 여며
고개 수그러지는 산.
먹먹한 마음속으로
어머니만 부르다가
돌아서고 말았다.
다시 가도 모악산에서는
입 열지 않기로 했다.

테이블

조용미

이른 저녁을 먹는다 묵묵
어쩌다 여기 들어와 밥을 먹게 되었나

비술나무 세 그루
물끄러미 오래 밥 먹는 나를 바라본다

이곳은 넓고 환하고
테이블이 많다

비술나무가 나란히 서서 내려다보는 식사는
약간 목이 멘다

나는 밥을 먹고 비술나무는 가까이
옆에 있다

창은 나를 오래 상영한다

창밖의 나무는 세 그루
나는 한 사람

식당은 아주 밝고 지나치게 넓고 깨끗하다
이 식사는 영영 끝날 것 같지 않다

옥상 위의 누드들

조유리

턱을 괴기엔 올라가야 할 계단이 너무 많고
눈을 맞추려니 난간이 가파른데

모자를 벗고 구두를 벗고
살을 다 벗어버리고
팔 다리를 활짝 벌려 선 자세로
허리를 접어 내려다보는 자세로

내가 들이킨 치맛속 바람
바짓단에 물든 얼룩
겉과 속을 까뒤집은 채 벗어놓은 알몸에
꼭 맞는 고독

색상별로 성분별로 분류해도 새살이 되지 않는
찌든 색 너머 모든 색깔로
다르게 말하고 싶은데 상상은 왜 진부해질까
벌거벗은 시간들이 달아오른 집게에 물려

축축하게 젖어 한나절 해를 마주 보는 자세로
해의 붉은 혀에 온몸이 휘감기는 자세로

인간이라는 슬픔이 바짝 말라가는 동안

세상의 모든 바퀴

조재도

세상의 모든 바퀴는 무겁다. 시스템의 무게를 온전히 떠받치고 있는 바퀴는 무거워, 구르고 싶은 거다. 중앙시장 여인숙 창녀는 아줌마다, 색기色氣가 빠져나가는 사십 대, 이렇게라도 구르지 않으면 생업의 시스템을 견딜 수 없어요 가방을 뒤져 콘돔을 꺼낸다. 집을 나온 L과 P가 불륜의 방에 든다. 과육果肉의 즙을 빠는 벌레들처럼 서로를 빨아댄다. 사랑으로 제 몸을 맹렬히 굴리지 않고서는 그나마 견딜 수 없는 거다. 두 번이나 옥상에 올라갔다 내려온 두식이는 지금도 허공에서 구르고 싶다. 두식이는 우등생이다. 그는 날마다 피뢰침에 떨어지는 날벼락을 받아내야 하는 시스템에 질식할 것 같다. 어느 날 철규 씨는 죽은 아버지에게 간청했다. 아부지 이제 그만 진짜 죽으세유, 그동안 지들이 35년 동안 지사 지냈잖유, 인저 엄니두 늙어 요양원에 가시구 지사 지낼 사람두 읎슈, 이번이 마지막 지사유 알았지유, 개미들이 지은 개미집, 벌들이 지어놓은 육각형의 벌집, 시스템은 도깨비 빤쓰보다 찔기고도 튼튼하다, 끄덕없다, 무겁다, 세상의 모든 바퀴는 구르고 싶은 거다

침묵을 엿듣다

조재형

나는 고장 난 신호등
당신의 하루를 지켜줄 수 없다
더 이상 나를 준수하지 말기를
빨간불에서 천편일률로 멈추는, 상투적인 당신에게
필요한 무기는 일탈이라는 이탈
눈감아 주고 있는 지금이야말로
계급으로 쌓아 올린 바벨탑을 허물 기회
무너짐 너머에 개척할 새 바닥이 기다린다

나는 유쾌한 제한구역
네모난 정직이라면 불허한다
고함으로 두드려도 열리지 않겠다
어디서나 우대받는 정품은 그만
낙과처럼 버려진 당신을 우대한다
바닥을 전전해본 반품이야말로 삶이 배어 있는 것
부러진 희망은 당신의 몫
잘 손질하면 양지원에 배송되는 감사로 거듭날 것

나는 촉촉한 비데다
천기누설을 주름잡는 통치자
마를 날 없는 하루를 지퍼처럼 열어놓는다
오늘의 속내를 관장하는 유일한 총구로

착륙하는 비밀을 향해 정조준 한다
당신의 위치를 점검하기를

나는 빈 주전자
쓸쓸한 오늘을 담아 목마른 허식을 적셔줄까
벌컥 들이마실 작정이면 나를 유의하기를
때로 나는 당신에게
함부로 취하면 안 되는 독배다

나는 오래된 바퀴
어디라도 굴러 찾아간다
탄탄대로보다는 전투적인 비포장을 선호한다
호의호식하는 측근으로 정체되느니
유리걸식하며 길을 닦는 중고 타이어로 버려졌으면
패가망神이 구원할 것인즉
당신의 경사대로 추락하게 나를 방치해두기를

나는 눈물이 출렁이는 만년필
애용하려거든 슬퍼할 각오를 다져야
나를 집어 드는 당신은 비극의 저자
발굴되지 않았으면 우리는 한낱 교정되어야 할 비문非文,
오기誤記에 지나지 않을 사족,

폐기처분되었을 시대의 과오다

나는 숫자 0
나를 영득하는 순간
추수한 과실보다 몇 배가 부풀려지겠다
하지만 당신이 응대하는 방향에 따라
성취한 모든 것을 잃을 수도 있다
당신의 경향을 택하고 나를 포용하기를

눈물

조정

단풍은 남쪽이 붉지

터널 하나가 한 계절
산 빛깔이 공수병처럼 빠른 속도로 가라앉았다
머지않은 미래가
보풀이 나도록 읽는 반성문 쪽으로
활엽수들의 가사袈裟가 흘러내리는 수타사 방면으로
홍천읍 꽃뫼공원 목요일 오후 3시 기도회 쪽으로
귀신이 밴 새끼들이
이미 장성하여 어미 배를 찢던 소리 쪽으로
네 집을 주어 스포츠 업자의 근육을 완성하라 : 법이다
천하의 골프장은 공익시설이니라

잘 닳은 집과 더덕 캐러 가는 산길과 가을 물소리를
강제수용당하고 나온
소금 기둥들이 고개 숙여 발굽을 깎는 그림자는
완연
북쪽이 붉다

516

Angel in us

조정인

> 이것은 우리들이 맞이하는 겟세마네의 밤들이다.
> —알베르 카뮈 『시지프 신화』

그들 중 하나가 침상을 나간 후 돌아오지 않았다. 그들 중 누구도 사디스트의 막사에서 일어난 일에 대해 입을 열지 않았다.

병영을 떠났으나, 세상은 여전히 거대한 병영이거나 병동이었다. 펄럭이는 밤의 막사에 벌렁 누운 그가 예기치 않게, 군화 밑창에 닿던 y의 복부를 또렷이 기억해냈다. 밟은 적 없이, 발바닥에 와 닿는, 반죽 덩이에 관한 이 질척한 이물감… 아니, 무기력에 관한 이 동질감은 뭘까. 복부를 움켜쥐고 그가 소스라쳐 일어났다. 지독한 편두통과 함께 불면이라는 불의 기운이 그의 황량한 들판을 헤집고 다녔다. 달궈진 눈알을 식히러 강안으로 내려간 그는 걸음을 멈추고 쭈그려 앉았다. 밤의 수면엔 또 하나의 그가 쭈그려 앉는다. 아니, 대면한 적 없는 y가 쭈그려 앉는다. 어이, 불렀으나 대답 없는 저편, 일렁이는 그 얼굴을 움켜쥐었으나 빈손을 보여주는 저편에 대해 그는 고요해졌다.

자락자락…

기슭에 물이랑이 부딪었다. 이편에 와 닿는 저편 사이, 호젓한 간격으로 적막이 차올랐다. 세계라는 수면이 번쩍였다. 거기 누구 없소? 그의 외침이 저편 강안으로 사무치게 메아리쳐 갔다. 그는 두 손바닥을 내려

517

다보았다. 물가에서, 상대의 멱을 관통한 피 묻은 창을 씻던 것과 같은 이 지독한 기시감은 뭘까. 엉덩이를 털고 막사로 돌아가던 그는 물이라는 말의 상념만으로 목이 축여지고 눈앞에 물이 밀려오던 시절에 관한, 터무니없는 그리움에 덜미를 잡혔다.

그에게는 부르면 늑골 아래로 기어드는 물기슭이 생겼다. 그 기슭을 따라 천천히 걷는 버릇이 생겼다. 자락자락… 어둠 속에 세 걸음 간격으로 물의 숨이 짚인다. 통째로, 구석구석, 남김없이 살아 있는 별, 이 별의 맥박은 너무도 생생하다. 거기 누구 없소? 얼굴 없는 타인을 향해 외치는 메아리에서 셀 수 없이 많은 y가 흩어진다. 피 묻은 초상으로 상한 날개를 끌며 물 위를 걷는다, 좌향좌… 우향우… 조용히 엇갈리는 걸음걸이로.

마음의 우방友邦이여. 이것은 누구의 요청인가, 누구의 돌연한 개입인가. 나는 오늘 네가 몹시 아프다. 그는 y의 눈꺼풀을 느리게 쓸어내렸다. 손바닥 가득 타인의 눈꺼풀이 들어온다, 눈꺼풀 속 겹겹 감지 못한 눈꺼풀이.

풍경

조혜영

배달된 빈 도시락 수북이 쌓인
농성장 한편에서
늙은 노숙자가 고양이처럼
남은 음식을 골라낸다
노숙 농성으로 하루에도 수차례씩
눈빛이 흔들리는 노동자들에게
남은 반찬 없냐며 선한 눈빛을 건넨다

뒤적거리던 나무젓가락 사이로
잘 구워진 동그랑땡
콘크리트 바닥에 동전처럼 굴러간다

아쉬워하는 눈빛들이 한데 모이다
다시 흔들리고
여기저기 매달린 현수막도 바람에 흔들리고
빌딩숲 사이로 썰물처럼 빠져나가는
수많은 사람들
그들의 마음도 흔들릴까?

흔들리며 비틀대며 겨우 유지되는 세상
소소한 바람에 흔들리는 것들
낙엽처럼 사라지고

납작 엎드린 비닐 천막 속에서
고단한 사내들 코골이 소리 처연하다

유월의 잠

주영국

유월의 강에 물수제비 날리자
젖은 발을 말리던 새 떼들, 흐린 하늘에
발도장을 찍으며 우—하니 어디로 날아간다
날 때부터 영혼을 받지 못한 사람들이
뜻도 모르고 깔깔거리는 오후
강가의 꽃들만 이름이 무성하다

지리산에는 더 좋은 꽃이 피었다는데,
올라갈 차편을 아직 구하지 못했다
납작한 잔돌은 날리기에 더 좋지만
깎이고 닳은 들어주지 못할 사연이 많다

몇 번 강물을 튕기며 물수제비로 날아간 잔돌이
죽은 물고기처럼 바닥으로 가라앉는 동안
날아간 새들의 발자국이 지워지고
강을 건너지 못한 사람들의 말이 많아진다

지상에서 저들과 함께 닳은 발가락을 만지며
더 먼 강으로 흘러가고 싶어지는
지리산에서 온 편지를 오후의 잠으로 읽는다.

특수상대성이론

주영헌

저 나무,
죽었는지 알았더니 새순이 돋고 잎사귀가 핀다.
반은 죽었지만, 반은 살았다.
삶과 죽음의 그늘이 함께 자란다.

노인,
낡은 보행기를 끌고 간다.
육십갑자 하고도 한참을 더 감아야 되돌아갈 수 있는 어린 날
보행의 초심을 기억하려는 듯
조심조심 발을 떼고 있다.
굳어버린 왼쪽 발은
함께 보행하던 오른발의 진심을 되짚으며
뒤처지지 않으려 애를 쓴다.

공존이란
삶과 죽음이 서로의 등이 되어주는 일
생이 또 다른 생의 배후로
후後생의 무게를 고스란히 지지해주는 일

잘려 나간 밑동에서 새 줄기 돋아난다.
노인이 아이의 손을 잡고 아장아장 걷는다.
생의
특수상대성이론.

그리운 악마*, 이후의 자백

진란

이렇게 그를 냉정하게 바라본 일이 있었나 뜨거운 가슴으로 바라볼 때에는 활활 타오르는, 꺼도 꺼도 꺼지지 않는 불잉걸, 남몰래 숨겨둔 애인처럼 홀로 뜨겁고 홀로 데어서 홀로 상처가 농익어 터지도록 끝없는 지옥이 이러하리라 싶었지 저만치에서 눈빛 손짓 애절한 그를 보면 있을 때 잘하지 싶기도 했고, 문득 무딘 걸음으로 돌아가 들여다보면 잡초 우묵한 골목이거나 잊혀져 바닥이 보이던 옛집의 우물처럼 오래된 화상의 상처마냥 눈이 먼저 시려왔어 그를 충전시켜주던 낭만이 소진되었다는 것 폐기된 문서가 파쇄되어 재조차도 남지 않았다는 것 이런 날이 있으리라 생각하지도 못했지 아픔조차도 잊혀진다는 일, 그게 서러워 그리운 애인처럼 들여다보던 손금… 잊지 않으려 꿈꾸기를 바라고, 잊어버리려 잠에서 깨기를 바라던 날도 이젠 괜찮아, 다 괜찮아 지우개로 지워버린 밑그림처럼 희미하기만 해, 다시 수렁에 빠질 수 있다면 온몸이 다 빠져들기를 세상이 들여다보아도 보이지 않게 완벽하게, 안전하게

나를 숨겨요 악마를 감춰버려요

* 이수익 시인의 「그리운 악마」에서 빌려 옴.

삶의 길목에서

진준섭

잠깐 피어오르다
사라지는 연기처럼
돌아보면 한순간이었지

무형의 틀에 얽매어
돌아가야만 하는 운명에
홀로 잠 못 이루며
불 밝혔던 날이
그래서 많았던 것일까

그러했지만
하나둘 성장의 허물 벗으며
각질 속 응축된 체액으로
따뜻한 둥지를 만들어가고

삶이란,
그렇게 메아리 없는 되물음 속
시간의 화살 따라 흐르는
어쩌면 짧고도 멀기만 한
우리의 고단한 여정이 아닐까

수평선 모텔

차영호

바로 코앞에서 바다가 남실거리는 방에
흰긴수염고래랑 함께 든 적 있지

둘이 팔베개하고 초근초근
겹주름 위에 쟁여두었던 말씀들을 되새김질할 때
나이롱 화투장 팔 껍데기 같은 바다 위를 낮게
숨죽여 나는 낯선 건반

검은 해령海嶺을 가로질러
바다 몰래 바다 깊이 가라앉는 그 음계音階의 죽지를 겨냥하여
낚시채비는 내가 날리고
너는 손톱을 또각또각

젖몸살하는 동공瞳孔 속 파도 어느 이랑에선가
솟구쳐 오를
악상樂想

니 눈썹처럼 휜 수평선 저 너머
그랜드피아노 한 대
둥둥 화물선처럼 떠 있겠지

라이프치히에서 한반도 통일을 그리다

차옥혜

독일 라이프치히에서
옛 동독 시절
인권과 민주주의를 갈망하는 목사님과 교인들이
월요일마다 촛불 예배를 보았다는
니콜라이 교회와 토마스 교회 광장을 서성인다

이 평화 비폭력 촛불 집회는
마침내 1989년 10월 9일 월요일
독재에 맞서 죽음을 무릅쓰고 시내로 행진하고
시민들과 경찰들마저 합류하여 이룬
칠만여 명의 촛불 홍수는 동독 전역으로 넘쳐
독일 최초 혁명 동독 혁명 개신교 혁명을 일으켜
한 달 만에 베를린 동서독 장벽을 무너뜨리고
그 이듬해 서독의 동방정책과 함께
통일 독일을 앞당겨 이루었다

그날 뜨거웠던 촛불 집회 발자국을 따라
라이프치히 시내를 헤매며
내 조국 통일을 그리다

시의 부활

차정미

1

시가 죽었다

사랑이 식은 사회

정의가 시든 시대엔

시는 혼자 살 수 없다

시의 모태인 사랑과 정의

자궁의 태아가 탯줄로 영양분을 공급받듯

시는 사랑과 정의라는 양분을 먹어야만 살 수 있기 때문이다.

시가 살아 있던 때엔

포로로롱 새도

둥지와 창공에서 노래했고

까르르 종소리처럼 울리는

아기들의 웃음,

그 웃음이

초록빛 날개를 달고 날아오르지 않았던가?

시가 죽은 사회에선

웃음과 햇살이 날개를 잃고

바람은 가던 길을 멈추었다

길의 끝에서

가을비는

치적치적 사선으로 가슴에만 꽂힐 뿐
대지에 내려앉지 못한다

2
세월이 흘러 세월호가 잊혀지면 어쩌나?
망각은 또 하나의 부패
부패는 또 다른 세월호를 삼키고
그때도 노란 리본 물결이
도심과 항구에서 춤출 것이다

시여 부활하라!
마구간에 아기로 오신 예수그리스도가
인류의 죄악으로 죽고
부활했듯
시여 부활하라
시가 부활하는 날
이 땅의 사랑과 정의와 함께
어린 학생들도 부활하리라

자식과 시

채상근

머리 커가는 자식을 키우는 것이
살면서 점점 어렵고 갈팡질팡이다
시 쓴다고 이리저리 부닥치며 살아온 지
삼십 년 세월이 넘어가는데
이처럼 힘들고 아프지는 않았다
자식 키우는 게
시 쓰기에 비할 바는 아니겠지

생각대로 잘 써지는 시가 있었는가
시를 자식처럼 생각하지 않은 적이 있었는가
자식 같은 시를 쓰고 싶지 않은 시인이 있겠는가

시가 뭔지 자식이 뭔지
시는 점점 더 말 안 듣는 자식들을 닮아가고
자식들은 커갈수록 나를 닮아간다
시 잘 쓰겠다고 욕심부리지 말자
자식들에게 욕심을 보이지 말자
내놓고 자랑할 만하지는 않아도
내 자식 같은 시를 쓰는 것이 좋다

악마를 보았다

채상우

얼굴에서 얼굴이 자라난다 월요일이 지나고 화요일이 오듯 난 의심이 많은 편이지만 얼굴에서 자라난 얼굴은 금세 얼굴이 된다 가끔은 두 시에서 네 시로 훌쩍 건너뛰듯 얼굴에서 자라난 얼굴에서 자라나는 얼굴 낙심한 얼굴은 낙심한 얼굴로 변심한 얼굴은 그러나 아무렇지도 않은 얼굴로 내가 나를 이해할 수 없듯 무럭무럭 자라나는 얼굴 지금은 조금 샐쭉한 얼굴 왜 그러니 우유를 줄까 과일을 줄까 내 얼굴은 소중하니까 오늘은 효모 추출물이 들어 있는 마스크팩을 하자 주름 하나 없이 팽팽하게 자라나는 얼굴 빵빵하게 부풀어 오르는 얼굴 부글부글 끓어오르는 얼굴 그래도 얼굴은 얼굴이니까 사랑해야지 이뻐해야지 씹고 뜯고 맛보고 핥고 즐기고 얼굴에서 자라나는 얼굴 그 얼굴에서 다시 자라나는 얼굴 또 자라나고자 하는 얼굴 얼굴에서 자라난 얼굴은 내 얼굴이 되려 하고 내 얼굴은 얼굴을 잊으려 하고 기생자가 기주를 죽이고야 우화하듯 자라나는 얼굴은 얼굴을 닮아간다 나는 지금 착한 얼굴 자꾸자꾸 착해지려는 얼굴 아무런 사심 없이 얼굴에서 얼굴이 자라난다 무한 갱신하는 얼굴 자력갱생하는 얼굴 신이 되어가려는 얼굴 얼굴에는 기원이 없고 뜻이 없다 이유가 생길 때까지 얼굴에서 얼굴이 자라난다 바쁘구나 얼굴은 전력투구한다 얼굴은 얼굴이 되고자 할 뿐 하염없이 얼굴에서 얼굴이 벗겨지고 있다

평양의 봄

채지원

스포츠는 나의 마력 헬스를 끝내고 돌아오는 봄밤 이제껏 잠자던 세
포들은 와짝 지천으로 피어나 몸속에 새로운 세상을 피워내 어쩌다 돌
아보는 길목, 사람들은 여전히 운동 얘기에 살 얘기에 대한민국은 바야
흐로 다이어트의 천국, 강아지들은 컹컹컹, 주리진 않아 북녘의 동포들
은 주리어 이방인에 꽃 파는 여인들, 국경을 헤매는 짐승들 앙상한 가지
에 희부연한 눈빛들

나는 우유 한 잔을 마시고 런닝머신에 오르네 탈탈대는 기계, 음악은
때 묻은 육체를 씻고, 꽃 파는 북녘 여인의 손끝엔 유자 향만 치적이는,
아 한반도의 봄은 눈물겨워 운동은 힘겹고 그러나 목숨 같은 다이어트,
사람들은 부지런히 보도를 걷고 자전거를 타고 북녘은 여전한 시베리
아, 얼음은 꽝꽝 세상을 움키고

감자를 캐던 복녀의 꿈, 북녘의 여인들은 주리어 서성이고, 꽃을 팔고
나는 평생토록 다이어트를 하고 지즐대는 평양의 아나운서는 살이 올라
부풀은 가슴이 안섶 밑으로 비져 나오는데

탈레스, 물 혹은 4계

최동문

#2
비 내리는 옹기 뚜껑에 먹구름 내려왔다.
붉은 잉크 가득 찬 만년필로
항아리 배를 두드린다.
나는 물을 어깨에 메고 땅에게 엎드렸다.
어깨에서 강줄기 하나가 내려와
지금 낮은 바다로 장마와 함께 놀며 가고 있다.

#4
겨울잠으로 위장이 텅 비었다.
밖에는 척척 눈 오는 소리.
뱃속에 눈이 녹아내린다.
깨어 눈 깨어 보니,
그 사이 뽑힌 머리카락들
방바닥에서 웃자라고 있다.

#1
어제는 봄, 눈 녹아 홈통으로
찰박찰박 흘렀는데
오늘은 비 긋자, 낙숫물 소리.
목련나무 뿌리 아래
물길이 꿈틀거리고 있다.

젖은 흙길이 좌우로 봄꽃을 거느리고
꽃밭의 경계를 허물고 있다.

#3
비는 온몸이 혀다.
단풍잎 잎마다 혀가 붉다.
단풍의 혀가 비의 혀를 받아
두 혀가 한 몸으로 가을바람에 떨린다.
그 혀에 앉은 노을도 혀다.

비의 가을은 흙을 맛보고
온몸을 부수며 죽었다, 부활한다.

다시 난 비의 마음은 맑고 둥글고
그 성질은 차고 곧아서
들고 나는 호흡에 숨겨두어도
스승의 자리에서 도망가지 않는다.

지는 노을 속에서도 아이들은 한 뼘씩 키가 자라지

최미정

천막에서 사람들을 기다리고 있었다
사람들은 시신이 떠오르기를 기다리고 있었다
유리창에 붙은 안경은 푸른 바다거북을 기다리고 있었다
장갑은 손도끼를 들고 물살이 잠잠해지기를 기다리고 있었다
물살은 死者들의 손짓 너머 소란스런 침묵을 지켜보고 있었다

목탁 소리가 울리고 있었다

시간이 무겁게 가라앉고 있었다
공기 부양 주머니가 부표가 되어 흔들리고 있었다
물속의 배가 가라앉고 가라앉고 있었다
아이들의 뼈가 조금씩 물러지고 있었다
아이들의 살이 조금씩 흩어지고 있었다
아이들의 머리카락이 조금씩 자라고 있었다

선풍기

최선

넓은 밭 고추 따는 아버지
빨갛게 익은 얼굴에
흐르는 땀방울
겉옷이 흥건히 젖어
몸에서 배어 나오는 땀 냄새
강산이 네 번 변하는 세월 동안
두레박 속 우물처럼 시원한 바람을 선물한
둥근 그물 안 세 바퀴 날개

홍수, 서울, 자동판매기

최세라

씨를 털어낸 토마토같이 벙한 콧구멍을 수면 밖으로 내민다 고래처럼 물을 뿜어낸다 마테는 지금 시스템의 구멍 위에 떠 있다

자동판매기에서 여자를 산다 유방은 작아도 좋지만 유두는 꼭 핑크빛으로. 여자의 얼굴을 선택한다 머리카락은 다갈색, 밝은 다갈색의 피부, 눈은 어차피 감을 것이므로 상관없다, 스킵, 실 같은 윗입술과 두툼한 아랫입술, 클릭, 쇄골이 중요하다 거기가 움푹 파일수록 좋다, 엔터

미안, 여자에게 말을 건넨다 여자는 쐬한 눈빛으로 가터벨트에서 탐폰을 꺼내 문다 미안하다니? 끝이 바싹 올라간 새된 목소리가 귀를 건조하게 때린다 당신은 잠깐 나를 샀을 뿐이고 그 이상 아무 의미도 없어 서울엔 나 같은 러브돌이 수없이 많고 우린 재수 없이 만났을 뿐이야. 난 구별할 수 없어, 마테가 말했다. 진짜 여자들과 다르지 않은걸. 그런데 오늘 그날이야?

당신은… 아니야, 됐어. 아니 말해봐. 됐어. 마테는 눈을 감고 누워있는 여자를 바라보았다. 벤딩머신이 고장 났나 봐 그날인 여자와는 할 수 없어

십 분 남았습니다, 자동판매기에서 안내 음성이 나온다 마테는 여자의 이마에 벤딩 머니를 충전시킨다 여자가 처음으로 마테를 바라본다. 가보고 싶어, 서울 거리로, 나 같은 러브돌도 간혹 결혼에 골인한다는.

루머일 뿐야, 마테는 말했다. 냉정하게 들리겠지만

　여자는 귀를 찢으며 창문 밖으로 뛰어내렸다. 유두와 둔부와 눈동자로, 귀와 혀와 성기로 갈라져 사라졌다. 귀가 마지막으로 사라졌다

요일은 노란

최세운

　노란은 신을 벗고 심심한 노래를 이제부터 하얗고 긴 손가락이 되는 기분 사각형의 노란에게서 간결한 바람이 분다 창문을 닫지 않았다 액자와 수건이 마르지 않았고 노란이 닿는 곳에서 네가 지나치기 쉬운 부분에서 뾰족한 귀들이 태어난다 벽에 매달린, 작고 보드라운 도마뱀 같고 어깨가 부푼, 개구리밥 같고 세 개쯤의 축축한 귀가 극적인 소리를 가져온다 젊은 여자는 사랑해서 그랬다고 가스 불을 켜고 울면서 거짓말을 생각하는 오후 노란은 끝없이 뭔가를 두드린다 바늘같이 앞니같이 노란은 눈을 감고 네 등을 보이며 노란, 춤추는 법을 아니? 노란이 옅어지는 두 다리를 모을 때 한 명의 귀가 더 태어난다 빗방울들은 공중에서 손을 녹이고 거울에 비친 내 입김을 조금씩 떼어 가는 노란, 노란들 창백함이 되려고 유실물이 되려고 너의 발꿈치는 더 동그래지고 사람들의 머리 위에서, 손가락들이 바람에 흔들린다 노란은 웃고 소란한 새 친구들이 태어나고 노란이 방 안에 넘친다 네 그림자를 만들기 위해 담장에 유리 조각을 꽂아두었어 노란은 비어 있다 노란이 흐르기를 시작하고 어딘가에 터진 곳이 있을 거라고 베개 속에 무표정이 있을 거라고 내 옆에서 누운 노란은 노래를 그친 노란은 고개를 돌려 내 눈을 깊이, 쳐다본다

낙타의 눈물

최연식

어미 잃은 새끼 낙타가 젖 많은 이웃 어미를 따라 기웃거린다
매정한 어미 낙타의 거부로 고비사막의 고아가 위태롭다
모래바람 속에서도 별이 쏟아지는 밤에도
고아 낙타는 무리로부터 떨어져 굶주림과 추위에 떨고 있다
몽골 유목민이 새끼 낙타를 구하고자 악사를 부른다
어미 낙타와 새끼 낙타를 가까이에 두고
악사가 마두금馬頭琴*을 켠다
광활한 사막으로 심장을 파고드는 현악기의 선율이 퍼지고
어미 낙타의 옆에서 고삐를 잡은 유목민이 슬픈 곡조로 노래하면
부르르 부르르 몸을 떨던 낙타는 크고 맑은 눈에서 눈물을 뚝뚝 떨구
기 시작한다
고아 낙타가 다가서면 다리를 벌려 젖을 내주고 자기 새끼로 받아준다
마두금이 사막의 바람을 가르고 사막의 영혼들을 깨워 간절한 기도로
낙타의 마음을 열어 한 생명을 살려낸다

사람만이 감정의 동물이 아니다

* 몽골의 전통적인 현악기.

시간의 빛깔

최일화

나무마다 제 빛깔로 물들고 있다
밤나무는 밤나무의 빛깔로
떡갈나무는 떡갈나무의 빛깔로

젊어선 나의 빛깔도 온통 푸른빛이었을까

목련꽃 같던 첫사랑도
삼십여 년 몸담아 온 일터도
온통 꽃과 매미와 누룽지만 같던 고향 마을도
모두 제 빛깔로 물들고 있다

늙는다는 건 제 빛깔로 익어가는 것
장미꽃 같던 정열도 갈빛으로 물들고
농부는 흙의 빛깔로
시인은 시인의 빛깔로 익어가는 아침

사랑과 미움, 만남과 헤어짐
달콤한 유혹과 쓰디쓴 배반까지도
초등학교 친구들의 보리 싹 같던 사투리도
입동 무렵의 빛깔로 물들어 가고 있다

끝나지 않는 파티

최정란

오리들이 불빛을 향해 모여들었다
초대장을 받고 미리 도착한 나는
한 여름날의 두꺼운 거위털 패딩코트처럼 앉아 있다
어쩐지 그래야 할 것 같았다

샴페인이 터지고 건배사가 울려 퍼진다
긴 목을 잡고 부딪친 와인글래스에서
크리스탈 웃음소리가 흘러나온다
나도 따라 소리 내어 웃는 척하며 흘러나온다
어쩐지 그래야 할 것 같았다
예의 바르게 목에서 꽥꽥, 꽥꽥 흘러나온다
아무도 갈 데까지 가지 않는다

클래식 음악을 끼얹은 샐러드가 나오고
크림소스에 버무린 파스타가 차려진다
오른손에 쥔 포크로 파스타 한 줄 돌돌 감아
왼손에 숟가락을 받치고 입으로 가져간다
왼손에 포크를 쥐고 오른손에 나이프를 쥐고
큰 새우를 천천히 잘라 먹는다
시간이 나를 잘라 먹을 때
어쩐지 그래주었으면 좋을 것 같았다
누가 남은 소스에 빵 조각을 묻혀 내 머릿속을

하얗게 핥아 먹는 것일까

사진 찍히는 것 싫어, 중얼거리며
어린 오리가 자리를 옮겨 간다
차 안에서 조용필을 계속 들은 탓인가
이 시간을 조금은 남겨 가야 할 것 같다
단체사진 끝자리에 슬며시 끼어든다
부리가 벌어지고 목젖이 드러난다
조건반사를 하는 내가 싫어진다

오리들이 앞문으로 우루루 몰려 나간다
날개는 누구의 옆구리에서 자라고 있는 것일까
뒤뚱거리며 뒷문으로 혼자 계단을 내려온다

어쩐지 그래야 할 것 같았다
어쩐지 그래야 할 것 같았다

눈까풀이 턱밑까지 밀려 내려온다
지직거리는 라디오 볼륨을 최대한 올린다
살고 싶어서, 단지 살고 싶어서
내 손바닥으로 내 얼굴을 때린다
어두운 밤하늘을 향해 두 눈 부릅뜬다

누구에게라 할 것 없이
어쩐지 그래서는 안 되는 것이었을까

귀

최지인

꿈속
의꿈
속의
꿈속
의내
가말
한다

열차가 오고 있다
철로는 끝없이 뻗어 있고
나는 왜 옳은 선택을 해야 할까
구두장이와 나란히 앉아
바깥을 오래 바라보는 일
사람들의 높고 낮은 굽
구두를 다리 사이에 두고
닳아버린 밑창을 떼어내는 일
쏟아지는 어깨를 받아 적는 일
아무도 보지 못하는
형체 없이 사라지는
열차가 오고 있다

*

쌓여 있는 상자들

허벅지와
하얀 허벅지
어깨와
하얀 팔뚝
마주 본 시간들과
긴 머리카락

북쪽과
남쪽

눈이 내린다
눈이

수레를 끄는 짐승의 다리
독毒이 담긴 양동이

검은 고기와
얼어버린 시체 냄새
노랗게 곪은
미래의 모직코트

둥근 등을 둘러싸고

침엽수는 높이
더 높이

솟아오른다
*
매일 열차를 기다리는 것처럼
곤충들이 얼어 죽었다
*
창문을 열어두고 나는 시멘트벽에 기대어 있다 옥상에서 떨어져도 죽
지 않는 아이들 나의 아이들이 춤춘다 언제나 춤추며 퇴장한다 도시가
흙처럼 쌓여 있다 집을 짓는 아이들 흙과 까만 손톱들 유리 조각을 팔목
에 찔러 넣는다 하얀 꽃들 피어난다 얇고 긴 뿌리가 흐르고
*
나는 불타고 있다
신도들이 모여든다
무릎 꿇고 절한다
나는 자세가 흐트러지지 않도록
입 다물고 눈 감는다
귀가 된다

서쪽 시편

최창균

서쪽으로 가는 것은 깊게 기울어간다
아득함으로 넘어가는 생의 기울기
뜨거웠던 날들을 서늘하게 기울기
너에게서 나에게로 기울기
기우는 것들은 아무런 부축 없이 기운다
수수가 동쪽에서 피어 서쪽으로 기운다
동쪽에서 몰고 온 어둠이
부엉이 울음소리로 서쪽이 기운다
먼 길은 서쪽으로 나를 기울여 간다
서쪽으로 번지는 냄새 나는 저녁
아이들은 동쪽으로 가는 잠에 들었다
그렇게 아이들은 동쪽 공부하고 선생은 서쪽 가르친다
어두워지면서 기우는 서산
검은 소처럼 매어 있는 어둠이 밤별 불러내는 되새김질한다
어둠의 과녁이 기울어야 별이 명중된다
드디어는 서쪽이 서쪽으로 기운다

생일 편지

최춘희

폐쇄 병동에 갇혀
체리처럼 달콤한 유혹을 꿈꾸지

향유고래와 거미원숭이
캄보디아 맹그로브 숲에 사는
박쥐가 부러웠지

난시의 눈으로 본 세상은 온통 오독이야

신경증과 불면증에 시달리며
무엇에 쫓겨 살아온 걸까

귓속에서 귀뚜라미가 울어
죽은 고양이 울음소리도 들려
오늘도 나는 하루를 공쳤어

작두날 위에 올라선 무당의 맨발 본 적 있니

불빛에 허를 찔린 나방처럼
진실의 얼굴을 본다는 건 끔찍스럽지
잡을 수 없는 헛된 희망과 거짓 평가와 온갖 종류의 착각
몽땅 덜어내 앙상한 뼈만 남겨지니까

폐쇄 병동에 갇혀 가본 적 없는 유토피아를
너는 꿈꾸지

장밋빛 구름의 멜랑콜리와
꽃 피어본 적 없는 불임의 나무들 눈부신
개화를 날마다 기다리지

좋은 꿈을 모으면

최형심

좋은 꿈을 모으면 먼저 식은땀을 배려하겠습니다. 그러고도 남는다면 댓돌을 달래겠습니다. 앙숙인 디딤돌이지만 밖으로 내다 버릴 무게는 아닙니다.

좋은 꿈을 모으면 도라지꽃을 섬긴 보랏빛이 흙의 잠 속으로 걸어가게 두겠습니다. 모래밭의 후회는 맹렬하겠지만 솔 그늘 다녀간 디딤돌 위에서 잡설雜說 한 편이 분발하고 있을 것입니다.

좋은 꿈을 모으면 찡그린 눈썹 아래 동그란 현기증을 그려 넣고 길고양이의 신혼을 닮으라 하겠습니다. 누각으로 착지하던 낮달이 흘깃, 달맞이꽃의 늦잠을 물결 위에 눕혀주겠지요.

좋은 꿈을 모으면 홀레바람에 몸이 무거워진 수박에게 별들의 투명을 선물하겠습니다. 먼 산을 우려내던 연못이 잠시 햇살 살비듬을 털어내겠지만 거미줄에 걸린 침묵을 올려다보며 봉숭아 꽃잎이 원숭이 경첩을 흉내 내고 있을 것입니다.

좋은 꿈을 모으면 숫눈이 떼먹고 간 발자국 하나 하얀 고무신 밑에 괴어주겠습니다. 외꽃이 독신을 고집하겠지만 감나무 망루에 앉은 나비는 불란서 단어 하나쯤 잊듯 깜빡할 것입니다.

내 마음의 막사발

최형태

내 마음의 막사발에는 이맘때쯤
말갛게 아침나절의 고요가 고인다네

자주 자주 비가 오고
빗방울들이 음표처럼
지표면을 때리는
이맘때쯤

비 갠 산허리에 나직나직
조각구름들이 떠돌고
그 아래 계곡물들이 팔뚝에
울끈불끈 힘줄을 돋우는
이맘때쯤

풀섶에 앉았던 나비들
팔랑팔랑 한가로이
날아오르고
내가 기다리던 능소화가
마침내 피고
새로 태어난 물오리들
아장아장
물살을 헤집고 다니는

이맘때쯤

내 마음의 막사발에는
말갛게 아침나절의 고요가 고인다네
누군가의 손길이 따라주시는
찻물처럼

가난한 사람들

표성배

"비적은 주로 부자에게 빼앗지만
정부는 주로 가난한 자에게서 뺏는다"* 했다.

보상도 필요 없다는 사람들
조상 대대로 살아온 땅에서 평화롭게 살게만 해달라고
10여 년째 절규하는 착한 사람들
정치가 무엇인지 그저 땅만 파고 살아온
내 할머니 할아버지 같은 사람들
송전탑을 반대한다는 그 하나 이유만으로
하루아침에 국민이 아니라 적이 되어버린 사람들

이 순박한 사람들
마지막 숨통마저 끊어놓겠다
법의 절차라는 허울 좋은 미명美名하에
벌건 대낮에 시퍼런 칼날을 휘두른
정부의 행정대집행

2014년 6월 11일
밀양에는 화악산에는 장동마을에는 평밭마을에는
위양마을에는 고답마을에는 용회마을에는
대한민국 국민은 없고 적만 있었다
부자는 한 명도 없고 가난한 사람들만 있었다

비적은 없고 정부만 있었다

이제 밀양은
또 하나의 잔인한 역사를 남기게 되었다
2009년 1월 20일 용산이 그랬고
제주 강정이 그랬고
살인적인 정리해고가 자행된 쌍용이 그랬고
한진이 그랬듯이 언제나
그곳에는 부자는 한 명도 없고
가난한 사람들만 있었다

* 톨스토이는 저서 『국가는 폭력이다』─「우리 시대의 노예제」(조윤정 옮김, 달팽이 펴냄)
에서 "비적은 보통 부자들을 약탈한다. 정부는 보통 가난한 자들을 약탈하고 정부의
범죄 행위를 돕는 부자들을 보호한다. 비적은 목숨을 걸고 자신의 일을 하지만, 정부
는 아무런 위험 부담도 없이 모든 일을 거짓과 속임수를 통해 해치운다. 비적은 어느
누구에게도 자신의 수하가 되라고 강요하지 않는다. 반면 정부는 강제로 병사들을 징
집한다. 그 비적에게 세금을 낸 사람들은 누구나 동등하게 위험하면 보호를 받을 수
있다. 국가에서는 조직화된 기만에 더 깊이 관여할수록 보호 외에도 큰 보상을 받는
다" 했다.

수중전

피재현

종각역 3번 출구로 지상에 오르다. 물살을 거꾸로 거슬러 오르는 힘찬 연어처럼* 사람 속을 헤엄쳐 탑골공원 서편에 다다른 순간 빗방울이 듣기 시작했다. 종묘의 나무를 보러 가는 길이었다. 종묘사직은 걱정되지 않았으나 숲 속 빈 의자에 양반다리를 하고 앉아 나무의 벗은 몸을 보고 싶었던 12월의 오후였다. 때아닌 겨울비가 제법 진득하게 내리기 시작하자 소나기에 논둑 터지듯 공원 옆구리들이 터지고 하루 종일 고여 있던 노인들이 몰려나왔다. 나는 예의 연어처럼 터진 물꼬를 거슬러 공원으로 들어섰다. 고어텍스 아웃웨어에 붙어 있는 모자를 당겨 썼다. 고관절이 부실한 노인들까지 얼추 빠져나간 시간, 돌바닥에 마주 쪼그려 앉은 두 어른이 비 따위 아랑곳 않는 청춘인 양 흐트러짐 없다. 가까이 가서 보니 대국 중. 접이식 장기판 하나 사이에 두고 요지부동 장군이다. 병졸과 장군이 평등하게 비를 맞고 있는 전장, 차포가 쳐놓은 팽팽한 긴장, 둘러섰던 구경꾼들 다 빠져나가고 빗줄기도 점점 굵어지는데 꿋꿋하게 명군이다. 이제 패 따위 상관없다. 수 따위 쓸데없다. 먼저 일어나는 놈이 지는 거다! 항우項羽와 유방劉邦의 때아닌 수중전에 끼어 진퇴양난 비를 맞는다.

* 강산에 노래에서.

세월歲月을 호呼하는 타령꾼들 좀 보소

하승무

보소, 보소 세상 사람들아!
세월歲月 타령打令, 책상 타령하는 놈님들 좀 보소

홍어虹虫魚 먹고 정신 나간 홍년缸涊이도 모자라
생살 베인 상처에 소금 뿌리는 놈님들 좀 보소
물에 빠져 허우적거리는 갓난아기에게 지푸라기 던지는 놈님들 좀 보소

허우대는 멀쩡하여 하는 짓거리 좀 보소
책상머리 걸터앉아 구역질 나는 잡담시煠談宋 던지는 놈님이 없나

게다가 한술 더 떠는 놈님 좀 보소
고급공무원蛄磧功無猿* 명패 달고 기념 촬영하는 놈님이 없나

애간장 타는 실종 가족 앞에 장관粧弗 의자 걸터앉고
라면발도 잘도 넘어가는 목구멍 좀 보소

완장 차고 나타난 저 총리悤吏 좀 보소
하는 짓거리마다 요령 소리만 딸랑딸랑,
일각이 여삼추如三秋인데
하何 세월歲月만 노래하는 저 꼴 좀 보소

내 딸들아! 내 아들들아!

미안하다 정말 미안하구나!

* 김지하의 시「오적」에서 인용.

새조개의 나라

하재일

어머! 꽃밭인 줄 알았어요, 그래 온통 꽃이다
친구 하나가 다시, 조개껍데기가 꽃인 줄 알았다
그래 정말 무릇과 대숙이 진화한 꽃밭이다

남당항에 가면 조개껍데기가 꽃이고 구름이다
천수만은 갈릴리 호수고 조개 긁는 어부들은 모두
노을을 따르고 본받으려는 저녁의 후예들이다
어부의 반지 대신 조새나 낙지 가래를 들었다
너희들은 화단에 핀 꽃들만 꽃이냐
주인 떠나고 폐가에 모여 있는 호미, 낫, 곡괭이도 녹슬면 꽃이고
빗물 고인 개밥그릇도 칠만 벗겨지면 연꽃이다

저녁 어스름 녘에도 동트기 전 새벽녘에도
껍데기는 신비로운 빛을 내는 바닷가의 둥근 무덤이다
흐린 날 바닷가에서 발광하는 새털이 가지와 이파리다
빛은 수면 위로 반사돼 흐르거나 흩어지기도 하지만
별빛과 전구의 도움 없이 스스로 기억을 매만지고 있다
모든 껍질은 오래 남아 추운 날만을 사랑하리라

새들은 이미 본래의 구름 속으로 돌아갔다
섬만 남기고 무덤만 남기고 껍데기만 남기고 훌훌 떠났다
천수만은 거대한 새가 찍은 발톱의 문양을 갖고 있다

깊게 패인 갈라진 틈 사이로 밀물이 흐르고
천북을 발톱으로 찍고 남당항을 새가 발톱으로 찍고
백사장도 영목항도 딱딱한 발톱으로 할퀸 상처다, 마그마다
새 발자국에 세상의 빗물이 고였고 궁륭 천장을 이루었다

사람이 죽으면 넋은 영혼의 바다로 흘러간다고 하니
바다에서 물 한 국자씩 퍼서 껍데기에 붓고 또 부어라
밤늦게까지 퍼마시지만 말고 제발 영혼을 생각하란 말이다
죽은 아비가 하늘을 떠돌다 다시 환생할 수 있을 것이다
새조개 살을 맛본 당신 입안에서 아비의 이빨이 돋아나리라
어찌하여 새의 영혼들은 이곳 천수만에 둥지를 틀고
멀리 날아온 철새와 철새 같은 구름들까지 불러 모았을까
이윽고 새들은 작은 목소리로 소리를 내며 대오를 정렬한다

새의 부리가 물 빠진 갯벌에서 뾰족뾰족 싹이 나고 있다
어머, 살아 있는 꽃밭인 줄 알았어요! (그래 바다의 새싹이다)

팽이를 돌리며

하재청

팽이를 돌린다
맞을수록 신 나게 돌아가는 팽이
채찍질 잠깐 멈춘 사이
놓치지 않고 팽이가 기우뚱거린다
뒤뚱거리며 돌다
아슬아슬 중심을 잡는다
채찍을 들고 다시 팽이를 쳐보지만
잃었던 중심은 좀체 되돌아오지 않는다
그러다 팽이를 가만히 바라보니
어느새 스스로 채찍을 들고 있었다
안간힘 다해 채찍을 휘둘러대고 있었다
나의 채찍을 완강히 밀어내며
혼자서 채찍을 휘두르고 있었다
그 순간 팽이는
당당하게 중심을 잡아 돌아가고 있었다
팽이는 언제부턴가 스스로 채찍 하나 지니고 산다
끝끝내 버리지 못할 채찍 하나 가슴에 묻은 채
팽이가 돌고 있다
하늘이 돌고 있다
하늘을 머리에 인 팽이 하나
한 하늘을 담고 돈다

물

하종오

지하 몇십 미터에서 올라온 물은
논으로 쏟아지면서도
수맥의 숨을 지니고 있고
논바닥에 스며들면서도
암반의 발자국을 지니고 있고
논둑을 넘쳐흐르면서도
초목 뿌리의 얼굴을 지니고 있다

물은 지상에 머무는 동안에도
콸콸거리며 숨을 내쉬고는
울렁거리며 발자국을 찍고는
출렁거리며 얼굴을 들고는
들판을 뒤덮다가
높은 공중과 기다란 길과 먼 산이
수면에 보이면
지하 몇십 미터로 잡아당기며 내려간다

공중에 떠돌던 공기도
길을 걷던 사람들도
산에 머물던 산그늘도
땅속으로 곁따라가
풍덩, 풍덩, 풍덩, 물에 빠진다

식탁의 목적

한성희

저녁을 건너온 발소리를 식탁에 모았다

찬거리에 익숙한 입들은 사각 식탁의 모서리를 닮아갔다

모두는 침묵으로 입안을 헹구고 찬물을 마셨다

통증이 욱신거리는 잇몸에서 달걀 썩은 냄새가 났다

혀가 끝없이 밥 알갱이를 목구멍에 밀어 넣었다

목젖이 닿은 숟가락은 목이 가늘었다

금이 간 접시를 골라 생선뼈를 담았다

식탁을 무겁게 만드는 식탁

이곳의 화법은 젓가락질처럼 익숙해질 때까지 기다렸다

유리 식탁 위를 젓가락들이 화살처럼 날아다녔다

부글부글 끓는 냄비를 생각했지만 식탁은

깨지지 않았고 유리그릇은 금만 갔다

식탁의 다리가 돌다리처럼 단단해졌다

계속된다

한영수

처음 보는 아침이야
가슴의 비늘을 세워본다
머리로 꼬리로 밀어본다
전진하기에 조금 긴 몸
요동치기에 조금 무거운 생각
들판을 가로지른다 개울을 헤엄쳐
그물망을 뚫고 저기
바람해변 솔밭에 내리는 기쁜 햇살까지
가고 간다 제자리 뛰기다
쫓아오는 바퀴에 순간
뭉개진 길이다
쫓겨보면 알지
오히려 안도하는 표정
황갈색 가로줄무늬를 지우며 납작
화석이 되어야 하는데
누룩뱀 한 마리
악착같이 꿈틀거려본다
끈이 풀렸는데도
기던 그대로
긴 아침이 계속된다
처음 가는 곳은 언제나 멀지
구불텅구불텅 바닥에 엉겨 붙어
방금 바닥이 되어버린 것을 모르고

등

한우진

배船는 날고 까마귀는 떨어진다. 나는 단지 본 것이다.

타우마제인ϑαυμάζειν*

혼동하기 좋은 여름이었다. 거짓된** 인생은 시작되었다. 플라타너스
는 처형되기 직전이었고 구름이 청색 운동화에 감겼다. 나는 등을 보였
다.*** 문이 열린 차가 보였다. 꽂힌 키가 초콜릿 같았다. 꽂혀 있는 책
은 무거우리라, 『존재와 무』처럼. 나는 그것을 펼쳤다. 무더운 여름이었
다. 키를 돌리자 차가 움직였다. 풀밭이 쏟아졌다. 비운의 꽃이 섞여 있
을 줄이야. 향기는 없었다. 무서운 여름이었다. 보도블록이 솟아올랐다.
클로버를 입에 문 사람이 둘이나 끼여 있었다. 쌓아 올린 레고가 무너졌
다. 어떡하든 모아라. 가족이 모여 울었다. 나는 등을 보였다. 강력계 형
사가 여기저기 탄원서를 받으러 다녔다.

흥정

흥정이 안 되는 여름이었다. 비를 기다렸지만 가물었다. 가난한 자들
은 젖기도 힘들었다. 새로운 가능성의 비여 내려다오, 그러나 헛되었다.
나는 모범생이었지만 모범은 아니었다. 너무 늦게 안 것이다. 택시 정류
장에서의 충고는 뜬소문이 아니었다. 이 세상에 돈 없는 것들은 모범이
아니야, 퉤. 흥정은 다방에서도 병원 침대 모서리에서도 이루어지지 않
았다. 대입학력고사 치는 날이 지나갔다. 문은 닫혔다. 쾅! 대학교 정문
도 유치장 문도 닫혔다. 울부짖는 자에게 흥정은 비웃음을 쳤다. 흥정은

울부짖으며 하는 게 아니란 것을 닫힌 문에 달린 귀가 속삭이며 알려주었다. 귀 말고 나는 등을 보였다.

학익동鶴翼洞

학을 한 천 마리쯤 접으면 어떨까. 아우가 말했다. 집창촌集娼村의 학은 날개를 펴지 못하지. 끽동****의 여름은 벗어도 그만 안 벗어도 그만이었다. 고만고만한 인생들 끽해야 삼류, 아니면 헌옷에 달린 오그라든 지퍼였으니까. 문지방이 닳도록 언니들은 학의 다리에 편지를 매달아 날리기도 했다. 그런 날은 잽싸게 빨래를 하고 운동화 끈을 조였다. 고급 담배가 여러 갑 생기고 술맛이 유난히 좋은 날 강력계 형사는 진급을 하고 느릿느릿 말을 걸어왔다. 학은 얼마나 접었냐고. 미안하다, 미안하다. 나에게 주려고 갖고 왔는지 (묻지는 않았지만) 점퍼 주머니에서 삐져 나온 부러진 학의 날개가 얼핏 보였다.

인간은 운다

나를 부둥켜안고 통곡하는 바람에 날개가 부러졌는지도 모른다. 울지 마시라. 학이 아니면 어때요, 등이 휘기 전에 나무라도 심어야겠어요. 주섬주섬 별을 골라내고 하늘에다 나무를 심었다. 거꾸로 자라는 나무, 새들도 동조했다. 울지 마시라. 우는 우물. 우물쭈물 울다가 내 가족은 그 좋은 물 다 놓쳤다. 내 안에서 우는 것들이 싫었다. 비가 오는 날이면 몰래 퍼냈다. 흘러가는 거울. 무정주성無定住性의 나무가 쏟아졌다. 가슴과 배는 없고 온통 등뿐인 까마귀가 떨어졌다. 흘러가는 칠흑漆黑이라니. 나그네다운 겨울이 세 번 지나갔고 (울지 마시라.) 새로 장착한 언니들 때문에 속속 진객珍客이 늘어났다.

신성한 만취滿醉

손님은 책과 같았다. 페이지를 넘기면 아침나절엔 부끄러웠고 오후 내내 나는 거칠었다. 재미없는 책은 찢고 신기한 책은 오렸다. 책의 바코드는 언니들을 잘 통과했다. 수수료를 챙겼다. 책에서 떨어지는 수수료라니! 종일 롤링 스톤스의 새티스팩션을 틀었지만 흡족하지 않았다. 어떤 책도 내 손을 점화시키지 못했다. 나는 혼동하기 좋은 여름에 잠깐 몰았던 검은 차가 목말랐다. 가고 싶어, 자극적인 천국에 가고 싶어. 나는 마지막으로 등을 보였다. 서치라이트가 몇 번 지나갔다. 형사는 강력반 명함을 버렸다. 고요한 명함 뒤쪽의 흰 바탕 같은 내 등에 누가 이렇게 적었다. '죽은 전과자'_ K.

---

* 경이驚異. 여기서는 경이와 혼동하는, 혼동하기 쉽다는 의미에서 호기심을 가리킨다.
** 비본래적非本來的인.
*** "하나님에게 얼굴을 향하는 것은 ad te(본래적인 삶), 하나님에게 등을 돌리는 것은 abste(비본래적인 삶, 즉 하나님으로부터 소외)이다"라는 말이 있다.
**** 학익동의 다른 이름.

어떤 상담

함민복

서울 가면 키를 팔 수 있다고 하던데
한 이 센티미터만 팔면 얼마나 받겠냐고
어려서 머리를 다친 키 큰 친구가 묻는다

팔 수만 있다면 비싸겠지만
법적인 문제도 그렇고
아직 기술적인 문제도 멀다고 답해주다가

양심은 팔 수 있지만 팔고 있는 사람들이 수두룩하고
양심은 팔아도 팔아도 동이 나지 않아
차례가 쉬이 오지 않을 것이라고

그냥 비싼 키를 많이 샀다고 여기고
그냥 팔지 않은 양심이 가득하다고 여기고
그냥저냥 살라고 장사를 말린다

일어나 먹으세요

함진원

봄이 가고
여름 지나고
이제 가을이 깊어가네요
조금만 더 견디면
찬바람 조금만 더 견디다 보면
겨울 이겨낼 힘이 생길 거예요
일어나 먹으세요
천천히
꼭꼭 씹어서
단맛이 아니어서 죄송하지만
꿀 같은 밥 한술이라 생각하며
일어나 먹으세요
먹으셔야 힘을 냅니다

힘을 타지 못하면 용서할 수도 없지요
따뜻한 물 한 모금 먹고
하늘 한 번 바라보고
이제 겨울이 가고
봄이 오면
다시 새소리 들리는
봄꽃 넌출거리는
우리 산하,
우리 바다,

우리 들녘으로,
한 걸음 한 걸음 걸어가셔야지요
일어나서 먹으셔야 해요
어서 일어나 먹으세요

모든 근심과
어려운 문제는 뒤로하고
어떤 고통과
억울함은 모두 하늘에 맡기고
사뿐한 마음으로
천천히
천천히
일어나 먹으세요
힘 타야 싸우지요
힘 모아야 용서하지요
힘내야 웃을 수 있지요

지금은 희망 안 보이지만
언제든지 희망은 우리와 함께 있어요
일어나, 내 손을 잡으세요
어서 일어나 눈물을 닦고
가을 하늘 천천히 바라보세요

동막골

허림

홍천하고도 동쪽 끝 동막골
마을 뒤로 지르매봉 호덕봉 만대산이 산산첩첩인데
늘 집으로 갈 때면
늙은 동갈나무 서 있는 구미고개 넘어서
어머이 하고 부르며 달려간다
이르나 늦으나 문간에 귀 달고 계시는지
오냐 이제 오나
손잡아 맞아들이는 거기
다듬이질 소리며 물레 자는 소리며 베 치는 소리 생생한 거기
화롯가에서 밥상머리에서 숟가락질 소리 얼룩처럼 묻어 있는,
어머이 치맛자락이 그래도 따듯한 거기
벌렁 드러눕는 마음의 거처인데
벌써 어머이 여든이 넘고
몸도 마음도 굽을 만큼 굽어
상처를 핥으며 잠든 짐승처럼 뒤척이는 이불
가만 손 넣어 만져보면
관솔 그루터기처럼
뽑지 못한 이 뿌리처럼 뒤엉킨 마디마디
남겨진 생의 잔영들이 밤하늘 별로 총총한 밤
아직 안 자냐 그만 자고 일찍 일어나라 다시 돌아눕는
홍천하고도 동쪽 끝
나직나직한 산
첩첩 에두른 동막골

선홍의 바다
―북촌 애기무덤 앞에서

허영선

더 이상 두려워 마셔요, 어머니

오늘처럼 펑펑 눈이 내리고 내려 쌓이면
기억하죠
밤새 쇳소리 내며 바다로 가는 관절
마디마디 달래고 어루며
안아 일으켜 주던 슬픈 눈

이미 파들대는 마을을 휘돌다 온
내 선홍빛 심장의
마지막 고동을 듣고 있었죠 순간
난 아무런 떨릴 것도 없는
마른 혓바닥 용암의 대지에 내주고
덜거덕 숨결을 파묻고 있었죠 그날
돌연 낯설고 긴 고요가 찾아와
나의 먼 길을 열어줄 때
난 더 이상 바스라질 어떤 각피도 없는
단 한 줌이었죠
파랗게 질린 여린 비명들 위로
왜곡된 폭설이 한바탕 해일처럼 휘몰아치던 그날
모든 숨비 소리마저
까마귀 목젖마저 껙껙 한 모금 내지 못하던

위태한 순간에도
난 스스로 선홍의 몸꽃으로 환하게 피어났죠
그러니,
돌빌레 뚫고 나와 눈 뜬 수련처럼
이 질긴 잠의 탯줄을 끊어주셔요 어머니

아득히 소리치는 먼 바다, 선홍
한사코 들끓는 대지의 뜨거움은 그날처럼 타올라
어제가 오늘이 되고
오늘이 어제가 되고
구름이어요 어머니
태양이어요 어머니
시린 청댓잎에 어린 희망을 키우던 그날처럼
이제 그만 떠나보내 주셔요
여기, 이 몸을 보아주셔요 어머니
오래고 눈먼 길을 돌고 돌아와
바다의 눈꺼풀로 다시 태어난
내 몸의 선홍을

성 프란치스코여!

허종열

성 프란치스코 님!
참으로 감사합니다
당신의 모습 따라
그분을 섬기려는 분
로마의 주교로
만백성 섬기게 도우시니

성 프란치스코 님!
지켜주시고 보살피소서
반석이 되신 평범한
어부의 뒤를 이어
황제가 아닌 종손으로
만백성의 아빠 되게

녹슨 철조망에 달맞이꽃은 기대어 피고

허형만

녹슨 철조망에 달맞이꽃은 기대어 피고
먼 하늘로 별빛 푸르다

바람은 레이더망에 걸리지 않고
재두루미 훠이훠이 하늘을 품는데
손 내밀면 잡힐 듯
발 딛으면 내달릴 듯
눈앞에 두고도
사람만은 오지도 가지도 못하는
비무장지대여

그러나 우리 슬퍼 말자
그리움은 희망을 낳는 법
손 내밀어 따뜻이 손잡고
발 딛어 발목이 시리도록 내달릴
그리하여 마침내 어루얼싸 하나가 될
그날이 우레처럼 오리니

녹슨 철조망에 달맞이꽃은 기대어 피고
먼 하늘로 별빛 푸르다

비 오는 밤엔

호인수

비 오는 밤엔
창 너머 빗소리 들리는 밤엔
비둘기슈퍼 문 닫고
두 내외 봉고차로 기어이 떠난 날 밤엔
슈퍼 앞 빈 탁자에
빗방울 사정없이 튀는 밤엔
선잠 문득 깨어
먹다 남은 소주 반병 생각나는 밤엔

나무 한 그루

홍관희

1
한 그루의 나무인 줄 알았는데

살다가
한 그루가 아니란 걸 알게 되었네
내 삶의 뜨락에
햇살 품은 나무들 여럿 함께 있었네

지나온 모든 시간이 모여
오늘 새로운 하루를 열듯
그냥 지나가는 시간은 없는 거라며
세월만 한 이야기가 들어와 앉은 나이테

그곳에도 크고 작은 발자국들 함께 있었네

2
누군가의 나무가 되기도 하고
가슴속에 나무 몇 그루 가꾸며 살아간다
사람들은

휘장처럼 무지개를 두른 채
나무숲에서 휘파람을 불다

파랑새가 되어 날 수 있기를 꿈꾸기도 한다
사람들은

3
너를 그리는 시간 속에서는 모두가 한 떨림

한 그루의 나무인 줄 알았는데
여러 그루이고

여러 그루의 나무인 줄 알았는데
너를 찾아 떠나는 숲길이었네 그것은.

웃었다

황구하

하동 벚꽃 흩날리는 봄날
갈라터진 아스팔트 길 걸으며 웃었다

간암 말기 시인의 첫 시집 『몬해』 한 상 가득 차려놓고 웃었다
케이크에 촛불을 켜고 축하 노래 부르며 웃었다
시 낭송하며 박수 치고 사진을 찍으며 웃었다
술도 먹고 떡도 먹고 어깨춤 추며 웃었다
섬진강 물소리도 형제봉 타고 오르며 웃고 또 웃고, 온 힘을 다해 웃
었다

김용길 시인, 더듬더듬 장작개비처럼 마른 몸 일으켜 세우며
어린애마냥 몬해, 더는 몬해, 덩실덩실 웃었다

홍매화 떨군 나뭇가지에 시인의 눈빛 푸르게 걸려 있는
하신흥리 생가, 그의 마지막 시집이 치매 걸린 구순의 아비 웃음 앞에
서 목 놓아 웃었다

승객의 안부

황연진

의자마다 눌어붙어 있는
궁둥이와 옆구리
삐딱하게 창문에 끼인 모가지
떨어져 나와 찌걱거리는
발뒤꿈치들
어디에 나는 나를 붙여 안도할까
흔들리지 않게 멀미 나지 않게
납작이 들러붙고 싶다
붕긋한 가슴에 달라붙은 젖먹이 손처럼
저린 손마디들을 공중에 매달고 싶다
좌석에서 좌석으로
바닥에서 바닥으로
끈끈하게 미끄러져 내린다
온화한 화색에 깃들어
입술을 훔치고 옷깃 속에 머리를 파묻기도 한다
사람이 사람에 씌어
졸아드는 행복감
아늑하게 부패해간다 조금씩
피부를 마시며 미소를 맡으며
맑은 눈빛에 젖으며
가슴속 후끈한 노기를 뱉어
짝짝 다시 씹어 붙이며

끈적끈적하게
영원히 영원하지 않게 버스 안을 비집고
부대끼는 당신 사이를 흐른다

새에 관한 데자뷰

황정숙

새처럼 나는
날고 싶어요, 내 몸에서 새의 영혼이 새어 나와
어깨로 흘러나와 퍼덕이고 있어요.
보세요, 내 팔에서 퍼덕이는 바람, 나부끼는 깃털을.
구름장을 뚫고 솟구치는 저것을,
수많은 길마다 이정표가 없었던 그곳을 데자뷰라 불러봅니다.
깃털마다 하늘의 바람을 불러오고
깃털을 꽂은 인디오들은 새의 비상을 탐내며
겨드랑이가 간지러운 목숨 안으로 들어가 푸드덕거립니다.
점점 새가 되어가고 있는, 이렇게 가벼운 비행은 처음입니다.
몸을 빠져나온 작은 영혼처럼
어둠이 펌프질할 때마다 잉카의 달이 출렁이는 곳.
새처럼
머리에 팔다리에 깃털로 뽐낸 아파치 공연단이 무척 신명 납니다.
마음보다 더 빠른 걸음걸이로 불빛의 그림자에 달라붙을 수 없다는 걸
허밍과 리듬은 바람의 속도로 말하려 합니다.
표정으로 노래로 인디오들은 산을 넘고 강을 건너고
깃털에서는 바람 소리 가득한데
풍선처럼 둥둥 허공을 떠다니는 내 신발은
누가 지어부은 영혼의 술잔일까요
사라진 새들은 때때로 이전의 생보다 더욱 빠르게
지도 밖 세상을 날아갑니다.

빙빙 원을 그리며 둥글게 하늘을 말아 사라지는 동안,
중력을 빨아들이는 마음은 유년의 것입니다.
아콰도르의 향수는 점점 희미해지고
밤의 얼굴은 코앞에 있고
몸에서 이제 새들이 빠져나가는 시간
내 안에 가둬둔 것들을 들여다보며 방들의 문을 다 열어봅니다.
전생의 문을 열고 오래 잠든 시간들을
몸에서 체온처럼 피워낼 때
마침내 새들은,
우리들 늑골 아래 숨어 초롱한 눈망울로
날아가야 할 필생의 하늘을 노려볼 것입니다.
바람이 연주하는 고대의 음악을 날개에 뜨겁게 간직할 것입니다.

해변의 소

황학주

비 오는 해변이었다
화염병을 다 써버려
배운 말을 모두 발 앞에 모아놓은 청년처럼
헐벗은 소가 서 있었다

비 젖는 등에서 부싯돌 부딪는 소리가 나
마치 낙엽 타는 냄새 속에 오는 저녁만 같은데
해변까지 파고 내려온 건물들 속에
소는 제 논이 어딘지 모르는 농부 같았다

불에 탄 타이어로 바리케이드를 친 듯
눈을 꼭 감은 채
꼬리로 제 잔영을 쓸어내리는 야윈 소 옆에
우의를 입어 미안한 나는 한동안 서 있었다

밀물과 썰물 틈새에서 환영처럼 열리고 닫히는
그을음 같은 시간들,
분홍 간肝을 꺼내어 해변 덕장에 말리는
비 오는 날의 한 뭉치 비애가 이렇게 왔다

살아 있다면 한 곳에서 만나게 될 시간을
기다리고 있다는 표정으로 소는 묵묵했다

바리케이드 앞에서 서로 장대비를 만났을 뿐이라는 듯

소의 깊은 눈 속 잿빛 빗방울이 오는 길에 밀물 들고
같은 길로 몰려올
헐벗은 빛의 시간 속에
잠깐 보이는 길을 나는 문안했다
지구 반대편의 해변에서
꼬리를 터는 빛의 방울에게도

서른아홉

휘민

서쪽 하늘에 초승달이 걸린다
내비게이션에도 어스름이 깔리고
잘라낸 엄지손톱 같은 달이 떠오른다

아무리 돌아봐도 발자국이 보이지 않는다
지금까지 나를 따라온 것은 타이어 자국이었으므로
그것이 이 행성이 기록한 나의 이력
그래도 나는 쉬지 않고 달릴 것이다
잠을 자면서도 달리고
어둠 속에서도 꿈을 꾸듯이 달릴 것이다

오늘 또 심장도 없이 별 하나가 태어난다
개밥바라기 주변에서 빛을 내던 뭇별들은
제 그늘을 거두어 유년의 별자리 곁으로 돌아앉는다
부르기도 전에 먼저 달려와 화답하는
빠름 빠름 빠름 4G LTE의 세계
휴대폰 액정 속에서 구워진 이모티콘들이
팝콘처럼 튀어 올라 밤하늘을 하얗게 뒤덮는다

어미의 손톱을 물고 날아간 새가 하현에 박힌다
화살을 놓아버린 빈 시위가
여명 속에서 오래도록 흔들린다

안녕, 내가 사랑한 삶의 윤곽들이여
이제부터 나는 너 없이 깊어지는 법을 배울 것이다

나무늘보

흙돌(심재방)

느린 게 특기인 나무늘보
너무 느려 벌레 하나 잡지 못하네
나뭇잎 먹으며
나무에서만 살아 나무늘보라네
긴 발톱은 무기 아니고
나무에 매달리는 갈고리라네
지구의 허파 아마존
숲은 자꾸만 베어지는데
세상에서 가장 느린 동물
나무늘보는 어찌 되나
내일 지구의 종말이 온다 해도
나무늘보는 오늘
나무에 매달려 그네를 탈 거라네